長門好細腰

卷一

姒錦 著

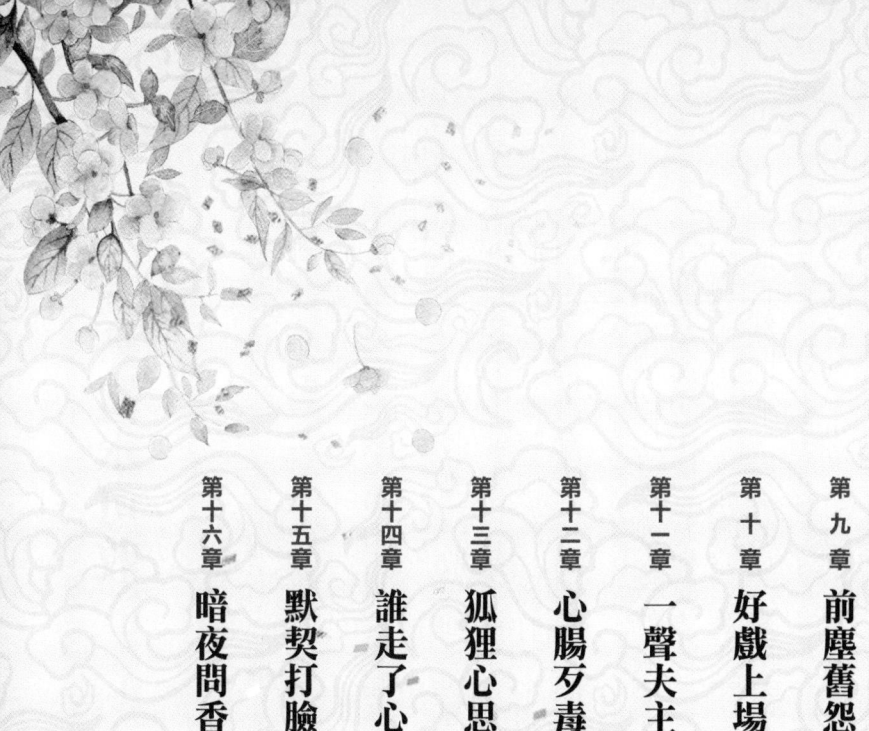

第一章 覆水可收

北雍軍的鐵蹄踏入安渡郡那天，馮蘊天不亮就起身忙碌。

府裡上下都在收拾細軟，只有她有條不紊地將曬好的菌乾、菜乾、肉乾、米糧等物歸類包好，擺得整整齊齊。

「十二娘！」阿樓飛一般衝入後院，喘氣聲帶著深深的恐懼，「北雍軍攻城了！府君讓您即刻過去……」

「慌什麼？」馮蘊將蘿蔔乾收入油紙包裡，頭也沒回，「什麼軍來了，都得吃飯。」

今年的馮蘊只有十七歲，是安渡郡太守馮敬廷和原配盧三娘所生，許州馮氏么房的嫡長女，還在娘肚子裡就和蘭陵蕭家的三郎訂下了婚約。本該去年就完婚的，可那蕭三郎是百年世家嫡子，齊朝宗室，得封竟陵王，門楣高，眼也高，大婚前自請去為太祖守陵，婚事就這樣拖了下來。

如今大軍壓城，防守薄弱的安渡城岌岌可危。

「讓我兒委身敵將，阿父有愧啊！」

「兵臨城下，阿父……別無良策啊！」

「全城百姓的安危，繫於我兒一身啊！」

「十二娘，阿父只有指望妳了啊！」

馮敬廷的語氣一句重過一句，急促得氣息不均，堂堂太守全然亂了陣腳。

馮蘊卻安靜得可怕，自從生母亡故，繼母進門，她便性情大變，不再像年幼時那般聰慧伶俐，整個人變得木訥了，遲鈍了，說好聽點兒是溫順，說難聽點兒是蠢笨，是馮敬廷眼裡除了美貌一無是處的嫡長女。

匆匆沐浴更衣，馮蘊沒有和馮敬廷話別，她讓阿樓將囤在小屋的物資塞入驢車，裝得滿滿當當了，這才安靜地抱起矮几上打瞌睡的一隻短尾尖腮的小怪貓，溫柔輕撫一下。

「鼇崽，我們要走了。」

「阿蘊……」馮敬廷喊住她，抬高袖子拭了拭眼，臉上露出悽惶的神色，聲音哽咽不安，「我兒別怨阿父狠心……」

馮蘊回頭盯住他，「阿父有心嗎？」

馮敬廷一噎。

「把原配生的女兒推入火坑，好讓現妻生的女兒名正言順嫁她姐夫，從此馮蕭聯姻，江山美人唾手可得……我要是阿父，好歹要放兩串鞭炮慶祝一下。」

轟！周遭一下安靜。

馮敬廷有種天塌了的錯覺，頓時呼吸無措，「傻孩子，妳在胡說些什麼？」

馮蘊慢慢將頭上的帷帽取下來，少了視線的遮擋，那雙眼睛黑漆漆的，更美，更冷，更亮，一絲嘲笑就那麼毫無阻攔地直射過來，「蕭三郎我不要了，送給你和陳氏的女兒，就當全了生養之恩。從此你我父女，恩斷義絕，兩不相欠。」

馮敬廷面色大變，看著馮蘊決然出門的背影，那一瞬間，他腦子很是恍惚。

十二娘不該是這樣的，她不會不孝，不會頂撞，不會發脾氣，更不會說什麼恩斷義絕。

一身妖精氣，半副媚人骨，紅顏薄命──這是算命先生在十二娘出生時批的字。

她自小姝色無雙，許州八郡無人可比，正好應了八字，這是她的命。

不怪我，這是她的命啊！馮敬廷不停在心中勸慰自己。

安渡城的街道上，黑雲壓頂。

敵軍即將入城，關門閉戶的坊市小巷裡傳來的哭聲、喊聲，街道上噠噠而過的馬蹄聲，將人們內心的恐懼放大到了極致。

北雍軍大將軍裴獗，是個冷面冷心的怪物。傳聞他身長八尺，雄壯如山，為人凶殘冷酷，茹毛飲血如同家常便飯，貼門上能驅邪避鬼，說名字可讓小兒止啼。

閻王就在一牆之隔，破城只在須臾。死亡的陰影籠罩下來，喊聲如同嗚咽。

「快聽——北雍軍的戰鼓鳴了！」

「城將破，城將破啊！」

「太守馮公——降了！」

轟的一聲，城門洞開。

阿樓高舉降書，駕著驢車從中駛出。

黑色的車輪徐徐往前，驢車左右排列著整齊的美姬二十人。她們妝容精緻，穿著豔麗的裳裙，卻紅著眼睛，如同赴死。

狂風夾裹著落葉，將一片春色飄入北雍軍將士的視野。

彷彿一瞬間，又彷彿過了許久，驢車終於停下，停在一群如狼似虎的兵卒中間。

馮蘊的手指緩慢地撫過氅崽的背毛，隔著一層薄帷輕紗，感受來自四面八方赤裸而冰冷的目光。

「安渡郡太守馮敬廷奉城獻美，率將士三千，全城百姓三萬五千二百四十八人向貴軍乞降！」

沒有人回應，黑壓壓的北雍軍，鴉雀無聲。

阿樓雙膝跪地，將降書捧過頭頂，再次高喊，「安渡郡太守馮敬廷奉城獻美，率將士三千，全城百姓三萬五千二百四十八人……向大晉國裴大將軍叩首乞降！」

馮蘊聽出了阿樓的哭腔，若裴獗不肯受，北雍軍就會踏破安渡城。

這座城裡男的女的，老的小的，很快將變成一堆堆無名無姓的屍骨。

阿樓一聲高過一聲，喊得嗓子破啞，一直到第五次，終於有人回應。

「收下降禮。」

冷漠的聲音，沒有一絲人情味。

裴獗在人們心裡也未必是人，但他開了尊口，還是有人忍不住哭出聲，全城百姓的命保住了！

從前不是沒有人獻美乞降，而是裴獗不肯受。

燒殺、劫掠、屠戮，那才是裴獗。八十里外的萬寧城屍橫遍野，守將全家老小的屍體就掛在城樓上，那才是殺人如麻的裴大將軍。

將士們好奇地望向小驢車裡的戰利品，想像著馮十二娘會是怎樣的人間絕色，竟讓大將軍破了例？

世家大族的女郎，嬌柔美豔，以前他們連衣角都碰不到，如今卻成了階下囚。這讓浴血奮戰的北雍軍兒郎，燥得毛孔僨張，血液沸騰。

「列陣入城！」

「諾！」

一時間鼓聲擂動，萬馬齊鳴。

馮蘊撩開車簾一角，只看見疾掠而過的冰冷盔甲和四尺辟雍劍駭人的鋒芒，那人的身影快速消失在排山倒海的兵陣中間，看不到他的臉。

驢車慢悠悠帶著馮蘊，和入城的大軍背道而馳，在呼嘯聲裡駛向北雍軍大營。

「十二娘可好？」阿樓擔心地問。

被人拋棄幾乎貫穿了人生，馮蘊已經不覺得哪裡不好，捏著龍崽厚實的爪子，笑了一聲，「我很好。」

阿樓瘆得慌，「十二娘在笑什麼？」

馮蘊將下巴擱在龍崽的頭上，抿了抿嘴角，在她短命的上輩子，曾經做過裴大將軍三年的寵姬。

上輩子馮蘊的命很是不好，許過南齊竟陵王，跟過北晉大將軍，也嫁過新朝皇帝。遇到過高嶺之花，喜歡過斯文敗類，更碰到過衣冠禽獸，真是應驗了算命的那句「紅顏薄命」。

慘死齊宮那一刻，她祈求老天讓負她的渣男下輩子全遇渣女。

於是馮蘊在北雍軍攻城前三天，又回來了！

人生重來，覆水可收，她也想買兩串鞭炮慶祝一下呢！

北雍軍駐紮在安渡城外三十里的燕子崖，左右陡峭，一條官道在山巒間若隱若現，時有馬蹄聲經過，陡增肅殺之氣。

郡太守獻女乞降，大營裡剛得到風聲，將士們就沸騰了。

出征以來，一路只見烽火狼煙，白骨空城，壓抑的情緒在煉獄裡瘋狂打滾，早就想緩一口氣了，還有什麼比美色更能安撫軍心的？

「來了來了，南齊美姬入營了！」

小驢車嘎吱嘎吱駛入營房，空氣無端燥熱起來。

都說南齊婦人生得溫雅嬌軟，那二十美姬正是如此，走起路來款款嬌態，那腰身就像沒有骨頭似的，一個賽一個的婀娜妖嬈。

那麼美中之美的馮家嬌娘，又當如何？

士兵們看直了眼睛，心頭好似藏了一團火，熊熊燃燒。這是他們的戰利品，將軍一聲令下，他們就可以為所欲為了。

「在萬寧城，我殺了十個！」

「我殺二十個！」

「我也有戰功！」

「別做夢了，大將軍帳下，何時輪到你們亂來？」

「可大將軍……」不也收了那馮家嬌娘嗎？這難道不是給將士們大開葷戒的訊號？

營房裡躁動不安，在兵刃碰撞和罵咧聲裡，二十美姬被押入東營。不消片刻，就有哭聲傳出來，押解的士兵對她們很不客氣。

馮蘊其實和那些美姬沒有什麼不同，都是北雍軍的女俘，但大將軍沒有開口，營裡也不好為難，於是單獨為她安排一個住處。

「記好了，未經准許，不可出入營帳，否則有什麼閃失，妳自行了斷吧！」身著盔甲的少年郎，年輕俊朗，語氣卻很凶。

「小將軍，我有一事相求。」

一陣甜軟的香風輕拂過來，敖七雙頰一熱。他原本準備在安渡一戰中殺敵立功，卻奉命押送女俘回營，心裡老大不高興，語氣就硬邦邦的，「我叫敖七，是大將軍帳前侍衛，喚我名字就好，別將軍將軍的叫！」

好青澀傲嬌的敖小將軍啊！這一年敖七多大？十六，還是十七？

馮蘊看著他眼裡的憤懣，心情很是複雜。

敖七不僅是帳前侍衛，私底下還有一個只有高級將校知道的身分——裴獗的外甥。

他跟著舅舅出征歷練，對裴獗崇拜到了極致。因此前世他厭極了馮蘊「勾引」他冷靜自持的舅舅，沒少給她找麻煩。

馮蘊不願與這個脾氣火爆的小霸王為敵，微微彎腰，作了個揖禮，「小女子初到貴軍營地，甚為不安。大將軍沒有回來以前，煩請敖侍衛護我周全。」

敖七愣了一下，心頭猛跳，莫名煩躁起來。

這女郎的臉比玉石白嫩，腰比柳條細軟，一身寬衣博帶素淨無飾卻撐得胸前鼓鼓，凹凸有致，那雙黑眼好似藏了一汪秋水，嫵媚勾人。

行軍打仗在外，營裡都是些糙漢，有美姬在側難免躁動，說不定會有人亢奮生事。

敖七焦躁得臉色鐵青，很不耐煩，「我知道妳擔心什麼，但北雍軍沒有那麼多畜生！我就在帳外，只要女郎不亂跑，可保平安。等大將軍回營，那就看妳的造化了。」

她忽然來了這麼一句，敖七不由眉頭一皺，「妳怎知大將軍今夜回不來？」

「大將軍今夜回不來，我怕營裡會出亂子。」

「猜的。」

這回答讓敖七一時無語，他見過太多的俘虜，他們哭哭啼啼，一批又一批像牛羊一樣用繩子牽著，送去大晉的都城，做貴人們驅使的奴僕。他們哀求、詛咒、唾罵，什麼樣的都有，就沒有像馮家女郎這般從容得像走親戚的。

豈料不到傍晚，就有消息從安渡傳來——馮敬廷將裴大將軍耍了！

奉城獻美看似誠心乞降，其實早搬空了府庫。馮敬廷本人也趁著北雍軍鬆懈的當口，燒了府庫糧倉，在城裡四下縱火，藉機帶著親兵和家眷從密道倉皇南逃，安渡城亂成一片，馮敬廷給裴獗留下了一個爛攤子。

「好歹毒的心腸！」敖七得到消息，恨不得把馮蘊生吞活剝了，「你們這樣愚弄大將軍，就不怕將軍一怒之下，拿安渡城三萬百姓的性命祭旗嗎？」

馮蘊看敖七眼神不善的扶刀，垂下眸子，「我不知情。」又微微一笑，「你也看見了，我只是親爹的棄子。」

「那妳怎知大將軍回不來？」

馮蘊示意他拉開帳簾，望向天穹，「暴雨將至，安渡護城河的吊橋不堪水患。一旦風怒雨注，洪水滔天，大將軍必會困於城中。」

敖七的臉色一變再變，紅彤彤的霞光掛在天際，月華剛好冒出山頭，哪來的暴雨？

馮蘊見他不信，語氣更是淡然了幾分，「燕子崖有關隘據守，腹中地勢高，且平坦向陽，初初一看，是個安營紮寨的好地方，但這場暴雨將史無前例。燕子崖四面環山，一旦塌方墜石，水患來襲，貴軍恐怕無法及時撤營，會釀成大患。」

她像神棍，一個姣好的，姿容絕豔的神棍。

敖七半信半疑，找來護軍長史覃大金。

我的乖乖！覃大金傻傻看著馮蘊的臉，眼睛都直了，馮敬廷的女兒果然嬌美，這水嫩嫩俏生生的，活像畫卷裡走出來的仙女，任誰看了不想……

「咳！」敖七咳嗽一聲。

覃大金回神，想起自己幹什麼來了，「小小女子，懂什麼天象？小暑交節，伏旱天氣，安渡三年無雨，妳不要擾亂軍心。」說完他看向馮蘊停放在帳外的小驢車，「女郎車上何物？」

「嫁妝。」馮蘊眉眼不動，大言不慚。

嫁妝？一個敗將所獻的女俘，哪裡來的臉，敢稱個「嫁」字？覃大金哼聲，朝驢車走過去。

這些日子北雍軍行進很快，兵多糧少，物資補給十分困難。

覃大金拉開門看到滿車食物，眼睛都亮了。

「嘶哈！」一隻土黃土黃的小醜貓從車裡鑽出來，朝他低吼示威。

這東西還是隻幼崽，瘦是瘦，骨骼卻比家貓大了不止一圈，眼神凶悍，野性十足。是貓，又不像貓。

覃大金情不自禁地退了一步，有心給馮蘊一點顏色瞧瞧，卻不敢付諸行動。大將軍從前不貪女色，但此次收下了馮敬廷的降禮，萬一對馮十二娘動了心思呢？他不是給自己找不自在嗎？

沒想到入夜後，竟下起滂沱大雨，頃刻間就將天穹潑得黑不見光。

覃大金這才緊張起來，幸好有馮蘊的示警，不等暴雨起勢，他便鳴鑼打鼓，催促將士撤營，護好物資。

然而，這場雨還是為北雍軍帶來了超乎尋常的麻煩。那些來不及轉移的糧草，全部埋在了燕子崖。

等暴雨過去再清點，少了二十士兵，牛羊數十頭，尤其是剛從萬寧城羅來的糧草，損失慘重。

覃大金撲通一聲，趴在泥濘裡大聲乾嚎，「末將死罪！」

守營士兵一個個只能餓著肚子在搬運濕透的糧草，清理物資，重新紮營，沒有人顧得上那些貌美如花的敵國女俘。

馮蘊尋了個背風的所在，生火做飯。

她從小驢車裡取出一口炊釜，摸出幾顆圓滾滾的雞蛋，在沸水裡煮好，剝開一顆，吃掉蛋白，將蛋黃塞入鼇崽的嘴裡。

鼇崽半眯眼，吃得很香。

敖七看得口水差點兒滴下來，多久沒有吃過雞蛋？他記不住了。

亂世當頭，行軍打仗的日子很苦，常常吃了這頓沒有下頓，活了今日不知有沒有明日？

馮十二娘那輛物資豐富的小驢車，在軍中極不恰當，卻是他此刻最美好的遐想。

敖七走過去，「我也要吃。」

「為何要給你？」馮蘊笑問。

一口氣卡在嗓子眼，在馮蘊似笑非笑的目光下，敖七頭皮發麻，指著那隻舔嘴的小醜貓，情緒變得十分惡劣，「牠姓敖，我也姓敖。」

「牠是崽，你也是崽嗎？」

「我……年方十六，尚未及冠，自然是崽！」

馮蘊倒是沒有想到敖七會這樣的理直氣壯，從碗裡取出一顆雞蛋遞給他。

敖七雙眼一亮，繃硬的下頜線便柔和下來，人中下唇珠的位置微微上翹，顯出一副清俊傲嬌的少年稚態。

可剝了殼的雞蛋還沒有入嘴，周遭空氣便突然凝固了。

無數雙眼睛在盯著他看，沒有人說話。

那些滿臉疲憊，衣裳濕透的士兵，年歲都不太大，有幾個看上去甚至瘦骨嶙峋，並不是傳聞中北雍軍個個人高馬大的樣子。

兵荒馬亂的世道，天下四分五裂，皇帝動不動就換人來做，百姓饑荒易子而食，士兵也常常挨饑受餓，日子很不好過。

白生生的煮雞蛋，散發著誘人的香氣，敖七卻吃不下嘴去了，悻悻地將雞蛋包好，塞入懷裡，「我是要留給大將軍的。」

一陣急促的馬蹄聲從山那頭傳來。

天地霧濛濛的，陽光灑下點點金輝，一個高大的人影從山林薄霧裡疾駛而出，提韁縱馬，堅硬的鎧甲在晨曦裡散發出灼人的光芒。他的背後是潮水般奔湧而至的北雍軍鐵騎，綿延山間。

「大將軍回來了！」

「大將軍凱旋！」

樣。

戰馬嘶鳴，山呼海嘯。

那一襲黑金繡紋的披氅和「裴」字令旗在風聲裡翻飛，捲起一陣清冽的空氣逼壓過來。

短暫的一瞬，馮蘊的腦子裡彷彿有千百個畫面回轉，她想到與裴獗糾纏的三年。

在座的將士，不會有人相信，他們高坐戰馬獵鷹般俯視人間的冷酷將軍，人前人後很不一樣。

人前他是冰山，多說一個字都艱難。人後他是火山，一旦爆發便如熔岩噴薄，會死纏爛打，會發狠罵娘，更會在寒冬臘月的夜裡捂熱被窩，再將她提到身上，耳鬢廝磨，無度瘋狂。

裴大將軍寵起人來，很是要命的。

馮蘊看過各種各樣豐神俊秀的男子，但從未見過有人像裴獗這樣……人面獸心。

營房還沒收拾好，二十美姬都幕天席地，看著裴獗騎馬入營，從將士中間走過，她們早早起身肅拜下去。

「妾見過大將軍！」嬌聲低吟，環佩叮噹。

裴獗面無表情地翻身下馬，將韁繩遞給敖七。

「大將軍可算回來了！」從裴獗入營，敖七崇拜的眼神就沒有離開過，此時卻激動、興奮，又略帶緊張地偷瞄一眼馮蘊，「昨夜幸得馮家女郎示警，不然——」

周遭突然安靜，敖七的話卡在喉頭，他看到裴獗停下腳步。

一陣山風吹過，馮蘊站在小驢車前，髮髻鬆挽，肌膚玉白，寬衣讓風逼得貼緊身體，盡顯玲瓏曲線，身為階下囚，不帶半點兒妝，卻如同天上的皎月，秀色蓋今古，精妙世無雙。

凱旋的將士們看呆了，馮家女當得起「姝色」二字。

茫茫天穹下，死寂般的沉默裡是一場平靜下的獸血沸騰，暗自狂歡。沒有人說話，一個個眼神卻凌亂不堪，恨不得馬上代大將軍行周公之禮。

馮蘊的心，沒有外表那麼平靜。

四目相對，過往的糾纏如走馬燈似的在腦子裡重播，在裴獗強大的氣勢下，她很難做到心如止水。

好在，裴獗沒有與她共同的回憶，他和上輩子初見那天一樣，沒有梳洗，鬍子拉碴，眼下有一圈淡淡的青，那是肉眼可見的疲憊，卻使得五官稜角銳利異常，眼神又慾又狠。

不同的是，上輩子馮蘊跟那些美姬一樣，因畏懼而深深俯伏在他的面前，盼大將軍憐惜。

「敖七？」裴獗突然抬起劍鞘，指向小驢車旁的炊具，眉頭鎖得很緊。

眾人恍然大悟，原來大將軍停下腳步，不是貪看美色，而是看到有人違反軍規——北雍軍從上到下不開私灶，包括裴獗自己。

敖七也說不清自己是被什麼蠱惑了，居然同意馮家女郎自己使用炊具開小灶，聞聲趕緊上前抱拳一禮，「大將軍容稟，這是馮家女郎自己從安渡城帶來的糧食。營裡鬧水患，她示警有功，屬下便由著她煮些吃食，是屬下之過，與他人無關。」

「為何帶米糧入營？」裴獗問得毫無感情。

馮蘊微微一笑，音色清婉，「聽說貴軍就食於敵，常以人肉為糧，我怕我吃不慣人肉。」

周圍將士有人忍不住低低笑了起來。

裴獗冷眼一掃，眾將士立時噤聲。

「一併收押。」冷冰冰說完，在眾將士錯愕的目光裡，裴大將軍頭也不回地往中軍帳而去。

砰——中軍帳裡傳來沉悶的破響，隨即覃大金的痛嚎聲驚得帳頂的飛鳥展翅而逃。

非戰損兵，糧草盡毀，那是殺頭的大罪。

眾人替覃大金捏了一把汗，也為馮家那個小嬌娘捏一把汗。

大將軍將她當女俘看押，明顯沒有笑納美色的慾望，再加上她父親馮敬廷的所作所為，只怕處境堪憂了。

唉，大將軍真是暴殄天物，不，是尤物。

看押女俘的地方，在大營最北面。

大雨過後，地面很是潮濕。馮蘊用油布墊在帳裡唯一的草蓆上，神情平靜地跪坐聽風，姿態優雅嫻靜，不見慌亂。

裴大將軍是什麼樣人，她很清楚，任她美成天仙，他也不會動心。

當然，如果她不做這些小把戲，又是示警又是自帶米糧入營，那在裴大將軍眼裡，可能和前世一樣，無非把她看做一個洩慾的花瓶，當金絲雀養起來罷了。

現在裴獗會更為謹慎，為免半夜被枕邊人抹脖子，不會輕易要她。

這一番冷遇，馮蘊很是滿意，但一眾美人卻恨極了。要不是馮十二娘多事惹惱了大將軍，她們怎會落得這樣的下場？

之前馮蘊是郡太守家的女郎，高人一等，眾姬對她有所敬畏，如今大家都是女俘，她們突然清醒過來。在這狼煙四起的亂世裡，女俘的命是賤命，她們眼下能依靠的，只有中軍帳裡那個男人的恩寵和憐愛。

低迷的氣氛沒有持續多久，就有人盯著馮蘊出聲諷刺。

「慧娘，還不快離馮家貴女遠些？小心一會兒驚雷劈下，平白受那無妄之災！」

二十美姬都是馮敬廷千挑萬選出來的，環肥燕瘦，各有千秋，只選美貌，不看出身。

說話的林娥是安渡城有名的舞姬，自恃色藝雙絕，豔蓋群芳，早就對馮蘊那「許州八郡，姝色無雙」的名頭不屑一顧了，找到機會自然要刺她。

被點名的文慧是個歌姬，她身世悲苦，剛被城中富紳贖身不到半月，就被獻了出來。

聞聲，文慧下意識嘆氣，「阿娥，別惹事。」

林娥卻不肯罷手，斜一眼馮蘊，「貴女自帶米糧入營，怕惹事嗎？貴女吃雞蛋有分妳嗎？哦，現下貴女惹惱了大將軍，害姐妹們連坐受苦，妳怕惹事？」

幾個美姬受她挑唆，蠢蠢欲動起來。

林娥看馮蘊穩坐如山，一副世家女子的矜貴模樣，哼一聲，扭著腰走到她面前，「聽說貴女幼時得過瘋病，差點兒被人當邪祟燒死，是也不是？」

馮蘊依舊一動不動。

「妳阿母是妳害死的嗎？妳說什麼害死她的？妳說妳怎麼就這樣下賤呢？說啊，說來我們聽聽！」

馮蘊半闔眼皮，像是沒有聽見。

林娥按捺不住了，這種出自世族的貴氣是她這樣的舞姬最厭惡的，變了臉色，伸手便用力抓扯，「賤人也配坐草蓆？起身，滾一邊縮著去！」

有人帶頭動手，幾個美姬也緊跟著林娥圍上來，明顯要仗著人多欺負馮蘊一個。

馮蘊偏了偏頭，看向手足無措阻止她們的文慧，「妳倒是個好的。」又低頭整理一下被扯亂的衣袖，「可以打了！」

「諾。」兩個女郎從人群裡擠過來，扯過林娥的身子便是大巴掌招呼。

兩巴掌打得結結實實，眾姬猝不及防，嚇呆了。

馮蘊看一眼，搖頭，「這個菜太素了，給林姬來一點兒葷腥才好。肉捶得爛一點兒，好上色，也好入味。」

啪啪啪！一個接一個，巴掌聲啪啪作響。

林娥白淨光滑的臉蛋，頓時紅腫充血，她大聲呼救，但沒有人敢上前幫忙，美人們嚇得怔怔退後，花容失色。

負的怪病。」

馮蘊環視一周，目光平靜而溫和，「抱歉，讓諸位誤解了，我確實有病，卻是那種不肯受欺

馮敬廷再是不濟，也是她的親爹，是太守公，是家裡養著部曲的世家嫡出。二十美姬裡面，又怎會不給她安排兩個得用的人手？

打人的大滿和小滿，是太守府管事的女兒，許州馮氏的家生奴，自小跟著她們的哥哥練武，對付手無縛雞之力的歌舞姬，綽綽有餘。

「想騎到我們女郎頭上，妳當自己是根蔥呀？」

林娥被小滿惡狠狠踢跪在馮蘊面前，哭聲格外悲慘，「都是大將軍的姬妾……十二娘憑什麼打人……大將軍不會饒過妳的……救命……將軍，快來救妾啊……」

弱者就喜歡欺負比自己更弱的人，欺負不了就開始哭，真是老套。

馮蘊惋惜地抬起林娥紅腫的臉，「丹鳳眼生得不錯，就是不知吃起來可美味？」

「妳要做什麼!?」林娥嚇壞了，驚恐得破了音。

「鼈崽最喜歡吃漂亮的眼睛，妳說我要是把妳的眼睛剜下來，外面的守衛會不會來救妳？」

營帳外靜悄悄的，守衛彷彿沒有聽見。

弱肉強食是裴獗喜歡的規則，整個北雍軍在他治下見血瘋狂，看到女俘自相殘殺，他們說不定偷樂呢？

林娥顧不得哭，整個身子嚇得瑟瑟發抖。周遭安靜一片，無人說話。許久，只有文慧弱弱地為她求情，「十二娘饒了阿娥吧，都是可憐人。」

馮蘊扯扯嘴角，「我坐這張草蓆，諸位有異議嗎？」

「沒有。」

「不敢。」

「貴女正該上座。」

帳裡的氣氛莫名和緩下來，她們笑得討好，馮蘊卻不覺得快活。人家出手便是逐鹿天下，而她重生的第一仗居然是為了搶一張破草蓆。

「諸位抓緊時間休息吧！到了夜間，只怕沒妳們可歇的了。」

夜間？難不成將軍要她們侍寢？眾姬惶惶不安。

而另一頭，敖七被裴獗抓去陪練了一個時辰的劍，練得他快癱下了，裴獗才冷著臉回房，讓他去請醫官。

濮陽九是太醫令的兒子，這次南征出任軍中醫官，是為數不多敢在裴獗面前暢所欲言的人，也算是裴獗的半個朋友。一看敖七求救的眼神，他就知道裴獗多半又犯病了。

安渡一戰沒有打起來，大將軍血液裡的暴戾無處發洩，想來是又難受了。

長年得不到滿足的身體，除了靠藥物控制，廝殺和打鬥是一個發洩精力的好法子，但……

「何苦呢？」濮陽九切完脈便是一嘆，「陽氣鼓蕩，血脈僨張，精力遠超於常人。大將軍生來天賦異稟，順勢而為便可，何故為難自己？」

「閉嘴吧！」裴獗身量極高，剛洗了個冷水澡，眉宇水漬漬的，五官神韻更顯凌厲，整個營帳充斥著冰冷的氣息。

克制多年，於他成了習慣，濮陽九卻替他難受。

都說裴大將軍殘忍嗜殺，可這樣極致的壓抑，能不在戰場上多殺幾個敵人嗎？也只有戰場上的廝殺和肆無忌憚，才能壓制那入骨入心的叫囂了。

原以為他收下安渡二十美姬是想開了，誰知全給關押起來了！

「長久壓抑，一遇反噬便會承受更大的痛苦。妄之啊（裴獗字妄之），熱盛傷身，堵不如疏啊！」

濮陽九苦口婆心，裴獗仍是冷冷的，「開藥。」

那張清心寡欲的臉，看得濮陽九很想揍人。

其實裴獗這病只是某些方面超於常人，陽火過旺，陽鋒過壯，算不得什麼要命的大事，對身居高位的男子而言更是不算什麼，姬妾要多少有多少，又無須克制，更不該受此困擾。換言之，這是別人求也求不來的福分啊！

「敵國女俘罷了，你收都收了，找幾個可心的納入帳中，誰敢說你大將軍的不是？我看那馮家嬌娘就不錯，一眼便知軟媚得緊……」

裴獗轉過臉，冷眸森森。

兩人相識多年，濮陽九可不像旁人那麼怕他，再接再厲，「看不上馮氏女？那物色幾個別的姬妾也可，總有會侍候人的，別憋著自己，更別當這是什麼天大的毛病。二十來歲的年紀，合該龍精虎猛……」

「濮陽九！」

裴獗聲音一冷，濮陽九便恍然大悟，「妄之莫非在為人守身……」

錚！裴獗猛的拔出辟雍劍。

「罷了罷了。」濮陽九看著那鋒利的四尺劍芒，把想說的話嚥了回去，又是同情又是佩服地看著他，「我不說便是，開藥，開藥。」

第二章 帳前幕僚

晌午剛過，營裡便有命令下來。

大軍即將開拔，離開燕子崖，但馮蘊並二十美姬要隨輜重隊伍，第一批出發。

兵馬未動，糧草先行，輜重隊的車馬一眼望不到頭，滾滾潮水般往前流動。

小驢車夾在中間，仍由阿樓駕著，鼇崽躺在上面繼續酣睡。

馮蘊坐上驢車，眾姬步行陪同。

這樣的區別對待，讓林娥很是憤憤不平。但她昨日挨了打，臉上還傷著，不敢再多說什麼，只湊過去拐彎抹角地求看押的敖七，能不能也給她弄一輛代步的車。

敖七看不到美人們的委屈，惡聲惡氣地回應，「妳們能跟馮家女郎一樣嗎？大將軍對她另有青眼，對妳們可沒有。老實點兒，好好走路，別逼我用鐵鍊拴了妳們。」

阿樓低低喊聲，「那叫什麼青眼？那叫瞎眼。」

他家十二娘神仙姿容，大將軍竟是看不見，還把她當囚犯，跟那些歌舞姬看押一起，阿樓很不高興。

敖七狠狠瞪他一眼，內心也有疑惑。舅舅向來說一不二，但昨夜詳細詢問了水患示警的事情，接著便格外開恩，允許馮家女郎使用她的小驢車，還特地派他來看守，此事古怪啊！

輜重隊伍走得慢，夜裡也不休息，眾姬個個嬌美也個個嬌氣，吃盡苦頭才回過味來，想起馮蘊說的那些話。

「馮十二怎知夜裡就沒法歇息了？」

「我偷偷告訴妳們哦，我聽人說過，十二娘幼時開過天眼，聰慧絕頂，連太傅都稱她為女神童，後來因為洩露了什麼天機，害死生母，這才被老天收回了神識，整個人變得癡癡傻傻，沒了靈氣。」

「開什麼天眼？人家說那是瘋病犯了！」

「噓！小心讓她聽見。妳看她像瘋傻的樣子嗎？」

「嗚嗚我才要瘋了，有人可憐可憐我嗎？腳磨破了，走不動了。」

眾姬走得哀天叫地，馮蘊在顛簸的小驢車裡晃晃蕩蕩，睡得也不安穩，一路做著顛三倒四的夢。

夢裡有絕情無義的蕭三郎，也有她和裴獗糾纏的三年。

三年裡，裴獗沒給過她名分，她也沒有存過希望。

當她像個物件似的，被父親送給裴獗的時候，還不知道生父和後母的好計，不知道她同父異母的妹妹馮瑩會嫁給她的未婚夫蕭呈，不知道人家早起了心思，還當自己獻身敵將是多麼偉大的犧牲，成天盼著阿父和蕭郎會打過淮水，奪回安渡郡失地，救她回家。

說來可笑，上輩子自從阿母過世，她整個人就糊塗了，昏昏度日，噩噩不醒。一直到慘死在齊宮，慘死在馮瑩得逞的笑聲裡，一直到被所有人拋棄，這才徹底清醒。

天亮時分，輜重隊伍停下來休整，在原地生火做飯。

馮蘊再一次變戲法似地從她的小驢車裡拿出炊具和食材，半袋乾菌泡發好，煮出一大鍋菌湯，再放上一點兒鹽，菌湯香飄散在整個輜重營。

現下的處境和前世截然不同，馮蘊有了真切的重生感，心情也好了許多，她給敖七盛了一碗菌湯。

「湯裡煮的是何物，怎會如此美味？」他從未吃過菌子，好吃到差點兒把舌頭吞下去，不由問東問西。

馮蘊也說不清楚她怎會知曉哪些菌子可以食用，哪些菌子有毒？好像這些本事，是她打娘胎裡便會的。只是後來生母過世，她飽受刺激後意識漸漸退化，再次重生，這些本領又突然間回來了。

「咳！某也來嚐嚐……」覃大金背著雙手，厚著臉皮擠過來要了一碗。

鮮湯入嘴，他神色猛的一變，大為吃驚，「鮮美啊！瑤池玉食也不過如此吧？」

這人昨日挨了三十軍棍，屁股差點兒打開了花，走路還一瘸一拐的，但不妨礙他的嘴巴說個不停。

「營裡食物緊缺，將士們成天糗糒、胡餅就水，沒油沒鹽沒滋味，嘴裡很是寡淡，要是可以採些菌子回來煮湯，也不失為一樁美事。」

他眼下青黑一片，為糧草憂慮不安，不過就馮蘊所知，北雍軍將要面臨的糧草問題，遠比覃大金所說的要嚴重許多。

腦子裡突然蹦出一個大膽的想法，「我可以帶人上山採菌，為貴軍尋找食物。」

覃大金嚇白了臉，一口否決，「不可不可，大將軍怪罪下來，某可擔待不起。」

不論馮十二娘以前什麼身分，未來什麼身分，眼下她都是北雍軍的女俘，大將軍沒有發話，誰敢讓她離營？

馮蘊笑了下，「不如稟明大將軍知曉，看大將軍如何說？」

路面積雨，匆忙趕路的輜重隊伍很是疲勞。馮蘊一直沒有見到裴獗，也不知道他存的是什麼心思，一直到隊伍到達界丘山紮營的時候，覃大金才帶來好消息。

「大將軍有令，女郎可從二十美姬中挑選四人為僕，並領伙頭兵上山採菌。」

這個結果令人意外，眾姬更是面面相覷，難以置信。

同是女俘，大將軍單獨賞給馮十二娘四個僕婢，意味著什麼？將軍嘴上沒說收她做姬妾，卻當她是自己的姬妾在看待。

將軍令到的那一刻，馮蘊明顯感覺到周圍押送的士兵對她態度有了變化，之前熱辣辣的目光收斂了，有些不敢再多看她。

馮蘊沒什麼表情，目光在眾姬的臉上，淡淡開口，「誰願意隨我上山？」

亂世女子，身若浮萍，馮十二娘自身難保，跟著她會有什麼好前程？但跟著將軍，從此就有了依靠，做姬妾，還是做僕役，對美麗的女子不是難題。

最初只有大滿和小滿走到馮蘊的身邊，她們是馮家的奴僕，奉命而為。

至於其他人……好半晌過去，才有兩個人應聲。

「妾願隨十二娘左右。」

「還有我……」

一個是歌姬文慧，正是對負心漢死心的時候。還有一個名叫應容，她是個繡娘，當初從萬寧郡逃難到安渡郡來，投奔嫡親舅舅和青梅竹馬的表哥。這次獻美，親舅舅用她從馮敬廷手裡換了秋絹兩匹，粟米二十石。

馮蘊點點頭，從小驢車裡取出彎刀掛在腰間，再把鼇崽丟入背簍，「走！」

幾天的雨下來，山裡菌子很多。

馮蘊看到可以食用的菌類，會停下來仔細教伙頭兵辨認，再講解食用菌與毒菌的不同，一群人震驚不已。

時人會採摘桑、槐、榆、柳等樹上長出來的木耳食用，但這些不明之物，營裡是一概不碰的。

馮家女為什麼懂得這些？可不像世家大族嬌生慣養出來的女郎。

伙頭兵們很是興奮，採菌菇、挖野菜、打獵物，忙得不亦樂乎。

敖七和一個叫左仲的侍衛跟著馮蘊，乍一看他們像是馮蘊的侍從，而不是看守。

小滿性子比大滿活潑，大聲說笑，「大將軍愛重十二娘，往後十二娘會有大福分，我等跟隨女郎，也會有福享。」

大滿對小滿的樂觀卻悲觀，世上的兒郎大多薄倖，十二娘再是貌美，總會有遲暮的那一天。在這樣的亂世，容貌好壞無非賣妻賣女時的價碼不同。

馮蘊一言不發，好像聽不見小滿的話，她用彎刀將擋在身前的荊棘砍斷，踩著濕漉漉的草叢速度極快地往大山深處走。

鼇崽不知何時從背簍裡一躍上樹，不過眨眼功夫便消失在眼前，片刻又從樹的另一端竄出腦袋，嘴裡叼著一隻小山雞。

血淋淋的小雞跌落下來，在地上撲騰。

「啊——」小滿嚇得花容失色。

馮蘊噓一聲，「蹲下，有大貨！」

雙滿立馬緊張起來，靠在她身邊。

馮蘊握緊彎刀，美眸堅定。

一片茂盛的大葉植物長在滿是雜草的林間，就像是農人耕種過又廢棄的田地，一頭野豬原本在土裡拱食，發現有人過來，撒丫子就跑。

嗖！鼇崽從林中躍起便是一爪。

「有豬肉吃了！」兵士們興奮地握緊武器圍上去，嚎叫聲和歡呼聲響徹了山林。

可是馮蘊的目光並沒有放在受傷的野豬身上，而是望向雜草林裡的那一片大葉植物。

「這是何物？」敖七好奇一問。

芋。

馮蘊臉上已恢復正常，「山芋。」

「山芋？」敖七眼神發亮，「它可以食用？」

馮蘊沒有回答，放下背簍走過去，將野豬拱出來的野芋撿起觀察，是赤芽芋，很大一片赤芽芋。

敖七看她若有所思，很是著急，「女郎快說，可不可食？」

從北晉來的敖七沒有吃過芋頭，但齊國南方早有人將它當成果腹的食物栽種。

「可食，又不可食。」

「這從何說起？」

「若得其法，便可食用。反之，毒性極大。等我面見大將軍再說。」她將撿來的山芋丟入背簍，喚一聲鼇崽。

鼇崽從樹上精準無誤地掉入她的背簍，兩隻爪子乖順地攀上馮蘊的肩膀，不知吃到什麼美味，滿足地舔嘴。

馮蘊溫柔地撫摸牠的腦袋，「今日你可算是得意了。」

敖七看著，莫名有點兒嫉妒牠。

一行人抬著野豬，背著一簍簍野菌滿載而歸。

剛回營就聽說大將軍來了，有士兵在私下裡打賭，猜將軍會給馮氏女郎一個什麼名分。

不料馮蘊放下背簍便主動求見裴獗，人在帳外先行禮，開口便驚人。

「馮氏女願為大將軍謀士，替大將軍籌措糧草，以備軍需。」

不做帳中姬妾，要做帳前幕僚，馮家女郎怕不是瘋了？自古哪有女子做謀士的？

營帳裡寒氣逼人，除了上首的裴獗，有幾個參將在列。

沒人想到馮氏女如此膽大包天，參將們看著大將軍臉上寒芒，都有些愕然。

他們正在商討軍務，這半個月來，局勢風起雲湧。

北雍軍連破數城，與齊國信州一水之隔，他們兵強馬壯，過江只是早晚，但眼前的難題在於糧草不足，支撐不了長久的戰線。

而齊國號稱集結了五十萬大軍，齊帝起用竟陵王蕭呈領兵，以寧遠將軍溫行溯為先鋒，準備打過淮水反攻安渡，與北雍軍決一死戰。

大戰迫在眉睫，大將軍怎會任由一個女郎胡鬧？

「令她近前。」

裴獗聲音不高，但涼薄，積威很重，眾將對視，身子登時繃緊。

敖七撩開帳簾，馮蘊卻久久沒有邁開腳步。

腰腰，近前來，容我細看……

記憶裡的聲音像一道催命的魔咒，封鎖了馮蘊的腳步。

她聽不得這句話，因為低低的輕喚後，便是幾乎要將她帶入瀕臨死亡的窒息和極樂。

大帳裡空空蕩蕩的，沒有多餘的陳設，就和裴獗這個人一樣，簡潔而單調，一看就無情。

她深吸一口氣，穩了穩心神，盡可能平靜地走進去，，落落大方的一拜，「馮氏女見過大將軍。」

一身素衣，但難掩玉骨冰肌，嬌媚天成，讓人移不開眼。

裴獗黑眸深深，自上而下打量她，「妳如何籌糧？靠那些山芋？」

他果然已經知道了這件事！馮蘊會心一笑，「山芋只是偶然尋獲，算不得什麼本事。小女子不僅懂得治粟司農之道，還有許多旁人沒有的才幹。大將軍一路橫掃諸城，上馬要管兵，下馬要管民，需要我這樣的人才為你效力。」

這個時代，三公九卿都有辟吏權，自主用人是一樁雅事，公卿門下少不得「入幕之賓」。

戰亂的地方更是如此，以軍管民，裴獗需要更多的屬吏來做行軍打仗以外的差事，辦理日常庶務。

連下五城，到裴獗帳前自薦的人不在少數，但像馮蘊這般自大的人，頭一個。

「本將不缺能人異士。」

馮蘊當然清楚這一點，「但大將軍缺我。」

裴獗冷冷盯著她，一言不發，帳中幾名參將已然感覺到了山雨欲來，馮蘊反而比入營時更為平靜。

「眼下北雍軍缺糧不是祕密，而齊國城池接連失守，勢必調動大軍，舉全國之力與大晉在淮水決一死戰。大晉糧草補給到陣前還需時日，大將軍若貿然與齊軍決戰，恐有風險。可戰機稍縱即逝，等齊軍緩過來，優勢還在不在大晉這邊，猶未可知……」

幾個參將不停地交換眼神，馮十二娘立在帳前，嫋嫋豔姿如芝蘭吐蕊含苞待放。分明是個嬌嬌女，卻分毫不差地說出眼前局勢。

馮蘊見裴獗盯住自己，繼續分析，「竟陵王蕭呈出身名門，有經世之才，譽滿寰中，因此讓齊朝皇帝頗為忌憚，這才導致多年來不受重用。但眼下事態，齊帝蕭珏只怕壓不住滿朝王公和世家大族的聲音，不得不起用竟陵王了。還有我繼兄，寧遠將軍溫行溯，驍勇善戰，文武全才，若他二人聯手，借淮水天險，大可與將軍一戰。」

幾個參將不由倒抽一口氣，馮十二娘好敢說，當真不怕大將軍殺頭嗎？

馮蘊好似不察，猶自開口，「我瞭解蕭子偁，瞭解溫行溯，瞭解齊軍，可與將軍為謀。」

蕭三郎，名呈，字子偁。

裴獗許久沒有說話，視線冷漠逼人。

待馮蘊看過去，只看到一抹刺入肌骨的寒意。

「蕭呈之妻？很好，今夜到本將帳中侍候。」

馮蘊臉色一白，逃不掉的宿命嗎？兜兜轉轉又回到當初。

在男子眼裡，美貌的女子就如同圍獵場上的獵物，最美的那個，就是最勇者的豐厚獎賞。越是人中龍鳳，越想拔得頭籌，將敵人的獵物佔為己有，興許便是他們最大的快樂。

她是蕭子倆的未婚妻，是溫行溯的繼妹，這是不是裴獗上輩子和這輩子都想要她的原因？

「我是蕭三不肯娶的，將軍莫非不知情？還是說，將軍就好這一口？」

馮蘊嘲弄地挑一下眉頭，這小動作被裴獗捕捉到眼裡，輕擺茶盞，冷淡漠視。

馮蘊輕笑一聲，儘量用恭敬和從容的語調說話，「美色易得，謀士難求。沒有馮氏女，將軍尚有一片花海。有了馮氏女，將軍卻能省去後顧之憂，我勸將軍三思。」

裴獗冷冷抬眼，死亡凝視。

馮蘊毫不在意地繼續說，「安渡郡獻上的美姬，全是精心挑選，各有各的好。邵雪晴身姿婀娜，凝脂似玉。林娥楊柳細腰，蓮步飛燕。文慧櫻唇貝齒，歌韻繞粱。苑嬌豐腴綽約，最是溫柔……」

馮蘊說得像個老鴇，十分真誠地為裴獗安排侍寢的姬妾，只因她知道裴大將軍在那方面確有很強的需要，若不令他滿足，只怕難逃魔爪。

幾個參將聽得眼都直了，馮十二娘是沒有照過鏡子嗎？她所說的美姬，誰人及得上她？

「大將軍可要考慮考慮？」

裴獗素無情緒的眼，在這一刻格外幽深，「不肯侍奉我，是因蕭三？」

馮蘊莞爾，「不，以色事人者，能得幾時好？馮氏女早就發過毒誓，要以畢生才幹事人。」

上輩子，裴獗對她可謂寵愛有加，在他長達三年的南征生涯裡，陪伴在側的只有她一人，令多少女子豔羨，可最終不也慘澹收場。

誰能想到，只因那個年輕貌美的臨朝太后一句軟話，裴獗便可將寵姬逐出中京……想到這，馮蘊心都冷了。

不過拋去男女之事，裴獗為人大方、義氣，是幹大事最好的合夥人。

「將軍何不讓我試一試？」

裴獗坐在上首看她，身姿巋然不動，好似一個字都懶得跟她多說，擺了擺手，敖七便過來橫刀攆人。

馮蘊抬眼看過去，大將軍臉色冰冷，坐得十分端正，如同一根無情的木頭，但他幽深黑眸裡翻湧的情緒卻是她無比熟悉的，下意識地雙腿便有些發軟，那是來自身體的強烈記憶。

馮蘊避開視線，行個禮，匆忙退下。

敖七跟出來，語氣含譏帶諷，「女郎好運，今日若換了別人，只怕要身首異處。」

馮蘊失笑，「你們大將軍這麼可怕嗎？」

敖七抬高下巴，俊朗的臉上滿是傲氣，「那不叫可怕，那叫……大英雄！」

「大英雄不會亂殺人。」

敖七皺了下眉，「妳看妳不是活得好好的？」

「你看你是不是上粱不正下粱歪？」

敖七拉下臉來，他不喜歡馮蘊這麼說舅舅，又疑惑她今日的所作所為，「也不怪大將軍不信妳，妳說妳一個齊國女子，為何想做晉國的謀士？妳幫北雍軍籌糧，那便是與齊國為敵。」

馮蘊一笑，「晉國如何，齊國又如何？於我，都一樣。」

上百年的戰亂下來，讓原本的大一統國家四分五裂。如今的晉、齊、雲川諸國同宗同祖，在戰亂年間，百姓四處遷徙，混雜而居，早已分不出你我。而世族權力對皇權的掣肘，導致百姓的觀念「家」在前，國在後。

尤其是她，經了上輩子的苦難，今生最想要的結果，無非是南北一統，百姓從此安居樂業，而不是無休無止的戰亂下去。

敖七輕咦一聲，眉飛色舞起來，「女郎選大晉而棄南齊，甚有眼光，我們大將軍必會縱橫天下，大殺四方的。」

大殺四方是真的，至於縱橫天下……裴獗有那麼大的野心嗎？

前世相處三年，但馮蘊並不完全瞭解裴獗的心思，他不是一個善談的人，那三年除了榻上的交流，幾乎沒有說過別的什麼。如果他真的有那樣的野心，結束當今天下這一片混亂和分裂的局面，那再好不過了。

✣ ✣ ✣

裴獗回營不久，覃大金就找糧去了。但兵荒馬亂的世道，能逃的早就逃走了，莊稼變成荒草，糧倉餓死老鼠。十室九空，找糧比找財更為不易。

裴獗不肯讓馮蘊做幕賓，那她就換個思路。

她讓敖七帶人上山，將山上的山芋連根一併挖回來。

伙房不知如何食用，馮蘊就手把手地教。

芋莖燙熟醃製做菜，吃不完的切段曬乾備用，脆口又美味。芋頭洗淨去皮，上鍋蒸煮，香軟粉糯，既好吃又有飽腹感。

山芋和野豬無法徹底解決糧草問題，但解了馮蘊的燃眉之急——裴獗沒有讓她過去侍寢。

他那天說的話，好像過眼雲煙。

這個小功勞，讓馮蘊再次擁有了自己的小營帳，敖七允許她帶著四個婢女同住。

躲過一劫，馮蘊歡喜地教伙頭兵做食物，踐行「以才能事人」的承諾。

伙房將野豬宰殺了，一部分按馮蘊說的醃製起來，該存的存，該煮的煮，燉湯的燉湯，燒炙的燒炙，平常伙房裡做的吃食都是囫圇了事，只圖填飽肚子，不在乎什麼味道，經了馮蘊的指點，他們發現同樣的食物，味道大不一樣了。

一時間，香飄大營，馮蘊以真本事獲得了士兵的矚目。

「馮氏女郎長得好，手也巧，真是奇人。」

「馮氏是齊人，會不會包藏禍心？」

「怕什麼，大將軍都吃了，還會毒死你不成？」

「嘿，打完仗，我也討一個齊國新婦回去。」

「聽人說，馮氏許的是蘭陵蕭家的三郎，封號竟陵王，要不是咱們大將軍打過來，只怕她已是人婦了。」

「嘻嘻，等大將軍不要了，我等就將人要過來，那就是睡了蕭三郎的妻室了！」

南齊蕭氏，獨絕三郎。那蕭呈才學踔絕，名聲在外，便是這些營中糙漢也有聽過，百年世家的嫡子，天生的貴人。

幾個兵士蹲著吃飯，越說越得勁，只圖一個嘴快，冷不丁背後飛來一腳。

砰！碗落地滾個不停，那人也摔了個狗吃屎。

「哪個殺才——」吼聲卡在喉頭，那人對上敖七憤然的眼睛，慪慪地去撿碗。

「說說罷了，敖侍衛成天跟前跟後，就沒動過心思？這樣維護馮氏女，還不如讓大將軍賞了你？」

敖七呼吸一滯，臉熱得猴屁股似的，氣得咬牙拔刀，「大將軍的人，你們也敢瞎咧咧？不要命了！」

幾個士兵嚇出一身冷汗，不敢再多嘴了。

敖七就拎著從伙房撿來的幾根豬骨頭，丟到鼇崽的竹窩裡，「便宜你了。」

鼇崽聞了兩下，嫌棄地別開臉，舔爪子。

「牠不是狗，不啃骨頭。」馮蘊將豬骨撿起來，用鹽醃起來，照常放到她的小驢車裡。

敖七伸長脖子往裡看，想知道裡頭到底藏了些什麼寶貝？

馮蘊拉下簾子，冷不丁塞一塊東西給他。

敖七低頭一看，乖乖，那是一塊巴掌大的牛肉，辛香辛香的，饞得他嘸口水，「我拿去孝敬大將軍！」

馮蘊鄙視他一眼，沒出息的東西，真是一點兒沒變，仍把裴獗當神來敬重。

看著敖七喜孜孜地走遠，邵雪晴、林娥和苑嬌幾個女郎才敢出營帳來找馮蘊打聽。

「十二娘在大將軍帳前引薦妾等，大將軍是如何應的？」邵雪晴聲音嬌軟羞澀，但眼睛裡充滿了期待。

馮蘊面無表情，「大將軍沒應。」

眾姬交換一下眼神，語氣更為熱絡。

「十二娘，我們同是齊女，同為將軍姬妾，理應彼此照顧。」

「姐妹們同心合力，得大將軍憐惜，那才是出路。」

「大將軍乃是人中之龍，我若得他憐愛，來日必定會照拂姐妹。」

聽著眾姬爭先恐後地表明心跡，馮蘊目光有些複雜。什麼人中之龍？私下裡就是一頭不知節制的蠻牛，恨不得把人弄死才甘心。她們要是知道這個，只怕就說不出這些話了。

「十二娘，下次拜見將軍，可否帶妾一起？」邵雪晴大著膽子要求，二十美姬中，她身分最高，是安渡郡丞家的四娘子，雖是庶出，但她自問除了馮家女，就數她最有資格侍奉大將軍。

只是大將軍沒有召見她們，其他將領也不敢開口要人，她們在營中身分尷尬，又做不到馮蘊那麼從容，無時無刻不在擔憂中度過。等待塵埃落定的日子，比在塵埃中更為煎熬。

「十二娘，幫我們想想辦法吧？」

馮蘊突然從小驢車裡拖出一隻血淋淋的小山雞，「誰會拔毛？」

眾姬驚詫，好半晌無人回應。處理死雞拔雞毛，那不是僕婦幹的事嗎？她們是豔容玉色的美嬌娘，哪裡會做粗活？

「沒有人會嗎？」

眾姬盯住她，不知她意欲何為？

馮蘊將山雞交給小滿，「處理乾淨，燉好讓大滿給大將軍端去。」

眾姬頓時無語。

馮蘊不看眾姬表情，讓大滿把鍋子燒旺，切點薑片，等雞處理乾淨剁塊放入鍋中，文火慢燉。待差不多了，再將山裡尋來的幾朵雞樅丟進去，煮得湯汁金貴，極盡鮮美，這才撈起來，盛到自家帶來的白釉蓮子罐裡。

小滿只有十四歲，大滿十六，姐妹倆生得像，性子卻差很多。

小滿天真直率，大滿卻有自己的小心思。上輩子她對裴獗是真心傾慕，甚至為了裴獗不惜背叛她，將她給蕭子偁寫信的事報告裴獗，導致她的書信被截，讓裴獗狠狠收拾了好幾次。

主僕一場，那就成全她一番心意吧！至少大滿心甘情願地侍奉裴獗，她也不算妄作惡人。

當然，還有一個很重要的原因，大滿眉宇間與她有幾分相似。等裴大將軍心滿意足，就是最好說話的時候。

看眾女眼巴巴盯著自己，馮蘊扯扯嘴角，「各位請回吧！給了機會，是妳們不要的。」

眾姬又是氣恨又是後悔，如果知道馮蘊存的是那樣的心思，別說拔雞毛，便是硬著頭皮啃活雞她們也願意呀！

晚上大滿送雞湯去中軍帳，一直沒有回來，小滿坐立不安，慌得直掉眼淚。

誰不知裴大將軍嗜血好殺的惡名，狠起來那是要吃人的，她不知道姐姐是留下來侍奉將軍了，還是被打殺了？

「怎麼辦？十二娘，我阿姐會不會被大將軍吃掉了？」

「吃了才好呢，就怕他不吃。」

小滿驚恐地看著她，阿樓也愕然抬頭，他們在府裡就聽人說過，十二娘打小就不正常，發起瘋來六親不認，不會又發病了吧？

「十二娘……」

阿樓想說點兒什麼，還沒來得及，林娥就哭哭啼啼地跑了過來，跪伏在地，「十二娘，求您救救妾啊！」

馮蘊不應聲，林娥只好抽泣著說清原委。方才她和苑嬌勾引並買通守軍，偷摸著過去，想給大將軍自薦枕席，惹怒了大將軍。

「將軍斬殺了四個守軍……還要把我等姬妾全數充入大營，犒賞六軍……」

馮蘊的表情沒有什麼變化，從安渡城出來進入敵營起，她們就應當對自己的命運有準備的了。但在馮蘊的記憶裡，前世裴獗收了她以後，就將林娥等姬妾都賞給了有軍功的將領，大多數人的下場還是好的，有的很得寵愛，有的生下孩子，衣食無憂。

看來是林娥弄巧成拙，改了這世的命數。

她太傻了，把裴獗當成玉堂春裡那些紈褲公子，以為有幾分姿色就能靠近。裴獗多謹慎的人，要是隨隨便便一個美姬都收，早不知被殺死多少回了。

「十二娘，妳我都是齊人，當守望相助……」林娥慌得臉都白了，趴伏在地上肩膀顫個不停，「是妾不好，妾不知天高地厚，得罪了您，妾掌嘴，十二娘大人大量，不要與妾計較……」她說著便抽打起了自己的臉。

馮蘊失笑，「我又不是草船，不用往我身上放箭。妳方才正該在將軍面前多哭幾聲，多打幾下，得將軍憐愛。」

她表情平靜又溫和，不見半分惡意，可說的話比刀尖還利。

小滿看林娥痛哭流涕，也跟著慌得掉淚，「女郎，我阿姐會不會，會不會也出事了？」

馮蘊看了看火光照耀下的營地，想了想，喚來阿樓，「去中軍帳前問問，大將軍賞我的僕婢大滿，為何還沒回來？」

「諾。」阿樓拱手領命，匆匆消失在馮蘊的視野裡，不一會兒工夫，就被敖七拎著胳膊帶回來了。

敖七丟下阿樓，沉著臉朝馮蘊抱拳，「大將軍有令，安渡郡太守獻美，拳拳之心當物盡其用。除馮氏阿蘊尋糧有功，免去勞役，其餘姬妾一律充入營房，犒賞將士，以撫軍心。」說罷，他看著小滿和林娥，頭一擺，「都帶走。」

一群兵士氣勢洶洶地走過來，拿刀的拿刀，拿鐐銬的拿鐐銬，不僅要將小滿和林娥帶走，其他姬妾一個也不放過。

幾乎瞬間，營房裡哭喊聲、求救聲不絕於耳，悲涼又心酸，在這個世道，女俘的命不比牲口貴重。

馮蘊輕撫鼇崽的背毛，不讓牠躁動不安，雙眼則是平靜地看著眼前這一幕，看著眾姬被兵士拉出來，拖著、拉著、拽著，遲疑許久才開口，「敖侍衛，帶我去見大將軍吧！」

敖七略帶輕蔑地哼了一聲，「女郎還是不要去得好，大將軍饒過妳，妳就偷著樂。再湊上去為他人求情，就不識時務了。」

周遭全是嚎天喊地的聲音，敖七有點兒不耐煩，可吃人嘴軟，他吃過馮蘊的東西，也不捨得這個如花似玉的女郎香消玉殞，便多勸一句，「女郎便是去了，大將軍也不會見妳，死了這條心吧！」

「他會。」馮蘊神色淡淡，看不出喜怒，「將軍等著我去求他呢！」

裴字旗在夜風裡招展，中軍帳裡，裴獗身著輕甲，手提辟雍劍，正準備離營。

侍衛葉闖進來稟報，說馮蘊求見。

裴獗停頓一下，沒有出聲。葉闖以為大將軍會勃然大怒，連忙拱手告罪，不料，裴獗將頭盔取下放在桌案上，抬手示意他一下，又端坐回去。

葉闖愣了愣神才反應過來，「屬下領命。」

界丘山大營多霧，夜裡周遭灰濛濛的，唯有中軍帳的光線最亮。

馮蘊走入大帳，不長的距離，卻用盡了全身的力氣，上輩子她也是這樣一步步走入裴獗大帳裡的，那時的心跳得比現在更快，恐懼比現在更多。

忽略那一束冷漠的目光，馮蘊略略低頭行禮，「馮氏女，見過大將軍。」

沒有得到回應，裴獗一如既往少言寡語，唯有冷眼殺人。

馮蘊主動道明來意，「將軍，我來接我的婢女大滿，她來中軍帳送雞湯，沒有回去。這是將軍賞我的人，將軍一言九鼎，不會不算數吧？」

她低著頭，裴獗只看得見一截雪白的玉頸，「近前來。」

熟悉的聲線，比以前更冷，更硬。

馮蘊下意識抬頭朝他看去，視線在空中相撞，她喉頭一緊，只覺渴得厲害，又迅速低下去，做出一副害怕的樣子，盈盈一福，「請將軍寬恕，我的婢女想是不懂事，開罪了將軍……」

裴獗若有似無的哼了聲，又好似沒有過。

營帳就這麼沉寂下來，在令人窒息的等待中，裴獗慢慢起身，朝她走過來。

盔甲摩擦出的輕微響動，在空寂的大帳內十分清楚，馮蘊就像數著自己的心跳一般，數著他走近的步伐。

裴獗身量極高，目光從上打量她，有天然的優勢和威壓。十七歲的馮蘊不算矮，卻只及得上他的肩膀，體格的懸殊，讓她感覺到危險，情不自禁地退後兩步。

裴獗停下來，「妳當本將是什麼人？」

那雙眼極冷，深如黑潭。

馮蘊思量著回答，「我當將軍是大英雄，是那種從來不會欺凌弱小、無辜、婦孺的蓋世大英雄！」

江淮五郡的人眼裡那個十惡不赦的殺人閻王，硬生生讓她吹成蓋世英雄，大概是裴獗也沒有想到她這麼能口是心非，一時竟是無言。

馮蘊鬆了口氣，裴獗殺人不喜歡繞彎子，這麼有耐性傾聽，小命是保得住的。

更何況，她這句話半真半假，裴獗確實惡名在外，上輩子欺負過她，但他們在一起從最開始就不是對等的關係，裴獗沒有許諾過什麼，只是不愛她而已，比起蕭三，他不算君子，但行為算得上坦蕩，給過她不少快樂，某些方面還是值得誇讚的。至少現在，馮蘊認為犯不著跟他翻臉。

「若非崇敬將軍，我怎會自薦謀士？明知將軍厭惡齊女，又怎會將心愛的婢女拱手相贈？只因我相信將軍為人，光明磊落，鐵血丈夫，不屑小人行徑……」高帽子一頂接一頂，她說得像真的一樣。

誰讓裴獗就吃這一套呢！江山易改，本性難移，馮蘊相信裴獗還是那個裴獗，偶爾也能聽進去幾句諂媚的話。

裴獗面色不顯，眼神睨著她看不出情緒，但似乎是受用了她的恭維，轉身走回案前坐下，望向那個白釉蓮子罐，「喝了它。」

這是大滿送過來的，雞湯在這裡，人在哪裡？

馮蘊慢慢走過去，桌案稍矮，她不得不半跪下來捧起白釉蓮子罐，「將軍是懷疑雞湯裡有毒，還是對我的婢女不滿意？」

裴獗冷眸滑過一絲嘲弄，「這麼想讓我滿意，何不自己試試？」

馮蘊心跳一亂，好像有什麼情緒被裴獗捏入了掌心，故作艱難一笑，「小女子怕是沒這個福分了……」

「喝！」裴獗垂下眼皮，有些不耐煩聽了。

這是命令的語氣，不容她抗拒。

馮蘊將罐裡的雞湯盛出一碗，慢慢飲下。

世家大宅裡嬌養的女郎，一身細皮嫩肉，委屈又脆弱，吞嚥時玉頸無聲而動，眼睫在火光下輕顫，自有一段撩人風姿。

裴獗清冷的目光一掠，那些習慣壓抑在深處的慾望便洶湧而至，只差一道破繭而出的門，便會傾覆他所有的冷靜，看來該吃藥了。

「將軍，我喝不下了。」馮蘊不知裴獗在想什麼，也不在乎，繼續裝腔作勢，「原是誠心奉湯獻美，一心想為將軍效勞，不想卻惹來懷疑，謀士難為啊！」

裴獗看了眼她眼裡的紅絲，「下不為例。」

「諾。」馮蘊低頭行禮，聲音未落，就見裴獗傾身拿過那個她剛喝過的碗，將罐裡的雞湯倒進去，當著她的面，一仰脖子便大口大口地喝。

裴獗有一截挺拔的喉結，喝湯時順著吞嚥而滑動十分惹人。馮蘊甚至知道他那處極是敏感，輕輕吻上去，便會叫他喘息發狂。

夜色盡頭，營帳裡耀映的火光調皮地將兩個影子貼在一起，帶來一種錯位的親密，好像嬌小的女郎偎入了將軍的懷抱，無聲纏綿。

馮蘊在久遠的回憶裡拉扯，看得專注，忘了身在何處。

裴獗在放下碗的瞬間，發現地上的影子，彷彿被嗆到，飛快放下碗直起身來，冷著臉凶她，「往後再自作主張，概不寬恕。」

馮蘊回神，窘了一下，「是湯不好喝嗎？」

「妳以為送幾個姬妾，便能討好我？」

這是馮蘊今生與他相見以來，裴獗語氣最平和的一句。

馮蘊有點兒想笑，原來裴將軍不僅懷疑她讓婢女送湯別有居心，還以為林娥和苑嬌那些人都是她的安排。怪不得會大發雷霆，他再是急色，也不願意被人當成種豬呀！

馮蘊連忙賠罪，「妾猜將軍喜好，是我不對，但眾姬對將軍也是一片真情，不如……」

裴獗神色一冷，馮蘊馬上見風使舵，換個說法，「不如將軍直言，我要如何才能做你的謀士？」

裴獗的視線掃過她的表情，認真，但虛偽，「妳說發過毒誓，若以色事人如何？」

馮蘊愣了一下才反應過來，他問的是那天在中軍帳裡說的那句發毒誓的話，於是莞爾而笑，「若違此誓，我男人必不得好死！」

兩人視線交錯間，馮蘊看到裴獗的喉結明顯地滾動了一下，熟悉的危機感陡然升起，那瞬間，她心跳加快，卻聽到裴獗清晰而冷漠的命令，「敖七，帶去領人。」

第三章 投桃報李

敖七進帳，看看神色怪異的兩個人，一臉懷疑，但他不敢多問，拱手應下，「諾。」

裴獗拿過桌案的頭盔，面無表情地從馮蘊身邊走過去，冷淡得沒有一絲情緒。

馮蘊目光追隨那個背影消失在營帳，僵硬的身子才算是活絡起來，好像從地獄裡走了一遭似的，長長吁一口氣，朝敖七福身行禮，「有勞敖侍衛。」

敖七哼聲，「將軍對女郎真是偏心，換了他人，犯兩次軍規，少不得要挨三十軍棍的。」

「我何時犯了兩次軍規？」

敖七飛快睃她一眼，「一送吃食，二送姬妾。」

馮蘊愣了下，笑而不語。

「將軍素來與將士同飲同食，不開單灶，尤其厭惡往他房裡送人，女郎可真會犯忌諱！」敖七說著，又瞥馮蘊一眼，不滿地道：「也不知女郎哪裡好，竟讓將軍再三寬容。」

「敖侍衛不知道嗎？」馮蘊突然湊到他面前，仰臉盯著他看，「你看仔細就知道了。」

敖七忽地撞上她黑亮的眼睛，一個對視，耳根都燙了起來，腦子裡無端生出千絲萬縷的勾纏，攪得心亂如麻，趕緊扶著刀轉身走出營帳，彷彿背後有鬼在追。

少年郎的狼狽看在馮蘊眼裡，不免好笑。

毛頭小子跟她鬥！再不濟，她也活兩輩子了。

大滿被扣押在侍衛營裡，蹲在地上像隻兔子似的，紅著眼睛，不敢多看馮蘊一眼。

馮蘊不多話，將她帶回營帳。

小滿和另外兩個婢女已經回來了，逃過一劫，幾個女子又哭又笑。

只有馮蘊默聲不語，一直等敖七的腳步聲遠去，她才不動聲色地將那個從中軍帳帶回來的白釉蓮子罐，推到大滿的面前，「嚐嚐看，這雞還是不是那味？」

大滿撲通一聲跪下，「女郎罰我吧！」

「妳錯在何處？」

大滿羞愧地低垂著頭，「出城前，府君再三交代我和小滿，要護衛女郎周全。婢女蒿草之姿，出身卑微，心知難討將軍喜愛，這才自作主張，將鹿茸粉末加入雞湯裡。」

馮蘊冷哼，「妳也太小看裴獗。」

要是區區一罐加了鹿茸粉的雞湯，就可以讓裴獗失去分寸，那他還是令人聞風喪膽的閻王將軍嗎？

小滿聽不懂這些沒頭沒腦的話，不知所措地看著馮蘊，「女郎，阿姐……這是怎麼了？」

文慧和應容都拉了拉小滿，搖頭示意她不要吭聲。

馮蘊卻不避諱，「鹿茸補腎壯陽，生精益血，妳說妳阿姐做了什麼？」又轉頭盯著大滿，「我是讓妳去送湯，不是讓妳去送賤！」

大滿身子抖了一下，瞬間生出一種不認識她的錯覺，這還是太守府那個木訥溫吞的十二娘嗎？

她心下懼怕，身子跪伏下去，「我錯了，我不該擅自主張，可我這麼做也是為了女郎啊！妳我主僕身在敵營，前途未卜，若我僥倖討得大將軍歡喜，從此女郎便不用在這臭氣熏天的營房裡受罪了。」

「妳走前，我怎麼叮囑妳的？」

「女郎讓我……謹慎行事，若將軍看得上我，我便留下，在帳裡好生侍候……若將軍無意，不可自討苦吃，曲意逢迎，行引誘之事。」

「那妳是怎麼做的，怎麼說的？」馮蘊將那把她從安渡郡帶來的小彎刀拿在手上，輕輕地摩挲著刀刃，極為珍愛的樣子。

大滿嘴唇囁嚅，雙頰緋紅，說不出話來。

馮蘊臉一沉，將彎刀一擲，貼著大滿的額頭摔落在地，嚇得她驚聲尖叫，跪爬過去抱住馮蘊的腿，「女郎饒命，女郎饒命！婢子再也不敢了，再也不敢了。」

馮蘊神色不變，「在我跟前侍候，背主是萬萬容不得的。」

大滿失神地癱坐在地，「女郎，妳當真忍心要婢子的命嗎？婢子以前在府裡……只因眉眼與女郎有三分相似，便被陳夫人處處磋磨，婢子也是苦命人啊！」

小滿聽罷，跟著淚流滿面地求情，「阿姐有錯，但阿姐起心是好的呀女郎……」

「不用害怕，我救她回來，就不會再殺，但妳們聽好了，機會只有一次，下不為例。」

大滿嗚咽著，用力磕頭。

馮蘊疲倦地別開臉，「歇了吧！」

但這個夜晚註定難眠，營裡的巡邏兵偶爾會傳來一陣清脆的腳步聲，合著夜風掠過的嗚咽，輕而易舉便讓馮蘊陷入漫長而幽遠的思緒。

經了上輩子，馮蘊不認為自己還是什麼貞節烈女，更不會妄想在這種兵荒馬亂的年月裡為誰人守貞。裴獗生得俊朗無匹，手握重兵，眼下也可護她平安，原本沒什麼不可以。

但是……晉國臨朝太后李桑若的心上人，睡他就是一個大火坑，她嫌麻煩。而且她今生要的不是這些，更不想再挖空心思和別的女子去爭奪男人那一點點隨時會收回的寵愛。

也是想明白了這個道理，她對李桑若才有了重新的認識。一個年輕的後宮女子，在群狼環伺中，要扶持年幼的兒子登基，要以皇太后之名臨朝稱制，沒點兒拿捏人心的本事怎麼行？

裴獗拼死拚活征戰在外，馬蹄踏過白骨累累，不就是為了保他們母子的江山嗎？他愛呀！馮蘊在暗夜裡失笑。

讓那算命先生的十四字箴言去死吧！

她為什麼要紅顏薄命？她為什麼不能在眾叛親離後，將女俘生涯走出除了侍寢以外的康莊大道？她為什麼就不能萬花叢中過，片葉不沾身？

許是想得太出神，聽到寂夜裡有人高呼「叫濮陽醫官速來」，她才回神。

濮陽醫官是指濮陽九嗎？營裡大半夜叫他來，不會是大滿那一罐鹿茸壞事了吧？

罐裡的雞湯她只喝了小半碗，剩下的全進了裴獗的肚子！

馮蘊起身，想繞過睡在門口的婢女，躡手躡腳往外走。

「女郎？」小滿迷迷糊糊睜眼。

「噓！」馮蘊搖頭示意她噤聲，「我出去看看。」

寒山鴉靜，馮蘊出來，正好對著練武場那一片月色。

裴獗精準迅速，身姿騰起如雄鷹捕獵，一柄長槍舞得虎虎生風，只是不知他練了多久，汗水布滿了精壯赤裸的上身，那鼓脹的肌肉好似蘊藏著巨大堅韌的力量，在皎潔月光下，散發出一種難言的野性。

這月色……真是令人臉紅心跳啊！

「嘶——」低低的抽氣聲從背後響起。

馮蘊回頭，看到小滿和大滿縮在帳邊，瞪大眼睛盯著她……不，是越過她盯著練武場上的裴獗。

要壞事！馮蘊心裡一驚。

果然見那人身姿驟停，似是察覺到什麼，猛的扭頭朝這邊看來。

汗珠順著他的眉宇滑下，黑漆漆的眼又凶又野，還有一種說不出的冰寒。

馮蘊慶幸她這邊沒有光，她可以清楚地看到裴獗，裴獗卻看不見她們。

停頓片刻，練武場邊有火光移動，想是濮陽九到了，裴獗將長槍插到兵器架上，披上外袍回營，只留下一個冷峻的背影。

馮蘊鬆口氣，瞪一眼大滿和小滿，捂著心跳，平息良久才回去繼續神遊太虛。

而中軍帳裡，濮陽九注視著燈火下裴獗那雙赤紅的眼睛，嚇得差點兒掉頭就走，「妄之這是吃人了？」

裴獗斜靠在堅硬的桌案上，豆大的汗珠從堅毅的下頜滾落，氣息久久不能平靜，眼裡是殺人的狠意。

濮陽九蹲下來為他切脈，「陽盛至極，應是服用了溫補之藥！這是怎麼回事？我不是再三叮囑，不可進補嗎？你都多得存不下了，還補什麼？」

「不慎受小人愚弄。」

「竟有此事？」濮陽九一臉不可思議，「誰人膽敢在太歲頭上動土？說出名諱，我願三炷清香拜他為師！」

裴獗冷下臉，眼中的煩躁快壓不住了。

見狀，濮陽九想到什麼似的，眼窩有笑，「是那馮氏女郎？難怪呀！」他在中京便是個風流醫官，十里花場玩得多了，恨不得手把手的教他，「有豔福不享，是要遭天譴的。你長得可半分不輸那些擦脂抹粉的……」

「濮陽九！」

「罷了罷了。」濮陽九適可而止，「先泡個冷水澡，再針灸吧！解決了你，我也好痛快睡一覺。」

「那還不快些滾出去！」

「嗯？過河拆橋？」濮陽九一時沒反應過來。

「難道你想留下來一起泡？」裴獗反問。

「不必不必，你自便、自便。」濮陽九見鬼似的變了臉色，走得比風快。

營裡洗澡不夠痛快，濮陽九曾不知死活地跟裴獗一起下過河……那唯一的一次經歷對他造成了很大的衝擊和傷害，濮陽醫官的引以為傲在裴大將軍面前簡直是小巫見大巫，從此再不敢在他面前寬衣解帶了。

✣ ✣ ✣

天一亮，敖七便在馮蘊的帳外等候。

不遠處，十六個姬妾哭哭啼啼地坐上平板車，不知要拉到哪裡去。

敖七見馮蘊氣色不錯，上前拱手，「恭喜女郎。」

馮蘊欠身還禮，「是將軍同意我做謀士了嗎？」

敖七沒有料到她還惦記這事，無趣地抱著腰刀，神情不太好看，聲音也是懶洋洋的，像沒有睡醒，「北雍軍大營裡不留女子，為免動搖軍心，大將軍有令，將女郎送往安渡郡府，至於她們……」撇了撇嘴，輕哼一聲，「自求多福吧！」

馮蘊毫不意外，裴獗治軍極為嚴格，但這麼著急把她們都送走，除了這個原因，還因為他要備戰信州了。

裴獗和蕭呈之間，早晚會有一場惡戰。

出營的路上，馮蘊再次受到將士們的矚目禮。無論她和裴獗怎麼想，在北雍軍將士的眼裡，大抵坐實了她是大將軍的姬妾。

驢車到了安渡郡太守府，馮蘊打開簾子，還沒來得及看清門楹，一個頭髮花白的老嫗就跌跌絆絆地衝過來，抱住她掉眼淚，「十二娘喲，老僕的十二娘喲……」

「阿婆……」馮蘊輕拍她的後背，很緩，聲音很輕，心裡卻如潮水奔騰。

韓阿婆是馮蘊生母盧三娘的奶娘，她一手奶大盧三娘，又一手帶大馮蘊，是馮蘊當親人看的老人。

上輩子韓阿婆死在安渡城的大牢裡，儘管馮蘊曾哀求裴獗放她一條生路，但裴獗極狠，她們連最後一面也沒有見上。如今阿婆又活生生出現在眼前，叫她如何能不激動？

「阿婆別哭，我這不是回來了嗎？」

韓阿婆也沒想到和自家女郎還有活著相見的一天，上上下下打量著馮蘊，眼淚淌得串珠子似的，「回來就好，回來就好，妳阿父不是人啊，竟把親生阿女往火坑裡推……」看一眼扶刀而立的敖七和幾個侍衛，稍稍壓低聲音，「女郎在那邊……沒吃苦頭吧？」

馮蘊輕輕搖頭，「阿婆，我們回屋裡說話。」

主僕二人牽手入府，馮蘊發現，太守府裡除去被馮敬廷焚燒的庫房、書房和前堂議事的公房，其他地方都保持著原樣。尤其她的閨房裡，跟她離開時沒有半分差別，衣服、擺件都放在原本的位置，一應如故，歲月靜好，彷彿從來沒有發生過敵軍入城的變故。

馮蘊和韓阿婆坐下敘舊，聽她說起北雍軍入城那日裡發生的事情，不由唏噓。

「阿婆，妳怎會在府裡等我？」

「是牢差送老僕回來的，那時老僕就猜到……」韓阿婆盯著她，眼淚突然淌得更厲害了，「十二娘貌美，能救阿婆，只怕是……已落入那閻王的魔爪了。」

魔爪？馮蘊用手指撫平韓阿婆的亂髮，藉以忍住笑意，「沒事了，都過去了，我和阿婆都還活著，活著便有希望了。」

韓阿婆聽她說得雲淡風輕，這才發現了那些被她忽略的異樣——十二娘身上有些什麼東西變了！

雖然人還是那人，除了眼睛更黑更亮，表情更從容，又說不上差別在哪裡。一個人經歷了這麼大的事情，有變化也是尋常。韓阿婆說服了自己，喜孜孜沉浸在重逢的歡愉裡，讓馮蘊歇下，自己去煮茶。

敖七便是這時找過來的，他似乎還在計較馮蘊之前逗他的事，不滿地拉下臉將一份名冊遞給馮蘊，「大將軍說，太守府舊人交由女郎處置。」

馮蘊接過來一看，目光流露出一絲驚訝。名冊上是沒有來得及跟馮敬廷南逃的太守府屬吏和下人，他們不是馮敬廷的心腹，也算是被馮敬廷和陳夫人拋棄的人。上輩子這些人和韓阿婆一樣，在馮敬廷南逃後，被下到安渡郡府獄，悉數殺害。

死去的人，全部都還活著！上輩子沒有發生過的事情，現在也發生了！

顯然現在的裴獗更高看她一眼。

馮蘊沉默片刻，挽袖磨墨，寫一封書信交給敖七，「勞煩呈稟大將軍，絕密！」

說她是投桃報李也好，當投名狀也罷，信上她明確告訴了裴獗一個驚天大陰謀——蕭呈要反！

集結南齊五十萬兵馬抵抗北雍軍，只是他計畫裡的序幕。

安渡失守，藉機舉兵，聯手她那個做尚書令的大伯父馮敬堯，逼迫無能的齊帝蕭玨退位，才是蕭三郎真正的目的，也是馮蕭聯姻最大的利益點。

那個日子，就在立秋那天。

敖七離去後，馮蘊跪坐在窗前的蒲席上飲茶，看院裡梧桐在微風裡搖擺，聽韓阿婆數落馮敬廷和後母陳氏，思緒不知不覺被帶到了淮水的另一邊。

蕭郎，我來給你添堵了，所以你一定要像前世那樣，穩穩坐上九五之尊的寶座呀！

她想親手奪他的江山，踢他的龍椅，比看他輸在蕭玨那個沉湎酒色的昏君手上，肯定要痛快許多吧？

次日大晴，馮蘊準備去府獄裡走走。

她身邊沒幾個得用的人，裴獗的恩賞肯定是要受的，但是……府裡的舊人前世都死得很早，很多人的長相和名字在記憶裡都已模糊不清，更不記得他們秉性如何，哪些可以收為己用，哪些是陳氏的幫凶？

看看再說吧！馮蘊想著，讓小滿來替她梳妝。

那天離府，她穿得樸素寡淡，今日心情大悅，換上曲裾袍，留仙裙，世族貴女的氣質和風華便整個綻放開來。

眉香閣外，敖七在等待，看著走近的女郎，呼吸情不自禁地屏緊。

馮蘊欠身行禮，「有勞敖侍衛帶路。」

敖七還個禮，臉頰火辣辣的，有點兒心不在焉。

府獄就在郡府的西南角，並不遠，但敖七嗅著那一股淡淡的幽香，覺得這是他走過最為煎熬的一段路。

他不是沒見過美豔的女子，但馮十二娘很是不同。不敢對視，不敢靠近，不敢褻瀆，與她相處渾身肌肉便不聽使喚地繃緊。昨天夜裡他甚至熱血上腦昏了頭，做了個與她有關的夢！這很危險，敖七很想早點兒回營，離開郡府，離開可怕的馮十二娘。

「站住！」一聲厲喝，打斷了敖七的胡思亂想。

抬頭一看，府獄到了，兩個守衛將走在前方的馮蘊攔下來。

敖七突然生出不悅，馮家女郎豈是隨便哪個阿貓阿狗可以甩臉子的？

他掏出腰牌，「奉大將軍令，府獄提人，還不快前頭領路！」

這個世道，手底下有幾百上千號人就敢扯上旗號自稱將軍，天底下的將軍數不勝數，但一品大將軍，整個大晉朝只有一個。

守衛看著敖七桀驁的眼神，急忙賠笑，然後表情慌張地回頭。

門開了，裡間走出一個內侍模樣的白面無鬚男子，約莫三十來歲，神情陰鬱，走路慢條斯理，帶著幾個侍從，盛氣凌人。

「太后諭旨，安渡郡府獄一干人犯，全數押往中京問罪，即刻啟程，不得有誤。」他的聲音高亢尖啞，聽得人很不舒服，一雙打量馮蘊的眼睛，更是不懷好意，「妳就是馮氏嬌娘？」

兩世為人，馮蘊已經很會看人臉色。這個內侍她見過，李桑若跟前侍候的，姓方，前世他便多次給馮蘊難堪，顯然這輩子也沒很討喜。

馮蘊微笑揖禮，「正是許州馮家女，見過公公。」

她的姿態非常端莊，禮儀規矩一看便是世家大族裡教導出來的，讓人拿捏不到錯處。

看著世家女郎淪落至此，方公公眼裡的鄙夷幾乎不加掩藏，「聽聞妳諂媚蠱惑大將軍，使得大將軍屢屢為妳破例？」

馮蘊略微意外，李桑若這就沉不住氣了？

前世她剛到裴獗身邊侍候的時候，這位臨朝太后是沒什麼反應的。這次裴獗沒有碰她，卻派心腹送她回安渡，又把太守府的人賞賜給她，分明恩典更重。

所以李桑若這麼著急出手，是怕裴獗對她動心？

婦人果然不能有情，不然如李桑若這般權勢登天，也會不自信。

馮蘊心裡感慨一下，很是平靜地道：「大將軍是何許人也，豈會被一介女子迷惑，公公這話是在侮辱大將軍，還是在侮辱太后？」

「放肆！」方公公被她回嗆，臉色難看至極，「馮氏女，妳一個低賤的姬妾，竟敢質疑太后殿下？」

「我是在質疑公公。」

「質疑咱家就是質疑太后殿下！」

「公公打我的臉，就是打大將軍的臉。」

馮蘊理直氣壯的話，讓方公公心裡一涼，不由多看她幾眼。

這女郎胸滿腰細，高挑柔韌，風姿氣韻尤為動人。更絕的是，她身段看似端莊，其實內媚暗藏，是男子最愛的那一種高貴尤物，一看便生佔有之心。

去勢的公公也是男子，他驚訝地發現，此女比他在宮裡十餘年間見過的所有妃嬪都要勾人。

來安渡前，他還以為太后疑心過重，如今一看太后就是太后，極有見地。

要出大禍了！這樣的妖精不除，只怕裴大將軍要拱手讓人了！

方公公正了正神色，添了幾分狠意，「既然馮氏女不識好歹，那就一併押回中京，聽候太后殿下發落吧！」

他揮手便招呼侍衛前來捉人，然而兩個小黃門將將圍上來，敖七便從刺斜裡拔刀出鞘，一言不發，直接砍殺，那閃電般的速度，將來不及避讓的小黃門一刀紮透，捂著胳膊慘叫出聲。

接著，敖七將馮蘊拉到身後，長臂抓住另外一人，回手便推向方公公，撞得他踉蹌後退，在門檻上發出殺豬般的痛呼，「大膽！敖侍衛敢抗命不成？」

「在下奉的是大將軍的命令。」

方公公被撞得怒火中燒，「咱家今日偏要將人帶走，你待如何？」

敖七將佩刀抬高，指著方公公的臉，橫挑過去，「要你狗命！」

那是一柄細長的環首刀，刀背厚實但刀鋒尖利，在戰場上飲過血，殺人時沒有半分猶豫，又穩又準，恰到好處地削去方公公的一撮頭髮，又不會致命。

「敖七！」方公公難以置信地瞪大雙眼，撫住頭皮，看著鮮血從指縫流下來，嚇得當場結巴，「你，你眼裡有沒有太后，有沒有王法了？」

敖七皺眉看一眼他心愛的佩刀，大概覺得晦氣，不高興地在方公公身上擦拭幾下，神態狂妄至極，「大將軍主政安渡郡，大將軍的話就是安渡郡的王法。」

方公公的臉青一陣，白一陣，心裡恨得要命，卻又無奈。

裴獗的貼身侍衛一個個好勇鬥狠，人命在他們眼裡，如同兒戲，惹急了真是說殺就殺。且如今亂世當頭，皇權未必大得過兵權，即便是太后和丞相，也要顧及裴獗的臉色。更何況，太后對裴獗情根深種，要是鬧得太難看，倒楣的還是他這個出氣筒。

方公公看了看血淋淋的手掌心，鬆開咬緊的牙槽，換上笑臉，「咱家奉命辦差，還請敖侍衛高抬貴手。」

敖七翻個白眼，一副「我管你死活」的狂傲，只道：「將軍治下，就得按將軍的規矩來。我要的人，公公帶不走。」

方公公氣血上腦，「敖侍衛……」

「二位！」馮蘊觀戰半晌，見火候差不多了，朝敖七遞了個安撫的眼神，給他順了順毛，這才彎腰朝方公公行禮，「小女子有個折中之法，公公不妨聽聽？」

方公公正是進退不得，聞聲便道：「妳待何如？」

「太守府的人，我帶走一部分，留給公公一部分，你和敖侍衛都好交差。」

她語氣輕緩，姿態柔和，說的話卻有一種讓人難以抗拒的力量。

於是雙方偃旗息鼓，一起進入府獄。

昏暗的光線，潮濕的地面，散發著霉變的氣味，這裡如今關押著的，大部分是曾經治理這座城池或是看守府獄的人。

來不及逃走的官員，屬吏、守軍、家眷，將牢舍填得滿滿當當。罵的、啐的、求的，各種聲音在陰氣森森的牢獄裡，如地府幽冥，分外恐怖。

馮敬廷燒毀糧倉，詐降潛逃，他們慘遭橫禍，成了替死鬼，因此看到馮敬廷的女兒，自然痛恨至極。

馮蘊從中走過，神情淡漠，她不是菩薩，救不了那麼多人，這是戰爭的慘禍，無論多少憤怒和仇恨，都只能各歸各命。

太守府屬吏和僕役關押在丙字獄，男男女女，眼巴巴看著馮蘊走近，一些人驚喜地哭泣起來，而一些往常跟著陳夫人，對馮蘊極盡刻薄的人，則是嚇破了膽。

馮蘊站定，看著牢裡那些陌生又熟悉的面孔，「遭此變故，諸位受苦了。我今日來，是接你們離開的。但走之前，有幾樁事情，我想先弄個明白。」

眾人嘴裡應是，視線齊齊落在馮蘊的身上。他們不是第一次見到府君的嫡長女，但這雙帶著笑卻寒意森森的眼睛，卻十分陌生，彷彿變了個人似的。

「陳夫人借著娘家的勢，與長房暗通款曲，想取我而代之，將馮瑩許配蕭三郎，有知情者站到左側。」

「陳夫人苛刻眉香閣的人，並縱容僕從欺辱我，有知情者，站左側。」

「陳夫人放出風聲，說馮十二娘自幼罹患癔症，言行無狀，舉止輕浮，毫無閨閣儀態，不堪許配蕭三，有知情者，站左側。」

馮蘊問了許多舊事，語氣平和，意圖不明。但她每說一句，就有人站到左邊去。他們心裡在想，十二娘打聽這些事情，肯定會細問，他們只要將前主子的惡行全抖出來，便可以邀功討好新主子了。

不料馮蘊問完，點了人數，只露出一個滿意的笑，「好了，左側的人方公公帶走問罪，右側的隨我離開。」

方公公隱隱覺得有些不妙，但事已至此，別無他法，只能冷著臉掃一眼馮蘊，招呼侍衛過來押人。

牢舍裡頓時哭聲大起，他們這時才明白，馮蘊是在報復，但只能眼睜睜看著她將那些一問三不知的人帶走，哭喊求情，或是詛咒痛罵。

馮蘊不為所動，這些人要麼是陳氏的幫凶，要麼是小人，即使方公公不來，她也不會客氣，現在有方公公代勞，倒是省了她的事。

離開府獄，馮蘊狀似無意地問敖七，「囚犯押到中京，會如何處置？」

敖七仍在想方公公那一副吃了蒼蠅般難受又吐不出來的樣子，喜孜孜地回應，「以罪行論，該殺的殺，不殺的納降收編，充入軍中補充兵力、修築工事，或是贈王公貴族為奴。」

「今日的事，不會為大將軍惹來麻煩吧？」

敖七沒有聽出她話裡的試探，輕嗤一聲，「大晉的皇帝才四歲，太后殿下臨朝，對我們大將軍那是全然的信任。想當初，要不是大將軍一力托舉，還不知龍椅上坐的是……」

敖七忽然打住，他意識到自己說多了，再看馮蘊神情自若，好像沒當回事，這才摸一下鼻梁換個話題，「女郎大可放心，太后殿下人美心善，斷不會為這等小事為難大將軍，更不會聽信那姓方的讒言。」

馮蘊嫣然一笑，「太后很美嗎？有多美？」

看著她巧笑倩兮的模樣，敖七的心臟像被重物擊中，錯愕片刻方才回神，賭氣般哼哼，「國色天香，傾國傾城，反正比妳美。我們將軍帳前，無人不仰慕太后殿下。」

「你仰慕嗎？」

「當然。」

「大將軍仰慕嗎？」

這話敖七答不上來，一時有些羞惱，「與妳何干？問那許多。」

真不禁逗！馮蘊不再多言，款款走在前面。

敖七看著那纖腰削背，喉頭奇怪地蠕動一下，大巴掌扇在自己臉上，「我怎可拿太后殿下跟一個姬妾作比？罪該萬死。」

僕人帶回府裡，馮蘊便著令他們下去洗漱乾淨，再到前廳聽訓。

半個時辰後，馮蘊稍事更衣走過去。

廳裡已經灑掃乾淨，婢女將茶水放在馮蘊以前在家常坐的下首位置。

馮蘊掃了一眼，面不改色走到上首的主位入座，「端上來。」

「諾。」婢女頭不敢抬，十二娘的氣勢，竟比府君更勝。

不論她的身分是馮家嫡長女，還是裴獗的寵姬，再沒人敢輕視。

人都來了，齊齊整整地跪坐了滿滿一室。

「自從家君將我獻出，焚糧潛逃，我與許州馮氏已無恩情。與你們的過往，也由此一筆勾銷。這裡沒有許州馮氏，只有我安渡馮蘊。」

馮蘊聲音溫和，說得卻堅毅有力。

眾人內心唏噓一聲，惶惶不安地揖拜，「僕等領命。」

一束光從窗戶透入，馮蘊面色沉靜地轉頭，彷彿看到站在光影裡低眉順眼的馮蘊，也朝她幽幽揖拜下去。

一恍而過的悵然，微妙地滑過心間。

這是重生帶來的快慰，在這樣的亂世，男人不一定靠得住，但手下有人、倉裡有糧、有錢有拳便可以活下去。

上輩子馮蘊忽略的，這輩子都要重新找回來，她要慢慢打造出自己的鋼筋鐵骨。

「往後諸位眼睛放亮一些，手腳勤快一點，與我同心合力共創家業，我必不會虧待你們。若有不聽號令胡作非為，不要怪我不講情面。」

「諾。」眾僕再次齊聲拜下。

接下來，馮蘊有條不紊地給眾人重新分配差事，又把陳氏取的一些名字做了更改。

例如將她以前居住的「眉香閣」改成了「長門院」，太守府的門匾和楹聯她也著人取下封存，一筆就抹去了舊時痕跡。

府裡上下忙碌，灑掃清理，一切井然有序。但馮蘊想要的消息沒有傳來，不知裴獗收到她的信，會有什麼反應？

再有就是府裡添了這麼多張嘴巴，口糧是個大問題。

馮蘊帶到北雍軍那輛小驢車拉回來了，但對府裡這麼多人而言，只是杯水車薪。

府裡的存糧被馮敬廷一把火燒了，只剩下一片斷壁殘垣，僕人清理了兩天，也沒找出什麼能吃的東西。

即便在庫房的廢墟下面刨出了不少馮敬廷帶不走的錢，成堆成堆的擺放著，但沒有作用，眼下糧食堪比黃金，民間要以物易物。

府裡所剩糧食吃不上幾天，闔府上下幾十口人都眼巴巴的指望著馮蘊，當家大不易啊！

這日，馮蘊早起將秀髮一挽，換身男式袍服，便帶著幾個僕從出了府。

安渡郡是一個南北相交的要道，往南直通齊國，往西是中立國雲川，妥妥的軍事要塞，所以馮敬廷獻城投降，斷了齊國最後一根弦，才會逼得蕭玨起用竟陵王蕭呈。

兩國沒有開戰以前，安渡郡四通八達，有各國商販往來，很是熱鬧，百姓也算安居樂業，但眼下光景大為不同。

城裡關門閉戶，街道上來去的只有士兵，一片蕭條。

城外的鄉間民舍，更是衰敗淒涼。莊稼在暴雨後七零八落地匍匐在地，農舍裡不見炊煙，一眼望去，天地荒涼，野貓野狗都沒有一隻。

「能逃的早就逃了，無處可逃的，都餓著肚子。這安渡郡啊，再難安渡日子了。」

馮蘊坐著驢車逛了很大一圈才回府，剛走進長門院，韓阿婆便捧著一甕熱氣騰騰，香氣誘人的兔肉羹進來。

小滿肚子咕嚕一聲叫開了，好久沒有吃過好的，她饞得嚥口水，伸脖子張望。

「阿婆，哪裡來的兔子？」

韓阿婆笑吟吟的，「女郎前腳出門，鼇崽後腳就叼了回來，兔子是瘦了些，煮羹卻剛剛好。」說著，盛了一碗放在食案上，「不知鼇崽哪裡得來，老僕用銀筷試過，女郎安心食用吧！」

素釉白瓷碗裡的羹色很饞人，小滿年歲小，膽子大，直勾勾看著，眼睛裡彷彿要伸出勺子，「小滿想替女郎嚐嚐鹹淡。」

韓阿婆嗔她，「貪心奴兒，這是妳能吃的嗎？」然後慈愛地催促馮蘊，「女郎，趁熱吃，免得饞壞了小蹄子們。」

長門院現下也添了人，除了大滿、小滿，還有環兒、墜兒、珠兒、佩兒四個侍女，一個兩個都眼巴巴的，熱切而渴望。

馮蘊將躲在木榻邊舔嘴的鼇崽抱起來，溫柔地摸了摸牠的頭，這才放在蒲席上，平靜地在食案前端莊跪坐，「我想好了，不僅要籌糧，安渡郡還要儘快恢復民生。」

晉齊兩國的戰爭不會永遠打下去，安渡郡處於這樣優勢的地理位置，早晚會恢復過來，要想發家致富，還需早做打算。

她想得深遠，韓阿婆聽了她的心思，臉都嚇白了，「女郎萬莫胡思亂想，這世道女子求生不易，依老僕看，裴將軍肯善待女郎，許一個名分，倒是個好前程。」

「阿婆，我自有主張。」

有什麼主張呀？小小一個女郎，還能變出糧食來不成？

韓阿婆看她臉色平靜，有種不知天高地厚的自信，很是憂心，「女郎心性高，將軍若不肯給名分，也是過不下去……那不如我們尋個機會，逃回齊國，或去雲川客居。以女郎才貌，不愁找不到好郎君。」

說來說去，總要投靠男子才行。

馮蘊知道韓阿婆是好意，可她前世已經嘗夠了靠男人，怨男人，恨男人的苦，這輩子，她不想把性命再交到別人的手上。

馮蘊默默吃完那碗兔肉羹就不再用了，剩下的全賞了長門院的僕從。

「小滿，把阿樓找來，我有要事交代。」

阿樓眼下是馮蘊跟前的大管事，一個從前不得府君信重的跑腿小雜役，突然得到新主子的重用，渾身都是使不完的勁，走哪裡都挺著胸脯，恨不得即刻為新主子立上一個大功。

因此領了馮蘊的命令，他就帶人大搖大擺地出府去了。

敖七派人跟蹤，發現阿樓去的是花月澗的南樓，一時臊得俊臉通紅。

沒到安渡郡前，敖七就聽人說過，花月澗是安渡郡最大的歡場，北樓練女伎，南樓蓄男風。那時軍中幾個弟兄玩笑，說他敖七有花月澗南樓裡小郎君的龍陽英姿，容色秀美，還被他打了一頓。

敖七得到消息，震驚片刻，便覺得馮十二娘很不正經，但忍不住偷看她兩眼，耳根又禁不住地潮紅發熱，心下更是有種說不出的古怪和尷尬。

他刻意不去想夜裡荒唐的夢，一心告訴自己，要替舅舅看好她，馮氏阿蘊只能是舅舅的人。

沒想到午食後，他剛到長門院上值，同住的侍衛葉闖過來了，一邊剔著牙，一邊老不正經地喊他，「敖七，你那床鋪上是怎麼回事？該不會是夜裡在鋪上畫行軍輿圖了？」

「你……你不要瞎說！」敖七熱血沖天，恨不得殺人滅口，上前勒住他便往牆角拖，「是我不耐熱，出了一夜的汗，回頭我自會清洗。」

葉闖擠眉弄眼，拿手肘撞他，「我看是小七長大了，想娶媳婦兒了！」

「葉闖！」敖七氣得，滿滿的少年燥氣，也滿滿的緊張，「哥，你饒了我吧！今日下值，我請哥吃酒。」解釋不成，只能討饒。

葉闖笑彎了眼，故意氣他，「酒是不吃的，小七如此性燥，我要是吃醉了，恐被你下手，貞節不保……」

「混帳東西，看我不撕爛你的嘴！」

葉闖嘻嘻笑著閃躲，朝馮蘊的花窗大喊，「女郎，敖七他……」

敖七氣得勒住他的腰，將人按在牆上，死死捂住他的嘴巴。

葉闖笑著掙扎扭動，兩人就在牆邊推來攘去鬧成一團。

恰好這時，左仲從北雍軍大營回來，見狀重重咳嗽一聲。

敖七和葉闖對視一眼，趕緊鬆開彼此的胳膊，若無其事地迎上去，「將軍可有令來？」

左仲瞥一眼兩人的表情，「女郎在何處？」

第四章　伎館討糧

馮蘊正望著窗戶出神，聽到稟報，放下茶盞請他們進來，只看一眼，便蹙了眉頭，「敖侍衛病了？」

敖七雙頰燥紅，慌不迭地拿袖子拭一下額頭，左右四顧，「這天好熱。」

葉闓憋著笑，差點兒憋得岔氣。

馮蘊發現他二人有古怪，也不多問，只看左仲，「有勞左侍衛跑一趟，可是將軍有消息？」

左仲從袖口掏出一張折疊的黃紙遞上。

大晉軍中公文普遍使用這種紙，馮蘊前世看過無數次，但從沒有一張是裴獗寫給她的，頓時生出感慨和新鮮，她接過手，徐徐展開。

來信知悉。

簡單四個字，一看就知出自武將之手。

不是說裴獗寫得不好，相反他筆力遒勁，鐵畫銀鉤，很有一種透出紙背的力量，但隔著紙張，彷彿也能感覺到為人的肅殺和冷漠。

馮蘊抬頭問左仲，「將軍可有別的吩咐？」

敖七也湊過來，「是呀，將軍可有交代，我何時回營？」

南齊號稱要集結五十萬兵馬大反攻，大晉即將面臨一場惡戰，敖七興奮得血液都快沸騰了。他想上戰場，不想成日守著一個女郎。

左仲頓了下，垂眸道：「將軍說，立秋後再來看女郎。」

馮蘊笑了笑，立秋後，表示裴獗把她的信看進去了。

來見她做什麼？左仲沒有說，可又什麼都說清楚了。

裴獗將她送到安渡來，住在原先的宅子裡，又把她的僕人還給她，是為了得到一個謀士嗎？

當然不，裴將軍饞的是她的身子。

沉睡的野獸在心底咆哮一聲，馮蘊的臉頰便隱隱發燙，不是羞，也不是怒，而是失落。

想她苦心出謀劃策，提供這樣重要的敵情，裴獗就看不見嗎？女子的出路當真只有侍寢一途嗎？

馮蘊沉默片刻，讓佩兒來磨墨，將以前閒來無事親手做的梅花木牘從抽屜裡拿出一塊，挽袖提筆。

我為貴軍籌來糧草，換將軍以謀士相待，如何？

左仲帶著木牘離開，敖七三步兩步地小跑出去，跟他拉扯比劃了好久，好像很是著急的樣子，也不知說些什麼，不時回頭看馮蘊所在的窗牖。好半晌又垂頭喪氣地回來，站在簷下望天，像個盼歸的怨婦。

馮蘊探頭問他，「敖侍衛去告我的狀了嗎？」

敖七雙手抱著腰刀，斜眼睨她，頗為不屑，「女郎敢做，便不該怕人說。」

馮蘊忍俊不禁，「我做什麼了？」

敖七臉紅，「我說不出口，女郎好自為之。」

馮蘊看他氣嘟嘟的模樣，笑著搖了搖頭。

左仲不是空著手回來的，他還帶來了兩車糧食。除了粟米，還有上次馮蘊帶人挖回來的山芋，全都堆在大門的耳房裡。

幾個雜役歡歡喜喜地搬糧食，馮蘊看得怔忡，原來收到別人送的糧，會如此快樂，那她如果籌到大批的軍糧給裴獗，他有什麼不肯應的？

天擦黑的時候，跟阿樓出門的常大才一瘸一拐地回來了。

等屏退左右，常大才臉色灰白地稟告馮蘊，「女郎，樓管事回不來了。」

「對方有什麼要求？」

常大才見主子面色如常，好似早有預料，很是吃驚，「我與樓管事去到花月澗，按女郎交代求見主家以物換糧，不料那花月澗主家蠻不講理，二話不說便將我等捆綁，不給吃喝拉撒，好一番拷打，說要女郎親自去領人，不然就把樓管事做成肉羹，送回府來。」

這是天大的事情，要命的事情，常大才一顆心都提到了嗓子眼，想到樓管事被製成肉羹的慘狀，想到花月澗那個神祕而凶狠的主家，雙腿發軟。但他的新主子好像並不懼怕，慢條斯理把半盞涼茶喝完，這才準備出門。

「此事要守口如瓶。」叮囑完，馮蘊又指向屋中的刻漏，「半個時辰後，讓敖侍衛知曉我的行蹤。」

「諾。」常大才雖不懂，還是應了。

只是要瞞過敖七悄悄出府，很不容易。但巧的是，敖七入夜就和葉闖吃酒去了，剩下兩個侍衛見馮蘊閉門入睡，自行退守到長門院外。

馮蘊輕鬆地從後角門離開。

花月澗在北雍軍進城前就已關門歇業，整條街上悄無聲息，空無一人，從門前行走太過招搖，馮蘊選擇了帶著大滿和小滿從臨河的後門而入。

門半掩著，一敲就開了。

往裡是一個清幽的小院，荷塘翠竹，很是雅趣。

這裡是安渡郡最大的歡場，但背後的東家是誰，普通人不得而知。

馮蘊也是在前世蕭呈登基做了齊國皇帝後，領兵北上和北雍軍大戰三個月再和談休戰的時候才知道，促成和談事宜的人，正是雲川國世子淳于焰，而淳于焰當初就在花月澗。

雲川國與晉、齊、西賀三國接壤，對晉、齊兩國都依附示好，只稱王，不稱帝。

淳于焰是雲川王的嫡長子，常年遊走於大晉、大齊和西賀乃至閩越等小國，與各方交好，可謂八面玲瓏，佔盡了好處。

婢女將馮蘊帶上二樓雅室，彎腰揖禮，「世子，馮氏女郎到了。」

「許她一人入內。」那聲音帶著剛睡醒的漫不經心，清朗如泉，好聽，也涼薄。

「女郎，請。」

婢女撩動簾帷，一股淡香幾乎瞬間攝走馮蘊的呼吸。

屋裡青煙嫋嫋，鵝梨帳中香的味道很是濃郁。

淳于焰慵懶地躺在軟榻上，隔著一層垂墜的帳幔，馮蘊只看到一個隱約的影子，廣袖寬袍，窄腰半繫，瞧不分明。

還是那個淳于焰啊，從不肯以真面目示人。

馮蘊微微欠身，「馮氏女見過淳于世子。」

帳幔裡傳出一聲冷笑，「馮氏阿蘊，不愧是許州八郡第一美。」

分明是褒讚的話，可落入耳朵卻好似鋼針，字字扎人。

馮蘊前世與淳于焰有些不太愉悅的交集，知道這人癲狂，扭曲，於是眼觀鼻、鼻觀心，禮數周到但疏離。

「想必世子已知馮氏女來意，我願以農事要術換世子粟米十萬石，宿麥十萬石。」

「農事要術？」一聲嘲弄，好似在說馮蘊自不量力。

簾子無風而動，一個僕從捧檀木托盤半跪在前，輕喚一聲世子。帳幔裡便探出一隻修長白皙的手，握住青瓷盞。

動作優雅至極，馮蘊很難忽略，若非前世吃夠了這人的苦，她只怕也會被勾得心亂如麻。

「世子不要小瞧我手上的農事要術，它可為雲川帶來成倍的收穫，並一改耕作的劣勢。從長遠計，世子穩賺不虧。」

淳于焰笑了，「單靠妳一張巧嘴便要我二十萬石米糧。馮氏女，妳這心胸……真是非一般大。」

馮蘊深呼吸，只當聽不出他話裡的譏誚和羞臊。

青瓷盞輕響一聲，淳于焰再度發問，「何人指派妳來的？裴妄之，還是蕭子偁？」

「世子明鑒，小女子守著偌大的府邸，幾十口人幾十張嘴，無糧可用，難以生存。當然，也想以此向裴將軍邀功，換得安寧。」

亂世女子，無非為活下去。顯然淳于焰清楚她的處境，聽了這話似是信了，又問，「雲川有二十萬石米糧藏於安渡郡，妳如何得知？」

這件事，馮蘊上輩子只在事後聽了一嘴，並不確定是不是有這二十萬石糧存在，更不知淳于焰把糧藏於何處，這也是她為何試探的原因。

「不瞞世子，是有仙人托夢相告。」

「裝神弄鬼，桑焦、殷幼，拖下去，殺了。」

馮蘊頓時心涼了半截，若說怪癖，淳于焰敢稱第一，無人稱第二，他是真的說殺人就殺人，從不手軟。

「不要！」馮蘊故作害怕地退後兩步，咬著下唇遲疑片刻，才喃喃道：「阿及，還記得雞鳴寺的並蒂雙生蓮嗎？」

彷彿一瞬，又似過了很久，才聽得帳裡的淳于焰清冷的聲音傳來，「妳是何人？」

「蓮姬。」

一股寒氣無聲無息蔓延開來，像毒蛇的信子，凝結在馮蘊的臉上，但帳中人久久沒有發出半點兒聲音，讓人懷疑屋子裡究竟有沒有人。

淳于焰和蓮姬的事情，是馮蘊前世得知的。有一次淳于焰酒後失態，誤把她錯認成蓮姬，追至搖影臺，強行脫她的衣服，要查看腰上的胎記，差一點兒被裴獗斬於辟雍劍下，但他仍然不肯罷手，甚至因此食髓知味，玩出興致來了，仗著母家與裴獗的表親關係，跟裴獗鬥智鬥勇，心血來潮就來糾纏她。

她猜，自己和蓮姬有相似的地方，才會讓淳于焰錯認，於是為了二十萬石米糧和她的未來，豪賭一場。就算淳于焰不肯相信她，也不會輕易放過尋找蓮姬的機會。

果然，淳于焰笑了，狷狂恣意，「脫下衣衫，我看看。」

這話可以說孟浪輕浮，咄咄逼人，兩側僕從低下頭，不敢多看。

馮蘊微蹙眉尖，纖纖素手卻開始寬衣解帶，隨著袍帶一件件落地，最後只剩一件雪白的中衣。

淳于焰輕笑，「雪梅不錯。」

馮蘊幾不可察地吸了口氣，沒有女郎不愛俏，在她的中衣領口有幾朵交纏的纏枝梅花，含苞吐蕊很是清雅。

這原是體己的小私物，叫男子看去總歸是不好，但她沒聲，只當聽不見淳于焰的笑。

「為何停下？繼續啊！」淳于焰似乎心情大好，從軟榻慢慢起身，「要我親手幫妳脫？」

馮蘊心跳微亂，隔著帳幔，她看到了月白色袍服下的一雙赤腳，踩在乾淨的蒲席上，皮膚白得耀眼，很年輕細膩的足弓，連腳趾都精緻得不像話，每往前一步，便有一種要奪走人呼吸的錯覺。

那瞬間，她竟有些害怕淳于焰掀開帳幔。兩世為人，馮蘊從沒看清過淳于焰究竟長什麼樣子，記憶裡是他那千變萬化的面具，以及那雙冰霜似的美眸裡不變的譏誚。

「出去！」他命令垂立在旁的侍從。

「諾。」侍從退步出去，將雅室木門輕輕合上。

雅室裡只有他二人，中間是薄紗輕簾。

「本世子沒有耐心，不要逼我親自動手。」

淳于焰確實是一個不怎麼有耐心的人，馮蘊早就準備好了有這麼一齣，又有何懼？前世該看的不該看的都看過了，還怕露個腰嗎？

她勾了勾唇，身子背轉過去，背對著他，指尖推著衣襬一點一點地向上，慢慢地將雪白的腰身展露在他的眼前。

一片淺粉色的傷疤落在軟腰上，新鮮猙獰的血色裸露眼前，帳幔無風而動，兩簇明亮的火苗好像在帳中人的眼底燃燒。

馮蘊看不見背後的人，卻能感覺到有一雙眼睛死死盯住她的傷。傷口是她故意弄出來的，還有林娥那天抓扯的痕跡。

為了逼真，她對自己下了狠手，傷口有點兒痛，有點兒癢，尤其在淳于焰陰鷙的目光下，身上汗毛倒豎，硬是被看出一層雞皮。

「這纖腰如此不堪一握，何人捨得傷它？」淳于焰的聲音帶點兒嘲弄。

「城破那日在亂軍中被傷的。」馮蘊對答如流。

「卿卿，妳不是蓮姬。」一聲笑，清越的嗓音裡有微不可察的沙啞，就好似男子動了情。

馮蘊回頭面對他，「世子何必自欺欺人？阿蓮落入敵營，成了別人的姬妾，世子便不敢相認嗎？」

「為何早不來尋我？」

「家母過世，我常被後母欺凌，又與蘭陵蕭三有婚約在先，心知此生與世子無緣……」她每多說一句，喉頭哽意便多一分。

「呵！」淳于焰的笑聲，涼得人心底發寒，聲音卻蠱惑動人，「既如此，卿卿何須二十萬石米糧？只要隨我離開安渡郡，去往雲川，從此再無人敢為難。妳我長相廝守，豈不更妙？」

馮蘊搖搖頭，「北雍軍大營裡，蓮姬已許身大將軍，不潔之身愧對世子。」

「貞節是什麼鬼東西？我淳于焰豈會在乎？」

這人的自信讓馮蘊很想打擊他一下，「安渡、萬寧皆在裴將軍掌控，世子如何在他的眼皮子底下，帶走他的姬妾？」

淳于焰哼笑一聲，「不試怎麼知道？」

「雲川自立國以來對大晉稱臣，執臣子之禮，若世子如此行事，只怕回到雲川，也不好向雲川王交代吧？」

這一次，淳于焰沉默了許久。那灼熱的視線在透過帳幔打量她，似殺氣，又似纏綿，更像是在透過她的身子，看別的什麼人。

「蓮姬，妳便這樣待妳的阿郎？」

嘖！馮蘊覺得好笑，這些渣男當真各有各的心頭好，裴獗有他的臨朝太后李桑若，蕭子偁有他的白月光馮瑩，淳于焰有他朱砂痣的蓮姬，他們無一例外身居高位，冷漠無情，又無一例外將情感給了心中的女子。

「那世子同意嗎？」

「哈哈！」淳于焰的笑聲突然明快起來，那笑意如簌簌飛花在月下灑落，渾然不再有半分凶戾，「雲川富饒穩定，百姓安居，數十年間概無戰事，我奉王命出羅，也只為不時之需。既然裴妄之要，愛姬又以農事要術交換，我可以給，但有條件。」

「世子請說。」

「亂世之中，錢幣無用，金銀財寶更是俗物。我要的是卿卿，不知裴妄之肯不肯割愛？」

若不是淳于焰這廝喜怒無常，太難琢磨，其實跟他合作也是不錯的選擇。只不過要對付蕭子偁，雲川國缺少大晉的優勢。

燭火搖曳間，馮蘊如玉般雪白的臉上，浮出一絲笑意，「好呀！只要將軍肯割愛，我無可不從。」

淳于焰正尋思她為何答應得這樣快，外間便傳來兵刃相交之聲，一個僕從跌跌撞撞跑進來，渾身是血。

「世子，北雍軍二話不說便闖進來要人！」

敖七的喊叫聲劃破夜空，凌亂的腳步越來越近。

「來得好！」帳幔裡，淳于焰的笑聲由低轉高，漸而狂戾，「取我的碎玉劍來，今日本世子便取幾顆人頭做酒盞。」

「淳于世子。」馮蘊慢慢撿起地上散亂的寬衣，淡淡開口，「安渡郡有多少駐兵，世子很清楚，何必以卵擊石？此刻我勸世子還是暫避風頭為妙。」

淳于焰低笑出聲，「卿卿怕我打不過他們？」

「世子或許打得過敖七，打得過葉闖，打得過這裡的所有北雍軍侍從，但世子打得過裴獗和安渡駐軍嗎？千里疆域他都能收入囊中，未必拿不下區區一個花月澗？」

馮蘊姿容秀美，穿衣的動作也矜貴好看，哪怕嘴裡說著刻薄的話，看上去也無甚不雅。

但聽她小嘴說著裴獗功績，淳于焰無端上火，「妳果然不是蓮姬。」

「我不是。」馮蘊答得乾脆。

「妳就不怕我殺了妳？」

「怕，但我更關心世子的前程。兒女私情和家國安定，孰輕孰重，世子心如明鏡。一旦大晉和雲川翻臉，雲川王怪罪下來，世子那兩個庶弟只怕就要……買兩串鞭炮慶祝了。」

她的關心一聽就虛情假意，明為善意勸說，實為殺人誅心。可淳于焰內心深處那一股飄忽不定的躁動竟因她一針見血的歹毒，得到了久違的安撫。

「甚好。」帳幔輕揚，俊拔修長的雲川世子從簾後走了出來，臉上戴著一個冰鐵製成的山鷹面具，只露出一雙絕美星眸，還有兩片嫣紅軟糯的唇。

他走到馮蘊面前，低頭審視她片刻，突然低低笑了起來，笑聲肆意而開懷，「為了卿卿，我願避一避風頭。」

馮蘊並不意外他會做出這樣的選擇，但凡男子，哪一個不是前程為先？若有似無眨個眼，「世子明智。」

淳于焰冷笑，「二十萬石讓裴妄之拿人來換，二十石我倒可以接濟卿卿。十日後，來靈山寺取。」

一聲輕笑如春風拂面，不過轉瞬，淳于焰就露出了惡魔的本性，一把扯過馮蘊腰上的束帶，三兩下便將她牢牢捆縛在柱子上，然後輕快地從窗戶一躍而出。

「二十萬石，世子一定會雙手奉上的。」

馮蘊微微一笑，木門在這時被人撞開。

砰！門外的少年郎手提環首刀，一頭一臉的熱汗，氣喘吁吁地衝進來，就見馮蘊一身寬衣被捆得緊貼在身上，勒出一副誘人的玲瓏嬌軀。

敖七紅了眼，幾乎屏著呼吸才得以順利解開捆綁，差點兒沒把自己憋死，「他對女郎做了什麼？」

「沒做什麼。」馮蘊低頭看一眼自己，漫不經心地整理好方才脫下來的外衫。她知道淳于焰在故意使壞，卻不準備解釋什麼，「敖侍衛為何深夜來此？」

敖七咬牙，「此話該我問女郎，深夜出府，所為何事？」

身為看守的人，這質問本也應當，可敖七怒火太甚，語氣就顯得古怪，尤其那雙好看卻彷彿要噴火的眼睛，如同捉姦在床的妒夫。

「來花月澗還能做什麼？」馮蘊似笑非笑地瞧著他，「敖侍衛難道不知，花月澗是什麼地方？不會從沒有去花樓玩過吧？」

敖七呼吸一窒，看著她明豔動人的臉，清亮秀麗的眸，彷彿有什麼東西卡在了喉頭，這樣美貌端莊的女郎，為何能說出這樣的話來？

馮蘊離得近，察覺出敖七的火氣，不由一笑。敖七家世極好，是蜜罐裡泡大的少年郎，怎會懂得一個女子在歷經毀滅後會做出怎樣決絕瘋狂的事情，又會怎樣的無所畏懼。

「女郎……」敖七深吸了一口氣，好似想求證什麼，「有人欺負妳，是不是？」

「沒有，我自己來的。」馮蘊搖頭，抱歉地看著他，「將軍可有交代，不許我出府？」

敖七見她一臉不在乎的樣子，很是礙眼，粗聲粗氣地呵斥，「女郎到伎館狎玩，對得起大將軍嗎？妳讓我如何向大將軍交代？」

馮蘊皺眉走近他，鼻子輕輕一嗅，「敖侍衛吃了多少酒？好大的酒味！」

敖七彷彿被火炙似的，脖子往後一仰，心跳加快，腦子卻變慢了。明明是她的不對，他自己卻莫名心虛，不敢對視，不敢質問，只剩一股無名火在胸腔裡肆意湧動，按捺不住。

「我吃多少酒與女郎無關，女郎還是想想要如何向大將軍交代吧！今夜之事，我會如實稟報。」

「唔……」馮蘊眉頭輕鎖，眼裡好像帶著笑，語氣卻很嚴肅，「我本就沒打算瞞著將軍，敖侍衛放心，等將軍知曉此事，不僅不會怪罪，還會大大地褒讚我呢！」說完她瞥敖七一眼，錯開身往外走。

一股幽香繞過鼻端，敖七失神片刻，對著那施施然遠去的背影喊道：「妳簡直是自甘……自甘下賤……妳站住，我還沒說完！」

馮蘊沒有回頭，長袖一揚，舉臂做了個揮手的小動作，優雅地走下了木梯。

她的樣子看上去很愉悅，她越是愉悅，敖七就越是氣不過。他很想跟上去吐一吐胸中濁氣，又覺得自己生氣很沒有必要。

馮十二娘是舅舅的姬妾，不是他的。看守不力最多挨二十軍棍，又打不死人，可他偏生心裡就像有股火在燃燒。

雅室裡帳幔飄飛，冷寂無人，敖七立在原地，失望、無措，以及失落，攪得五臟六腑好似都疼痛了，最後，無能為力地在臉上狠狠抽一巴掌，「叫你喝酒誤事！」

花月澗的主家不見蹤影，敖七沒逮著人，將滿身是傷的阿樓從柴房裡拎出來，又一併揪出兩個管事和幾個僕從和小倌。

人家是正當營生，問不出個所以然。北雍軍的名聲本就不好，敖七也可以不在乎舅舅的名譽，將人狠揍一頓出口惡氣，但他提不起勁，覺得很無趣。

他滿腦子都是闖入雅室時看到馮蘊衣裳不整捆在柱子上的樣子，還有當馮蘊談及此事平淡得不值一提的口吻，如在他心裡壓了一塊巨石，酸澀難受。

阿樓是被兩個兵丁抬回屋裡的，他渾身是傷，但比起血淋淋的傷口，更令他難受的是當上管事後最好的一身衣裳就那樣被毀了。

「女郎來了。」常大才的聲音傳來帶著驚喜。

阿樓傷得比常大才更重，想起身行禮都做不到，一時臉紅耳赤，狼狽得很。

上來。

「躺著。」馮蘊沒什麼表情，看一眼阿樓委屈的樣子，眉頭皺了皺，回頭便招呼小滿將吃食端上來。

小滿笑嘻嘻應諾，放下飯菜，又將帶來的傷藥一併奉上。

馮蘊打開瓷瓶，認真叮囑阿樓和常大才兩個，如何互相上藥。

阿樓羞愧，「我沒有辦好差事，不該吃飯。」

馮蘊看他那骨瘦如柴的樣子，哼笑，「不吃飯怎麼把身子養起來，怎麼為我做事？」

聽女郎溫柔說笑，阿樓更是羞愧得抬不起頭來。下人房，不該是貴女踏足的地方，但女郎不僅來了，還為他帶來了吃食和傷藥。他覺得自己無用，恨不得找個地縫鑽進去。

馮蘊看穿他的心思，平靜道：「這次差事你們辦得很好，挨了打，但換得了二十石糧，覺得值嗎？」

常大才傻乎乎地笑，摸著傷口大喊值了。

阿樓仍是蔫蔫的，耷拉著頭。

十八、九歲的年紀，心性最是脆弱，馮蘊耐心地道：「你不是以前那個太守府裡打雜跑腿的小廝了，是我馮蘊的樓管事，要多見些世面，多練練膽子，自己強大起來。為這點兒小事就哭鼻子，回頭我就發賣了你。」

阿樓立刻抬起頭，「我才沒有哭鼻子呢！」

馮蘊失笑，點點頭，「行，你們歇兩日，我還有要事讓你們去辦。」

阿樓和常大才對視一眼，都在對方眼裡看到了興奮的光芒。跟著女郎日子有盼頭，受點兒傷，吃點兒苦，算得了什麼？

這日馮蘊難得睡個懶覺，日上三竿才起身，等她梳洗出門，意外地發現敖七沒在外面。

平常敖七防她就像防賊似的，走到哪裡跟到哪裡，今日不見人，馮蘊有點兒奇怪，但她沒有多問。少年郎總有許多古怪，她沒有多餘的精力去關注。

「佩兒，把灶上的飯食給女郎端來。」韓阿婆憐惜她就像對待眼珠子似的，笑吟吟交代婢女端飯食。

一碟豬肉脯，是馮蘊在乞降前三天囤積的，一碗粟米粥，照得見人影，還有一個胡餅，烤得生硬，難以入口，但這已是極好的伙食。

讓馮蘊意外的是，佩兒還端來了一碗蜜汁魚，是許久沒有吃的美味了，唾液分泌比她想像的快，「魚是哪裡來的？」

韓阿婆笑彎了眼，「敖侍衛為了捉魚，差點兒把後院的池塘掀了。」

太守府的後院有一口小池塘，因為馮敬廷愛垂釣，塘水鑿得很深，裡頭有從前養的魚，但沒有工具打撈並不容易。

韓阿婆感慨，「府君燒盡糧倉，倒是留下了一口魚塘。」

一碗蜜汁魚，是眼下難得的珍饈了。

「有餘下的，給大夥兒加個菜吧！」

「敖侍衛在水裡撲騰半天，就抓上來三條。一條做給妳吃了，另有兩條養在缸裡，哪裡捨得給下人吃呀？便是那塘裡的，敖侍衛也吩咐了，不許人動，說是救命的時候再用，就叫那什麼……望魚止餓。」

望魚止餓？馮蘊想到敖七說這話，扯了扯嘴角，「不用事事聽他，回頭想法子把大的撈起來，魚苗養著便是。就那麼大點兒的一口塘，魚多了，也是魚吃魚。」

長得俊俏的少年郎有天然的優勢，韓阿婆怎麼看敖七就怎麼歡喜，一股腦兒在馮蘊面前說他的好。

末了，見馮蘊眉頭微鎖，這才換了個話題，「也不怪敖侍衛緊張，聽說城裡半數以上的人家都斷糧了，柳棗巷的樹皮都快刮盡了。今早，東角門那頭哭得摧心剖肝的呀，我找人去打聽，原來是春娘家的小女兒餓死了。這安渡眼下就是一座死城，再這般下去，會餓死更多人。」

馮蘊端起碗來，默默喝粥，心下有了盤算。

城裡肯定有人囤積糧食，尤其是富商豪戶家裡底子厚，大戰當前，他們怎會不做準備？又不是人人都像馮敬廷，一把火燒了走人。

「小滿，讓府裡人半個時辰後，青山堂聽令。」

然而，馮蘊雖是府邸裡這些人的主人，但府邸不是她的，一個弱質女郎當家，僕從內心難免會生出輕視來，即使這人是救命恩人，但女家主太過隨和，下人就難免鬆懈。

即便站在堂下，一個個也都是心不在焉，馮蘊自然很清楚這一點，讓小滿拿筷筒來。

「大家看仔細了。」

下頭嗡嗡議論，不知行事古怪的女郎又要做什麼？

馮蘊垂著眼，從竹筒中拿出一根筷子，用力一折，筷子斷了。

青山堂上全是疑惑的目光。

馮蘊一言不發，再從竹筒裡拿出一把筷子，約莫十來根，捏在掌心裡，「一根筷子，一折就斷。那一把筷子呢？無數根筷子在一起，誰人能輕易折斷？」

「折不斷，折不斷。」

「那你們可品出什麼道理來？」

僕從並不愛動腦子去思考問題，主子怎麼說，他們就怎麼做，但十二娘的話很有嚼頭，陸陸續續有人開竅了。

「一人死，抱團生！」

「一箸可折，十箸不屈！」

「勁往一處使，齊心協力，大事可成！」

對生存的渴望是天性，青山堂裡七嘴八舌討論得很是熱鬧。馮蘊滿意地看著，等大家說夠了，這才從桌案後起身，站起來大聲道：「大家要做抱團的筷子，就得守筷子的規矩。不是守許州馮氏的規矩，而是我安渡馮蘊的規矩。諸位跟著我好好幹，不說大富大貴，吃飽穿暖不成問題。我馮蘊在此立誓，從今往後帶領大家奔好日子，不再餓肚子。」

馮蘊從大牢裡撈出來的那些人，有婢女雜役，有太守府的屬吏，整整五十來號人。

兵荒馬亂的世道，沒有私兵難以自保，需要用人的時候也很不方便。馮蘊拿來名冊點了一下，三十五歲以下的青壯男丁，共有二十九人。

她大筆一揮，給這支部曲取名叫「梅令」，然後交給從前太守府的武吏邢丙來訓練。

邢丙是兵曹家出身，馮敬廷在時，他曾掌太守府的巡查和護衛。因為在安渡郡娶妻生子成了家，沒有同馮敬廷南逃。

馮蘊認為一個丈夫在生死關頭，沒有拋妻棄子自顧自逃命，就是有擔當的男兒，交給邢丙，她很放心。

邢丙卻錯愕不已，「女郎信俺？」

馮蘊沒什麼不信的，但她知道，這些人未必信她馮蘊，「你只管讓大家每天吃飽，身子骨練好，有令聽從。旁的事，不用操心，交給我。」

青山堂議事結束，眾人懨懨地散了。

「吃飽，誰不想吃飽呢？可糧在哪裡，拿什麼來吃？」

「府裡這麼多張嘴巴，那兩車糧，能吃幾日？」

「十二娘年歲小，沒經事，只怕是有心無力。眾人面前誇下海口，做不到，恐要受人嘲弄了。」

「家家戶戶都缺糧，留下來就是挨餓。不如我們帶女郎一逃了之？女郎救我等性命，我等有一口吃的，也不會讓她挨餓。」

「都給俺閉嘴！」邢丙挎著大馬刀走過來，威風凜凜。

他長得高壯又是吏員出身，比雜役和兵丁身分高上許多，這群人怕他，登時悻悻歸隊。

「站好！」邢丙虎目一瞪，「給俺把腰挺直，頭抬起來！」

邢丙拿著兩塊木牘，那獨特的梅花圖案，一看便是出自馮蘊之手。上面是給梅令部曲定下的規矩，詳細到幾點起、幾點歇，操練幾時，工錢幾何，休日幾天。

邢丙其實不明白十二娘為何寫這些，這些人大多是家僕，祖輩都是許州馮氏的僕役，為家主做事本是分內的事。但十二娘堅決要和許州馮氏切割，改換門庭，另立規矩也應當。

雖然現在工錢買不到什麼，十二娘允諾的前程更摸不著，但邢丙瞧著卻別有一番滋味，小女郎有魄力，很不一般。

「全員看齊，整備操練！」

梧桐樹下，馮蘊抱著鼇崽看了片刻，轉身回長門院。

她不僅給梅令部曲計算工錢和許諾休日，對其他雜役也安排了一套規矩。

分工不同，付出不同，所得就不同。

幹活才有飯吃，這就是她安渡馮蘊的規矩。

「鼇崽！」敖七冷不丁從梧桐樹後出來，把正在沉思的馮蘊嚇了一跳。

鼇崽更是背毛炸開，嘶一聲凶巴巴盯住他。

「本家兄弟，急什麼眼？」敖七伸手想摸鼇崽的頭，不料鼇崽速度極快地撲過來，蹬上他的肩膀，就要下爪。

「鼇崽！」馮蘊厲色一喝，制止了牠。

鼇崽不滿，三兩下躥到梧桐樹上，虎視眈眈盯住敖七，很是警覺。

敖七哼聲，將背在身後的手拿到前面，是一條用稻草繫著的泥鰍，活的，很肥，「不識好歹的東西，給你的。」

泥鰍丟到鼇崽的面前，馮蘊說一聲「吃吧」，鼇崽才跳下樹叼住，轉到院角的花臺後，狼吞虎嚥地吃起來。

馮蘊發現敖七的褲腿上有泥，朝他欠了欠身，「多謝敖侍衛捉魚捉泥鰍，只是鼇崽幼時受過傷害，十分怕人，你莫要再動手摸牠，小心傷了你。」

幼時受過傷害……敖七聽人說，她也受過。

看她一眼，敖七沒說心裡的話，而是嗤一聲，那股子倔勁又犯了，「誰稀罕摸牠？」

馮蘊笑了笑，不跟他嗆。

敖七喉結滑動一下，自己找臺階下來，「那個……府裡糧食是不是不夠吃了？我差人回營去找覃大金。」

「不必。」北雍軍什麼情況，馮蘊很清楚，再次謝過敖七，輕聲道：「府裡的事，我自有主張，不會餓著敖侍衛的。」

整整兩天，長門院大門緊閉。

馮蘊把應容找過來，又將能做女工的婢女僕婦召集在一起，不知道在裡面忙碌什麼。

到第三天夜裡，邢丙的梅令部曲就領到第一個任務。

「換上夜行衣，潛行出府。」

第五章　盜亦有道

城東大斜坡的王典是安渡郡數得上的豪戶，北雍軍進城那天，王典嚇破了膽，馬不停蹄奉上孝敬。糧食、布帛、田地、珠寶，拉了足足十幾車，足見誠意。

晉國入主黃河流域以來，不像齊國那樣依賴門閥世家，但仍然會給世家大族一些特權和優待。

這是大戶的生存之道，上了貢，保全了家人性命，王典才稍稍放下心來。

「論薄閥，我曾祖與太原王氏本是一支，乃今世大族，貴於潁川陳氏，更不說許州馮氏了。可齊朝立國二十餘年，我受本家排斥，朝廷亦不肯重用，反倒是馮敬廷那老狗，娶個潁川陳氏的後妻，又攀上蘭陵蕭家，借勢高升。」

「王公屈才矣，好在朝代更迭，何人當政，都得拉攏世家。等局勢穩定，王公托人舉薦，看能否出任郡守？」

深夜的王家燈火通明，王典跪坐在花梨木案前，正和食客清談，數落馮敬廷的小人行徑，外院突然傳來一陣騷亂。

「流匪來了……家主，不好了，流匪來了……」一個家丁衝到簷前，慌不擇路，「流匪、流匪綁了大郎君要家主出去說話……」

王典腦子一熱，差點兒昏厥過去，王潮是他的嫡子，心尖尖上的肉啊！

自從北雍軍進了城，一些安渡原本的守軍便原地落草，潛逃民間。為飽暖，難免會流竄盜搶，但大戶都有家兵，一般流寇盜匪不敢入戶。

「北雍軍都敬我三分，哪一路流匪如此膽大包天？」王典不敢相信，有人會把主意打到王家頭上。

院子裡，一群黑衣黑褲黑巾蒙面的流匪，約莫二十來人，大刀明晃晃地架在王潮的脖子上。王府的大郎君衣衫不整，薄薄的袍子下是光著的兩條腿，叫著「阿父救命」，另外有一個同樣衣衫不整的女子，是王典的愛妾單氏，低垂著頭，身子瑟瑟發抖。

這陣仗讓王典有點兒發暈，「爾等好大的狗膽，還不速速放了我兒！」

「王公。」一個壓低的聲音從蒙面流匪後面傳來。

王典看過去，這人蒙著黑巾，體形纖細，比其他流匪瘦小許多，不料卻是匪首。

「今日某能輕易捉住令郎，多虧了王公的寵妾。若非他二人夜下苟且，支開守衛，某也不會這麼順利。」

王典方才看到那情形，已有不好的預感，但家醜不外揚，他不好相問。現在當著家兵和雜役的面說出來，他老臉通紅，一口惡氣上湧，整個人搖搖欲墜。

匪首踢一腳趴在地上的王大郎君，冷眼冷聲，「子淫父妾，泯滅倫常。這人一旦賤了，就不值錢。王公要是不肯贖他，某不勉強，只要給存糧的三分之一，就幫王公清理門戶，殺了這孽障。王公要是舐犢情深，那代價就不同了——嗯，至少得出你家存糧的一半。」

「畜生！」王典啐一聲兒子，藉機四下觀察。流匪約莫二十來人，而他府宅裡的家兵有三、四十號人。再有，北雍軍夜間會四處巡邏，流匪未必敢明目張膽的殺人。

「王公在思量什麼？窮寇末路，有什麼不敢做的？王公，某耐性有限。」說罷，匪首冷聲沉喝，「把人拎上來！」

只見兩個髒汙不堪，臉上幾乎看不出模樣的男子被流匪拖到前面，他們殘破的衣裳下，傷痕清晰可見，好似被人毒打折磨過一般。

「這是城南徐家的兩位庶出公子，運氣不好落到某的手上。徐父有十幾個兒子，不肯出糧來贖……」匪首不動聲色地介紹完來人的身分，不輕不重地下令，「將無用的人剁了，給王公開開眼吧！」

黑衣流匪並不應聲，就像沒有情感的木頭，不等聲音落下，兩把三尺長刀就猛刺下去。

「啊——！」慘叫聲劃破夜空，兩人倒在地上，雙眼睜得老大，暗色的鮮血從他們的身體裡流出來，猙獰可怖，儼然死透了。

王典變了臉色，聞訊而來的王夫人更是哀叫一聲，當場跌坐在地，求著王典救子。

「好好好，我贖，我贖……」王典沒想到流匪真敢殺人，大郎再不爭氣，也是嫡長子，命還是要的，「將糧倉打開，由諸位壯士自取。」

僕役剛應一聲，那匪首就笑了，「倉中米糧就留給王公應急，某不貪心。」然後那雙黑漆漆的眼睛裡露出狡黠的笑，「怪某沒有說清楚，某要的存糧，指的是王公的地下窖藏。」

王典震驚得老臉都扭曲了，王家的大宅底下，三層地窖修得固若金湯。戰前，他就將金銀玉器和彩帛糧食等囤到地下，裡頭的存糧足夠他們全家吃上二十年，但此事是哪個洩露了風聲，怎會讓流匪知曉？

「王公別怕。」匪首的聲音比方才和氣，聽上去很是悅耳，「某也讀過聖賢書，不是不講理的人。所謂盜亦有道，某從不強人所難。大不了學那太守公，一把火將宅子燒了。」

「給……給……」王典雙腿一軟，坐在地上，和王夫人抱頭痛哭。

流匪有備而來，運糧的小舟就停靠在後宅外的河面上。好在匪首說話算數，說拿一半就真的只拿一半。

王典見狀又生出一絲慶幸，遇上的是義匪，一半存糧換全家老小的性命，值了。

「王公不必相送，令郎明日午後自會回府。」匪首向王典施個禮，很有姿儀，接著手一揮，讓人拎著幾近暈厥的王大郎出門，還貼心地清理了屍體和血跡，客客氣氣地順走王家的五頭豬、兩頭牛，以及幾缸醃肉，這才滿意地揚長而去。

「可憋死我了。」一到河心，那兩具屍體便一骨碌地爬起來，揉著胳膊。

其中一個更是巴巴地眨著眼邀功，「女郎，小人演得可好？」

「很好，回去論功行賞！」匪首沒有揭開面巾，但眼窩可見笑意。

一群流匪哈哈大笑。

那兩具屍體正是常大和阿樓，他們身上的傷是真的，全拜淳于焰所賜。流的血是假的，馮蘊親自做的血包，一刀刺過去就破了，足夠唬人。

阿樓咧著嘴巴，笑得見牙不見眼，很得意自己幹成了一樁大事，不是吃閒飯的人了，「小人受傷了也能立功，很了不起。」

「是多虧女郎好計。」邢丙瞥他一眼，十二娘有膽有謀，不損一兵一卒就弄到這麼多糧食，還得了個「義匪」的美名，他很是佩服。

梅令部曲其餘人更是如此，一個個興奮不已。

「往後我們就以此謀生了。」

「對！跟著十二娘，不怕餓肚子。」

「安渡郡還有好幾家大戶，定有存糧。」

一群梅令郎討論得熱火朝天，興致勃勃。流匪賊盜是戰亂年代的常態。民生艱難，人在吃不飽肚子的時候，一切禮義廉恥全是空談。

馮蘊等他們高興完了，才平靜地潑下一瓢冷水，「只此一次，下不為例。」

「嗯？這是為何？」

深夜河風徐徐，馮蘊望著夜下水波，涼涼地道：「行得夜路多，必有遇鬼時，幹這種營生，我們不僅不會安居樂業，能不能保住小命都另說。」

「我等不懼死！」

「正是，橫豎要死，飽死總比餓死好。」

馮蘊知道是這些糧食給了他們底氣，當即一笑，眼裡生出寒意，「王典藏糧一事，我既知情，你們以為裴獗就不知了嗎？」

眾人面面相覷，很是驚訝，是啊，王家大戶家有存糧不奇怪，奇怪的是女郎從何處得知地下窖藏的事情？

馮蘊微微一笑，她當然不能告訴別人，前世去王家搶糧的人是裴獗，王典的地窖也是裴獗親自帶人抄出來的。

在北雍軍最缺糧食的時候，城裡的大戶都被抄了個遍，王典自然也逃不過，那滿滿三層大窖的糧食，當時就震驚了安渡郡，傳得沸沸揚揚，她這是提前搶了裴大將軍的生意啊！

馮蘊坐在舟楫上望著漆黑的蒼穹，沒什麼表情，「往後你們都會成家立業，娶妻生子。一旦落下汙名，子孫後輩如何抬頭做人？記住了，今夜的事都給我爛在肚子裡。誰敢吐出半個字……」她看一眼阿樓，「舟上屍體便是下場。」

阿樓愣了愣，低低一笑。

一眾梅令郎也跟著全都笑了起來，很是快活。

「女郎聰慧，我們跟著女郎，再不怕餓肚子了。」

「是啊！有女郎在，還有裴大將軍庇護，往後誰也不怕。」

馮蘊撇了下嘴，要讓裴大將軍知道她搶先一步劫了糧，不知是個什麼心情，還庇護呢？不過，她給裴獗留下一半糧食，算是好心了。

「邢丙。」馮蘊看著小舟駛入河道，低聲吩咐，「我們從花月澗繞回去。」

搶來的糧食要運入府裡，即使逃得過北雍軍的眼睛，也避不開敖七。因此馮蘊去花月澗，就已經想好了「洗糧」的辦法。

運糧的小船往花月澗後繞一圈，等敖七氣急敗壞地找過來看到，搶來的糧食就換了個正當來路，這樁功德也就落到了雲川王世子淳于焰的身上。

「那日與花月澗的主人相談甚歡，他憐我府中缺糧，大方贈予。」馮蘊說到「相談甚歡」四個字時，甚至露出一點情意綿綿的意味來。

敖七的腦子瞬間被她帶回到那夜在雅室看她衣裳不整，滿臉潮紅的畫面，什麼相談甚歡？不用想也知道他們幹了什麼事。

少年郎看她滿不在乎，氣得說不出話。

馮蘊一笑，「明日吃席，我與諸君共慶，敖侍衛一定要來。」

敖七目睹她被一群兒郎前呼後擁，笑出一臉明豔，牙齒都要咬碎了。

這個時代戰爭頻發，民風卻史無前例地開放，連綿不斷的戰爭導致禮法不拘，秩序混亂，男女間自由結交，看對眼便偷偷相會，放縱慾望者大有人在。

敖七沒有想到她也是這樣的女郎，很生氣，又不知為何要氣？

有糧有肉不是好事嗎？他再不用潛入池塘下抓魚，把自己搞得一身臭烘烘的了。

次日天剛亮，太陽初升，廚間便傳來殺豬的聲音，府裡上下歡欣一片。

馮蘊起得很早，差邢丙出去打聽了一下。

王大郎君是晌午時回家的，昨夜的事，王家自認倒楣，沒有半點兒風聲傳出來，倒是那個姓單的小妾，天不亮就被人抬出王府，不知去向。

邢丙在街上走一圈，市集沒開，買不到東西，卻聽來不少閒言碎語。無非是說馮太守的十二娘投敵後與裴大將軍那點兒風流豔事。有些混不吝的傢伙，吃喝嫖賭樣樣行，這時卻高尚起來，差點兒沒把邢丙氣死。

「不知原委便亂嚼舌根，俺真想一刀宰了他們。」

馮蘊正在簷下看飛來的燕子，聽了邢丙的稟報，好似沒有往心裡去，笑了笑，便問他，「你家新婦識字嗎？」

邢丙愕然一下才反應過來，哂笑，「俺內人農戶出身，是個睜眼瞎。」

馮蘊若有所思，走上臺階又突然回頭，「今日府裡設宴，讓你家新婦帶著孩兒同來吧！以後府裡府外，用人的地方很多，我還是更信重自己人。」

邢丙應一聲，感動不已。雖然府裡發工食，但他有三個孩子。半大的小子，吃窮老子，家裡快要揭不開鍋了。妻子提過幾次到府裡做點兒雜事，混口飯吃，但邢丙臉皮薄，開不了口。

女郎眼睛雪亮，好似什麼都看得透，這份大氣從容和膽魄，邢丙佩服得五體投地。

這是馮蘊掌家以來辦的第一場家宴，特地叮囑灶上要弄幾道大菜，還讓人把地窖裡的藏酒起出來，抬到簷下，又親自去灶上教廚娘滷了豬皮、豬肉和豬骨頭，抬上桌來下酒，香氣飄出，饞得人直流口水。

為了助興，文慧在席上獻藝，一時間琴音悠揚，歌聲婉轉。

馮蘊心情好極，只覺美人佳餚極是醉人，第一次體會到男子的快樂，醉眼矇矓把酒問天，「我若是男子，美色在前，可會冷靜自持？」

敖七看她如此失態，直皺眉頭，本來想好不再管她了，又忍不住插手，上前叫婢女把酒壺拿走，「女郎醉了。」

馮蘊哼笑，望著天邊弦月笑得媚眼如絲，「傻瓜，我如何會醉，我千杯不醉！」

說不醉的人，一般都酩酊大醉了。

敖七看她雙頰染霞，面如桃花，好不容易平復下來的心緒，好似被高溫火灼過，有種喘不過氣來的感覺，不耐煩地低斥，「趕緊扶下去休息。」

大滿與小滿有點兒怕敖七，因為他是大將軍的心腹，兩人趕緊一左一右扶住馮蘊，像個肉夾餅似的走出去，誰知她還有力氣在經過時一把抓住敖七的手臂。

「敖小將軍，果然是你！」馮蘊直勾勾盯住他，渾然不覺自己失態，只想欺負他，以報敖七上輩子的憎惡和使壞，「你為何不喜歡我？憑什麼看不起我？很討厭我是嗎？那我就要……給你幾分顏色瞧瞧哦！」

敖七雙頰漲得通紅，瞪著她說不出話，不喜歡她？看不起她？討厭她？這從何說起？

「我、我沒有……」敖七的表情有點兒彆扭。

然而馮蘊並不是認真要得到答案，她也根本沒聽清敖七說什麼，兩世的經歷在腦子裡混淆後，她完全辨不清虛實，念念叨叨地被人扶回長門院。

敖七站在明月清風的廊下，一顆心像在煉獄裡掙扎，不該有的少年心思，讓他心底隱隱有憂傷滑過。

馮蘊喝了酒與平常大相徑庭，很不老實，沐浴時折騰好久，幾個小婢女好不容易才把她像祖宗似的哄到榻上睡下，這才拉好簾子拿出主子賞下來的酒食，去外室吃喝起來。

享用著美食，想想在大獄等死的慘痛日子，皆是唏噓不已，一個個喝得小臉紅撲撲的，爭相表忠心，最後都原地醉倒。

「呃……我的頭……好暈！」

喝了酒的馮蘊並不好睡，半夜口渴得緊，啞著嗓子叫大滿、小滿要喝水。

叫了好幾聲，才有門開的聲音，有人慢慢走進來，腳步聲比平常重了許多。

要是馮蘊沒醉，是可以辨別出來的，那是男人的腳步，可她醉了。

當青瓷盞遞到嘴邊的時候，她懶得連眼皮都沒有抬一下，就著對方的手，喝得很是暢快。

「我要如廁。」馮蘊頭昏目眩，見婢女不動，自己站起來就跌跌撞撞地往恭桶那頭走，咚一下，她撞在一個人身上，用力抓住對方的胳膊。

好結實！她醉而不傻，當即退後一步，心生警惕，「是誰——唔——」

來人一把捂住她的嘴，將人半攬在懷裡才穩住她，「別出聲。」

握在腰上的手臂力道很大，一股「雪上梅妝」的清冽香氣幽幽入鼻，刻在骨子裡的熟悉感在暗香中復甦。

對一個上過沙場，闖過屍山血海的冷漠將軍而言，雪上梅妝的氣味太過雅淡，不很搭，卻可以恰到好處地遮掩他身上的戾氣。

上輩子馮蘊很喜歡這種香，最初從裴獗身上嗅到，如見天物，愛若癡狂。後來才知道，此香得來不易。

不說沉香老料和白檀丁香等物的名貴，便說製香用的梅花瓣尖那一點兒寒雪，就要無數人在大雪紛飛中忍寒受凍，只為採摘那花中雪。

因此她斷定那不是裴獗會搜集的香，他不好此物，更不愛附庸風雅。直到在李桑若身上也聞到這樣的香氣，才知世間唯有他二人，用雪上梅妝。

那時候的馮蘊任性過，將名貴的香粉撒在榻上，笑著用足尖踩踏，印出七零八落的圖案，然後整個人滾上去咯咯笑著示威，等著裴獗勃然大怒。不料他什麼都沒有說，將她從香塵裡撈出來洗乾淨，狠狠要了她一宿，從此不再用此香。

後來馮蘊每每想到，都覺得懊惱可惜，也曾經嘗試製香，終不可得，於是遺憾。

如今又一次聞到久違的雪上梅妝，心神俱醉，不免恍惚失態，一時不知身在何方，憑著記憶用力攀附著眼前的男子，在他懷裡小狗似的輕嗅兩下，委屈悵然。

「你來接我了？不是不要了，為何又來？」一聲詢問隔了兩世憂傷，忽而又笑，「做夢了……」

昨日種種譬如昨日死，如果不是醉了，馮蘊問不出這樣的話，但當面說不出的，醉得東倒西歪的她可以。

「你負我。」她眼眶發熱，氣恨地往那堅硬的胸膛撞過去，咬牙切齒，幾近撒野，「為何要負我……」

她知道自己情緒有點兒大了，可酒是很好的催化劑，強烈地煽動著她的神經，她控制不住自己，就想這麼做。

一拳拳錘在身上，裴獗伸手想制止她，掌心卻剛好落在她腰上的傷口上，痛得她嘶聲低呼，眼淚差點兒掉下來。

「好狠，這麼多年，你一點兒沒變……」馮蘊望著男人眼裡化不開的冷意，喃喃抱怨，「你實在是個壞的，有許多欺負人的本事。」

沒有回應，裴獗只是皺了下眉頭。

馮蘊見他木頭樁子似的，便又記起來了，他不喜歡太過親密。從她第一次侍寢，他就當她是個物品，用完就走，從來不動半分情意。

馮蘊恨從心生，冷冷嗤笑一聲，撲上去摟住他精壯的腰身，密不透風地勒緊，帶著酒氣霸道地命令，「抱我，抱緊些！」

裴獗身子倏地緊繃，眼底似有海嘯般狂湧的火焰，手終是按在她的肩側，剛要將人推開，馮蘊便靠上來，緊緊貼住他，「你來，不就是想我了嗎？」

手上的俏肩彷彿有千斤之巨，怎麼推都推不開，裴獗微微後仰，避開她毫無章法的亂來。

「她不能滿足你，對不對？」馮蘊望入那雙冰冷的眼睛裡，笑得不懷好意，「你憐惜她身子嬌貴，不忍動她……對我，你就捨得。」

屋子裡光線昏暗，一片寂靜。

馮蘊看不見他皺緊的眉頭，借著酒意氣惱地聲討，一句句說得顛三倒四，「我都離開了，被你拋棄了，我成全你們，為何還是不肯放過我？一定要我死……我死了你們才滿意嗎？」

裴獗冷臉沉沉，如若鐵鑄。

馮蘊見狀更生氣了，「冷若冰霜，無情無義。不肯說話是嗎？我偏要你說出來……」壞壞地扯住裴獗的衣裳，把他拉向自己，再順勢下滑熟練地握他要害，「還裝不裝……嗯？」

裴獗後腰一麻，高大的身軀登時僵然而立。

馮蘊一笑，像是意外又像是不意外，臉上慢慢浮出幾分嬌意，「我就知道你是這樣的人……明明不喜歡我，卻可以對著我……硬來！」

「鬆手！」裴獗呼吸停滯，低冷的嗓子像被酒氣化開，帶點兒喑啞的不耐。

他在生氣，每次都是如此，但到了這個時候，馮蘊是不怕他的了，單憑熟悉在他身上持續疊加，瘋狂的忍耐只會讓他更難受，令馮蘊更開懷。看不清裴獗的臉，聽他呼吸吃緊，她的笑容比方才更為明豔，「我離開時久，這裡可有讓人碰過？」

「馮氏阿蘊！」裴獗低頭看她，極力按捺著喘息，雙眼滲透著令人顫慄的威壓，俊容在這一刻格外陰森可怖，好像馮蘊再不住手，就要剐了她。

然而，馮蘊什麼都分辨不清，她在跟自己的夢境搏鬥，「怎麼不叫人家腰腰了……腰兒……腰腰……多好聽啊！」

裴獗的脊背迅速被汗水打濕，從冰冷到烈焰，也不過須臾。作惡多端的手，妖嬈肆意，緊緊相貼的嬌軀，嬌態橫生，他被掐得止不住顫抖，額際青筋爆出，喉結滾動，「再胡鬧，我便……」

「如何？你要如何？」馮蘊不依不饒，借著酒意將小性子釋放得很是徹底，「說啊！快說，我想聽……」

長久的沉默，只有男人沉重的呼吸。

前世經過人事，今生的她也不再是少女心。裴獗這一副誘死人的身材，讓她隱隱有些渴望，又有些害怕他的猙獰。罷了，反正在夢裡無人知道，想做什麼就做什麼，無須在意，為所欲為，「難以出口？那我來替你說可好？你想得很，想狠狠的……」

「馮蘊，妳可是瘋了？」裴獗咬緊牙槽，仍是不免哼出聲音，冷冷的警告變成無奈的低喘。

「是，瘋了，早就瘋了！」馮蘊不怕死地點點頭，雞啄米一般，將額際抵在他的肩膀，「你生氣嗎？我知你不好惹，來啊，把我骨頭拆了，給你心愛的女子熬湯……」她藤蔓般交纏上來，像只豁出命去的小獸，破罐破摔。

裴獗呼吸凝滯，哪怕極力抑制，那一股駭人的力量仍然蓄勢待發地想要衝撞上去，惡狠狠將他拋向崩潰的邊緣。

「看清楚，我不是蕭呈，無須在我眼前發癲！」裴獗近乎粗暴地捏住她的胳膊，將人扯離，冷冷盯住那雙眼睛，黑暗裡的聲音滿是怒氣。

蕭呈？這個名字一入耳，馮蘊迷迷瞪瞪地笑著，臉上浮出怪異的憤怒，突然發狂地將人推開，「什麼髒東西……也敢找上門來負我，誰給你臉了？蕭子偁，你給我聽好了，從今往後，只有我馮蘊負人，斷沒有人可以負我！」

從極致的柔軟到沖天的恨意，馮蘊變臉毫無徵兆，情緒波動極大，罵完就跌跌撞撞往外走。

裴獗攔腰將她扶住，不料她突然扭頭，張嘴就咬。

一聲悶哼，裴獗吃痛，將人拎起來摁在榻上，壓住她的脖子，氣息粗重得彷彿要將人生吞活剝。

馮蘊呼呼喘著氣，仍不知危險，掙扎幾下爬不起來，頭歪到一側，無聲的掉淚，「不就想我死……殺了吧……你們都想我死……殺了我……一了百了……」

脖子上的禁錮，讓那個重複了千百遍的噩夢再次闖入腦海，好似一張密密麻麻的蜘蛛網，黏住她，生生世世黏住她，擺脫不了。哪怕她已經重生、清醒，知曉一切，竟然還要困在網中，動彈不得，任人欺辱。

「殺啊……怎麼不用力……」馮蘊很傷心，酒精放大了她的情緒，重生來沒有掉過的眼淚，在他面前肆意橫流。

裴獗垂著眼看她，鬆開卡住她脖子的手，神色晦暗不明，「腰傷何人所為？」

馮蘊將臉在軟枕上蹭了蹭，把淚擦去，「我，馮氏阿蘊憑本事弄的。」

「何故如此？」

馮蘊吸了吸鼻子，「為幫裴獗籌糧。」

「為何幫他？」

「想做他的謀士。」

「為何想做他的謀士？」

「不想做他的姬妾。」

這一次裴獗沉默了許久，低頭靠近，呼吸好似貼在耳旁落下，很親昵的距離，聲音卻冷得駭人，「為何不肯做他的姬妾？」

為何不肯做姬妾？馮蘊在腦子裡問自己，聲音迸出如同冷笑，「負我，拋棄我，看我慘死……你們要的只是我的身體，我的肚皮生孩子……我不要……」

靈魂裡的脆弱好似被尖利的刀子拉扯開來，馮蘊磕磕絆絆的話，將記憶全都混淆在一起，說得模糊不清，但很真切，把眼睛都哭紅了。

裴獗硬是沒有出聲，要不是那胸腔在劇烈起伏，身上就如同壓了個死人。

「動一動，你動動呀！」馮蘊不舒服，推他。

裴獗深吸一口氣，身體的感官清晰致命，洶湧的慾望幾乎就要破繭而出。

恰在這時，外面傳來一道冷硬的鐵器鈍響，如同兵器劃破了夜風。

「左右包抄，將長門院圍起來！」

是敖七的喊聲，他發現了長門院的異樣，帶人捉賊來了。

緊接著，庭院裡燈火驟亮，幾乎照亮半個夜空，整個府邸的人都被驚動了。

梅令郎們剛吃了慶功酒，正是熱血上頭的時候，一聽有人闖入長門院要傷害主子，一個個提著砍刀就飛奔過來。

「你們守在外間，沒我命令，不許靠近。」整個長門院裡安靜得沒有聲音，敖七懷疑婢女僕婦全被人放倒，心下繃緊，怕傷害到馮蘊，也怕這麼多侍衛一起闖進去會壞了馮蘊的名聲。

吩咐完，他握緊環首刀便躡著步子靠近房門。

夜風從廊下拂過來，敖七的手剛試探性放上去，木門便吱呀一聲打開了。

敖七心裡一凜，迅速出刀，不料胳膊被人一把抓住。

「大膽小賊——」

「是我。」沒有情感的聲音，滿是威懾。

敖七呆立當場，胳膊好似都軟了，腰刀掉落在地。

「敖侍衛！」外面有人在喊，在詢問他的情況。

敖七與那雙閃著幽光的黑眸對視，清了清嗓子，道：「無事，婢女吃多了酒，睡沉了，已讓我喚醒起來。女郎也已安穩睡下，你們都退出長門院去吧！」

「諾。」侍衛們陸續往外走。

敖七身軀僵硬，許久沒有給裴獗行禮。他是裴獗的外甥，自然不會像普通兵士那樣懼怕，但從前不會這樣。裴獗是他眼裡最強大的存在，每次見到就像一隻雙眼發亮的小狼，恨不得撲上去搖尾，這次他有點兒打蔫。

「安渡城的事，為何不據實上報？」

敖七垂下頭，「女郎那麼做是為給北雍軍籌糧，外甥以為不算什麼大事，更沒想到會因此驚動舅舅。」

「不算大事？」裴獗看著他，微妙的氣息在寂夜的暗光裡流動，「敖七，你犯下大忌。」

沉默一瞬，敖七雙手抱拳，「請將軍責罰。」

他做好了挨打的準備，隔著簾子的裡間卻傳來一陣細碎窸窣的響動。

「大滿、小滿？」是馮蘊含糊的聲音，她說著便朝他們走了過來，雖然聲音仍帶酒氣，但比剛才好像清醒許多。

敖七和裴獗對視一眼，這是女郎的起居室，不論是他還是大將軍，大半夜貿然出現在這裡，都是登徒子行徑。

一個人被發現被鄙夷，兩個人同時被發現？那就更是遭人恥笑了。

馮蘊的腳步漸近，只要一抬手撩開那簾子，就看到他和裴獗，敖七只覺氣血上湧，心跳幾乎快要從嗓子眼裡蹦出來。這時手臂突地一緊，裴獗拽住他往外一拉，齊齊竄出去。

敖七被大力拉扯，站立不穩，差點兒撞在柱子上，待他反應過來再回頭，只見一道黑影如獵鷹般疾掠而去，幾個起縱便消失在長門院的梅林裡，徒留他一人，站在馮蘊的房門口，傻子似的迎接馮蘊疑惑的質問。

「敖侍衛怎會在這裡？發生什麼事了？」馮蘊皺眉，揉著悶痛的額頭，她方才好像看見裴獗了，但為什麼會是敖七？

敖七想找個地縫鑽進去。

馮蘊歪了歪頭，指向裡屋的幾個婢女，以及掉落在地上的，敖七那把明晃晃的環首刀，「長門院遭賊了？」

敖七張了張嘴又無奈閉上，恨不能沒有長嘴算了。深更半夜，女郎居室，婢女暈睡，他一個外男闖入，這是要做什麼惡事？

舅舅，你何故害我？

「敖侍衛什麼時候變成鋸嘴葫蘆了？」馮蘊瞇眼，敖七的臉很漂亮，線條柔和，沒有攻擊性，唇珠的位置微微上翹，有點兒稚氣，尤其眼前，他好像在生什麼氣，又好像受了什麼委屈，讓馮蘊有點兒想欺負他，手癢，又忍住，扶住門框腿腳無力地將身子倚上去。

女郎倚門而望，眸若秋水，敖七一張臉漲得通紅，「我，我出來巡夜，聽到女郎屋裡有動靜，就過來看看，喊了好幾聲，沒有人應，我怕出事，這才斗膽破門。」

有動靜？方才那荒唐而模糊的景象當真是幻夢嗎？

皺眉看著少年郎，馮蘊偷偷用力擰一下自己的腿，疼痛讓她更清醒了些許，「吃得這樣醉嗎？」

敖七看她自言自語，尷尬地笑了笑，想說點兒什麼，只見馮蘊突然冷著臉回去，拿起桌案上的涼茶，往大滿和小滿的臉上潑去。

二女悠悠轉醒，甩甩頭上的水漬，睜眼看著眼前的人，嚇得激靈一下，忙不迭地匍匐在地，朝馮蘊磕頭認罪。

馮蘊有點兒累，伸出手，「起來扶我。」

敖七稍稍鬆口氣，說一聲告辭，灰溜溜的跑了。

梅林寂靜，早不見人影。

第六章　惡女閻王

坊間都知晉齊兩國大戰在即，所以北雍軍除了日常巡邏、戍營，其餘人兩日一輪訓練，裴獗甚至會到各大營裡盯著他們休息。

今日卻不同，裴將軍大半夜從安渡城打馬回營，二話不說將營裡將士喊起來，列隊苦練，一直到東方見白。

他也沒慣著自己，馬下一把辟雍劍舞得風雪不透，馬上騎射百步穿楊。汗水從額頭滾落，半濕的衣裳緊貼在身上，他半刻不停，雙眼紅透，殺氣混著汗珠淌下，上馬下馬矯健如鷹，令人不敢靠近。

濮陽九在場外看了許久，看他不動聲色地練別人，也練自己，雙眼都快迸出好奇的火光來了。

一直到裴獗回營歇下，濮陽九這才跟上去，「妄之又犯病了？很是難熬？」

裴獗正在擦頭上的汗，看了濮陽九一眼，「我沒叫醫官。」

「臉色這麼臭，看來是無功而返。」濮陽九一隻手撐在他案側，看著他陰鬱的臉，笑得沒點兒正經，「性也者，汝之本體也。積多不散，結而成淵。稍有遐想，欲便反噬。再這般壓抑下去，你往死裡練也沒有用。」

裴獗不耐煩地撥開他越靠越近的臉，「庸醫！」

「不解風情。」濮陽九嘆氣。

裴獗少年時，就有人往他身邊送侍妾，要什麼樣的沒有，從來無人拘著他，他都不肯多看一眼。

昨夜聽聞馮蘊夜會雲川世子淳于焰，這人冷著臉便打馬回安渡去，濮陽九還當他突然開了竅，哪知又冷著臉回來了。

濮陽九好奇，「你說那馮氏女，何故招惹淳于焰？」

為幫裴獗籌糧。

那一聲清啞的嘆息如在耳側，裴獗眉目森冷，朝濮陽九勾勾手。

濮陽九靠近，「如何？」

「聽聞淳于焰好男風，你去打探。」

這是什麼命令？濮陽九看著裴獗那冷肅的面容，這才發現被報復了，分明是故意損他。

「不問了不問了，反正受罪的不是我。」說罷瞥一眼，見裴獗不理會自己，心裡那股勁仍是下不去，於是又厚著臉皮，挪到裴獗的面前，「有樁怪事，望兄解惑。」

裴獗低頭翻看文書，一言不發，神色頗為冷漠。

濮陽九便自顧自的發問，「你說你不好女色，旁人獻美從不肯受，為何馮敬廷獻上女兒，你就破例收下？以我對妄之的瞭解，你不會輕易承這個情。這當中……不為美色，就是有別的目的？」

濮陽九摸著下巴，將裴獗打量了個遍，腦子飛快轉動，「難道妄之和馮氏女有淵源？」

一個在南齊，一個在北晉，不應該啊！

濮陽九搖搖頭，「不為美色，又無淵源，古怪。」

他習慣了在裴獗面前自言自語，並不期待有回應，不料裴獗突然抬頭問他，「你信世上有先知嗎？」

「嗯？」濮陽九愣住，「所謂先知，不都是招搖撞騙嗎？」

「馮氏女便是。」

濮陽九從驚訝中回神，當初得知裴獗收下馮敬廷的女兒，他也好奇打聽了一下馮家的事情，這女郎幼時確實有先知之能，被人稱妖，甚至差點兒喪命，長大後就泯然於眾了。

濮陽九知趣地笑道：「原來妄之當真是重才不重色啊！」

裴獗久久不語，眼神盯著文書，目光複雜，臉色漸漸陰沉下來。

另一頭，馮蘊從一會兒是裴獗，一會兒是蕭子偁的惡夢中醒來，長長吁一口氣，喚來小滿。

「梳個驚鵠髻吧！」

小滿與大滿以前不在內宅侍候，佩兒等四個又是府裡手腳最笨的婢女，所以才被陳夫人指派到馮蘊的房裡侍候。以前的眉香閣，就是太守府「老弱病殘癡蒙傻呆」的集合地。

幾個婢女嘻嘻哈哈地笑著，費了好一番功夫才給主子梳出滿意的髮髻，雀躍不已。

「女郎嬌美！」

「婢女從沒見過比女郎更出挑的女子了！」

馮蘊扶一下鬢髮，對著銅鏡左右看看，「阿瑩不美嗎？」

婢女們連連搖頭，「十三娘美得小氣，不如女郎絕豔。」

以前這些話她們是不敢說的，現在府裡不再是陳夫人做主了，馮瑩也不會再踩在她們家女郎的頭上，這才敢說出實話。

等馮蘊梳洗打扮好，朝食便上桌了。

馮蘊的食案上有湯餅和白粥，其他婢女雜役全吃麥飯。因為麥麩脫得不乾淨，煮出來的麥飯便有些粗糙難嚥，但這些，已經是眼下頂頂好的食物了，至少可以管飽。

「外間樹皮都快啃光了，我們還有糧吃，已是好命。」

「是女郎救了我們。」

馮蘊在裡屋默默聽著，推開了窗，大聲道：「一會兒讓灶上炙兩斤醃肉，再揉麵蒸一籠白胖饅頭，餵養妳們的好嘴。」

又吃肉？這日子怕不是要美死？

「女郎真好！」眾女齊聲歡呼。

高興過了，一個個隱隱又有些擔憂，怕好日子不能長久。畢竟女郎也是寄人籬下，要看大將軍的臉色呢！

況且大將軍至今沒有回府，沒有寵幸過女郎。她們害怕好日子只是一場幻夢，轉眼又要回到那冰冷陰森的大牢。

從小暑到立秋，是一年最炎熱的時候。

朝食結束，馮蘊就帶著人出了府，她要盤點一下馮敬廷留在安渡的家產。

城外的田莊和土地，不知朝廷如何處理，暫時沒有辦法動手，但城裡的鋪子她覺得大有可為。

由於陳氏出身好，不缺吃穿，對錢物不太上心，心眼全用在怎麼拿捏馮敬廷，對付馮蘊去了，馮家么房的產業在她的手上敗得厲害。

在安渡郡，馮家經營得最好的是玉堂春，一座清漆粉飾的酒樓。破城前，玉堂春由馮家的管事打理，戰事一起，已是人去樓空。

另外有幾個鋪子租賃給了旁人，目前有一半空置。大部分鋪子沒有打砸的痕跡，搬不動的家具都還在，就是裡面的東西被洗劫一空，一看就不是北雍軍的做派，而是內賊自盜。但逃的逃，走的走，如今也找不著人。

為了積富發家，馮蘊準備安排人手將鋪子清理灑掃出來，等立秋後晉齊兩國的戰事塵埃落定，再擇日開張。

只是眼下，人手很是不足。

馮蘊正愁這事，方公公帶人來了。

兩輛畫屏錦繡的香車，載著林娥、邵雪晴、苑嬌等十六美姬，每人帶兩個婢女，在二十餘兵士的護送下，浩浩蕩蕩地停在府門，一個個華衣美服，打扮得嬌豔奪目。

「秉承太后殿下旨意，賞裴大將軍安渡郡府邸一座，姬妾十六，婢女三十二。」

世家豪族府上，蓄養三五美姬是常事，聖上給有功的臣子賞賜姬妾更是慣例，但一次賜下十六個之多，在大晉朝也是前所未有的事。

府邸是現成的，姬妾和婢女都帶來了，但糧食不見一石，布絹沒有一匹，李太后的用心，可不止借花獻佛那麼簡單。

「來啊！上將軍府匾額。」

太守府的牌匾被馮蘊摘去以後，一直空著。方公公大手一揮，幾個兵士便嘿咻嘿咻抬上來一塊黑漆金字蓋著御印紅戳的匾額，上書「大將軍府」四個大字，莊重肅穆。

「都看好了，這是裴大將軍在安渡的私宅，爾等好好侍奉大將軍，不要讓人鳩佔鵲巢，認錯了主子。」

十六美姬齊齊拜下，「妾等謹遵太后殿下旨意。」

方公公滿意地看著馮蘊臉上表情變幻，又是當眾一番叮囑，安排姬妾入府。

林娥好不容易揚眉吐氣，下巴都抬高不少，「公公放心，妾定不負太后殿下所托，好好調教諸位姐妹，好好侍奉大將軍。」

方公公眉頭跳了一下，斜睨著她，該女蠢笨至極，太后殿下是讓她來「侍奉」將軍的嗎？是要噁心馮氏女郎啊！

不過，林娥的話能讓馮氏女不舒服，方公公還是配合地點了點頭，然後一臉嫌棄地問馮蘊，

「馮姬可有話說？」

說吧，哭吧，最好嚎哭起來，他才好回去交差。

方公公滿懷期待，馮蘊卻盈盈一福，「妾領旨，替大將軍謝過太后殿下。」

方公公眉心又是一抽，這叫什麼話？好似她是這府裡的當家主母一般。這個馮氏阿蘊當真厚臉皮，不好應付。

方公公盯著馮蘊瞧，馮蘊也似笑非笑地看他，對他的來意了然於胸。大將軍不在府上，這是做給誰看的？

甘願給心上人塞十六個美嬌娘，一般女子可做不到。李桑若真是又狠又大氣，怪不得有能耐染指江山，成就大業。

既如此，她就幫裴獗笑納了吧！

等方公公一走，馮蘊馬不停蹄地把林娥、邵雪晴和苑嬌等十六人以及她們的婢女全部叫到青山堂，指派她們去鋪子上清理雜物，灑掃出工。

「到了將軍府，就得按府裡的規矩辦事。將軍府不養閒人，要吃飯，就得幹活。誰不聽吩咐，就給我餓肚子。」

馮蘊安排得妥妥當當，連十六美姬今後的名號都想好了。這個「胡餅西施」，那個「牛肉貂蟬」，依她們的美貌，不愁她的店面不風光。

林娥來前是存了心思的，一朝登天變鳳凰的戲文哪個不愛？誰料，將軍根本就不住府裡，她們連將軍的面都見不著，還要被馮十二磋磨。

眾姬妾滿腹怨言，卻拿馮蘊毫無辦法，府裡的侍衛都聽馮蘊的，上下全是馮家人，馮蘊就是將軍府的土皇帝，說一不二。唯一能給她們撐腰的大將軍身在大營，莫說他不一定會管，就算要管也鞭長莫及。

「長門院那位真是瘋了！妾等要讓馮十二給欺負死了。」

「少說兩句吧，往後姐妹是要一起侍候大將軍的人。十二娘是世家貴女，身分尊貴，性子跋扈些也應當，能忍就忍吧！」

「馮十二又不是將軍夫人，憑什麼這樣對我們？」

「哼！她何止不是將軍夫人。姐妹們且好好思量，我等是太后賞賜給將軍的姬妾，有名有分有太后旨意，名正言順。馮十二有什麼？她什麼都沒有，頂多算是一個不要臉的外室，我們分明要高她一頭，她卻腆著臉踩到我們的臉上？」

「阿娥莫再提了，我等雀鳥何故與鷹隼爭鋒？還是快幹活吧！」

大將軍府裡，馮蘊抱著鼇崽，悠閒自在地摸著牠厚厚的腳墊，聽阿樓彙報那些姬妾私下裡的談話，笑得十分開懷。

「餓飯！罵我一句，餓一天。罵我三句，餓三天。說我好的，有賞……重賞！賞什麼讓我想想，就賞將軍初夜好了。還有，那兩個說話好聽的小美人，就不要幹粗活了，安排去幫應容刺繡製衣吧！把膚色養得再水靈些，將軍回府看上，就有福氣了。」

阿樓年紀輕輕，快要笑出皺紋來了，他喜歡如今的十二娘，遠勝當初。不僅比男兒有擔當，做的事說的話，樁樁件件都讓他們心服口服，跟著她的人都覺得日子有了盼頭，甚至天天都盼著長門院來命令。有令一出，一個個便熱血沸騰。

但阿樓也擔心，不把太后賜下的姬妾當回事就算了，還餓飯哪裡能行？

✣　✣　✣

今日的綠柳院，很熱鬧。

林娥在開飯前被人帶出膳堂，關了起來，她在裡間哭鬧，將木門搖得砰砰作響。

「開門！你們開門啊！馮十二娘，妳怎可如此對我？我領太后旨意前來侍奉將軍，不是妳的僕役。開門，快開門！我是大將軍的姬妾，我要找將軍評理，找太后評理……」

院裡，一群看熱鬧的婢女和雜役，指指點點。

邵雪晴、苑嬌和其他姬妾也都安置在這個院子，她們眼睜睜看著林娥被兩個壯漢鎖在房裡，心裡冰冷冰冷的，後怕不已。

阿樓拿出大管事的派頭，清了清嗓子，大聲道：「林姬帶頭鬧事，不奉將軍府家規，本當餓三日，關押三天。女郎念其初犯，格外開恩，勒令閉門反省一日。」說完，他回頭朝馮蘊行禮，「十二娘，可還有別的交代？」

天氣熱，馮蘊穿了身薄薄的寬衫大袖，坐在柳樹下，身側跟著環兒和佩兒，兩人拿著蒲扇，對著她扇風，衣帶飄起來，好看得仙女似的。

她的聲音在酷暑下，聽來也有點兒慵懶，「再有違者，一律從重，不再輕饒。」

阿樓點點頭，擔憂地看一眼緊閉的小院。原本女郎要連同其他姬妾一起處罰的，虧得他曉以利害，女郎這才聽勸，只關了帶頭的林娥一人。

不過他還是很不放心，「上次在府獄，十二娘已然得罪了太后，這事再傳到太后耳裡，只怕……」

馮蘊淡淡開口，「我自有分寸。」

安渡城就這麼大，罵馮蘊是齊朝叛徒的人本就不少，現在又傳出她黑心虐待姬妾，更是惡名在外。罵她爭寵好妒的有，罵她瘋癲狂妄的有，但馮十二娘做這樣的事，又不很讓人意外。

她行事古怪，早就被傳有瘋症，要不是親娘替她葬身火海，只怕她早燒死了。

「這樣的女郎，生來就當掐死。」

「老天無眼，馮十二竟讓裴大將軍看上！」

「惡女配閻王，一對天殺的狗男女，會有報應的！」

餓飯的罵她，不餓飯的也罵她。

認識的罵她，不認識的也在罵她。

眾姬見到她就像老鼠見到貓，連帶府裡的下人僕役都對她更生敬畏。

馮蘊很滿意，惡人是不會被人輕易招惹的，好人才會，這是她上輩子用死亡得來的教訓。

在她死前最痛苦的那段日子，過著畜生般圈養的低賤生活，沒有一個親人來看望，那樣的痛苦都受過了，被人說三道四算什麼？

她馬上給裴獗去信。

我為將軍治理府中庶務，很是得力。

面對裴獗，馮蘊沒有阿樓以為的那麼颯。她把裴獗當東家，將所作所為，事無巨細都稟報上去。包括餓他的侍妾，逗他的兵，也會以謀士的身分，給裴獗提出一些建議。

其中關於恢復安渡郡的農事和民生，她寫了足足上萬字。

安渡郡轄六縣，地廣人多，水土肥美，原是富庶大郡，以絲織和製瓷見長，享名南齊，可惜眼下城鎮空盡，百姓饑勞困苦，再不見往日繁華。時局混亂，天下疲耗。民思安居，厭極武事。在營者思田園，在逃者思故里。然彼時，唯貴族名士驕奢淫逸，民間土地荒蕪，耕作凋敝，於國大為不利。為免往後長途運糧，空勞師旅，將軍還應廣田蓄穀，以備糧草，做好與齊軍長期惡戰的準備。

食為政之首，誰讓百姓吃得飽，穿得暖，安居樂業，誰便可穩坐江山。將軍不如以安渡郡為試點，均分曠地給農戶，恢復五穀果蔬植種，安置流民，再墾荒整地，育種培優。田地豐收，糧倉盈餘，從此安渡郡民不思南齊，只知大晉。

馮蘊盡職盡責，為縫補好破破爛爛的安渡郡，言辭懇切，然而裴獗沒有回信。

也不知敖七有沒有去告狀，花月澗的事也沒有人來過問。

這讓馮蘊隱隱有點兒不安，「小滿，敖侍衛近來在做什麼？」

「聽葉侍衛說敖侍衛好似病了？」

敖七病了？怪不得這兩天不見他的人。

馮蘊心情愉悅興致好，索性做一回好事，把敖七抓的魚撈出一條，熬出鮮濃的魚湯，裝在青瓷湯盅裡，讓小滿拎上，一起去跨院裡看望他。

「敖侍衛！」葉闖不在，房門虛掩著，馮蘊一敲就開了。

跨院的房間佈置很簡單，兩個兒郎居住，也沒有那麼多講究，木架上到處搭著衣物，敖七的環首刀靠在榻邊，靴子東一隻，西一隻，踢得很遠。

亂是亂了點兒，可馮蘊沒有想到，敖七會有那麼大的反應。

「妳，妳出去！」敖七像剛剛被吵醒，高高揚起的眉毛，滿頭的濕汗，不知夢到了什麼，看到馮蘊就見鬼般坐起來，死死抱住他的被子，以肉眼可見的速度紅透了臉頰。

馮蘊皺眉看著他，「敖侍衛哪裡不舒服？」

「出去！」敖七一副崩潰的樣子，怕馮蘊發現被子下面的難以啟齒，甚至不想讓她看被單上那些輾轉難眠後折騰出來的褶皺，還有亂丟的衣裳、鞋襪，都讓他覺得羞於見人。

自從那天逮到舅舅在馮蘊的房裡，敖七就很不好過，女郎幾乎夜夜入夢，讓他心力交瘁，大受煎熬，感覺整個人都要廢掉了，可她偏生還來，在他的面前，一臉關切。

「看上去不像生病啊？」馮蘊和小滿對視一眼。

這敖侍衛咬牙切齒的模樣，分明精壯得很，哪像有病？

敖七靠在榻頭，後背的衣裳幾乎濕透，緊緊貼在身上，掩著他怦怦亂跳的心，「妳怎知我沒病，我就是病了。」

「好好好，你病了。」馮蘊好心沒有好報，板著臉吩咐小滿，「把魚湯放上，我們走吧！」

敖七剛鬆了一口氣，馮蘊突地掉頭，「敖侍衛不如找將軍說說，回營去養病？」

敖七臉色微變，這是要趕他走嗎？一股強烈的不滿，讓少年怒目而視，傲嬌地揚起了下巴，「誰說我有病？我沒病。」

馮蘊怪異地打量他，不得不說，敖七長了一張精緻討喜的小臉。語氣這麼凶巴巴，也讓人討厭不起來。

她點點頭，拉上門出來，再一思量敖七的反常，腳步突然一停，醉酒那天晚上，莫非發生了什麼，才讓敖七這樣防備她？

和敖七能發生什麼？那只能是她輕薄了人家。

說不清楚了！馮蘊回頭看小滿，「再不許醉酒了。」

✣ ✣ ✣

夜深了，中京洛城，嘉福宮裡，青銅芙蓉燈散發著幽冷的光芒。

殿內靜悄悄的，食案上的飯菜早已涼透。

李桑若挺腰跪坐在金絲楠木的食案前，姿態端莊雅致，緊闔雙眼，她的肌膚保養得極好，看上去略顯憔悴。

深宮寂寞，貴為太后也難抵長夜孤清。

方公公不停地抹著額頭的汗，臉上不動聲色，內心已不知把那馮氏阿蘊殺了多少回了。

十六個美姬沒有一個中用的，居然制不住一個馮氏女？

那林娥信誓旦旦，結果半招不到就讓人制伏了。

在這座宮殿裡，三個妃嬪就可上演一齣大戲，鬧得雞飛狗跳。十六個姬妾竟然全無作為，被馮氏女收拾得服服帖帖，挽起袖子做粗活，替她當奴僕！

方公公都替太后難受，這個馮十二娘，他差人去打聽時，得知她只是一個姿色絕豔的草包，沒往心裡去，誰知草包竟有幾分能耐！

方公公惶惶不安，生怕太后遷怒。

正胡思亂想，李桑若突然睜眼，朝他看過來，「傳聞馮氏女美豔不可方物，許州八郡無人可與爭鋒，確有其事？」

方公公嚇一跳，看太后臉上很有傾聽的興致，正了正衣冠，彎著腰到太后跟前，長揖到地，「殿下，老奴沒辦好差事，老奴有罪。」

李桑若眉梢微揚，「哀家是問你，馮氏女果真姿容絕世，足以迷惑大將軍？」

「不及太后，其容色粗鄙，不及太后萬一也。」方公公忽略見到馮氏女時的驚豔，忽略她身上那股逼得他心亂如麻恨不能俯首稱臣的嫵媚，違心說道。

李桑若臉一沉，不經意地道：「你這老貨，腦袋是不想要了？」

方公公尬笑，他知道太后只是吃味了，宮裡有「候官」專門打探消息，太后的眼睛、耳朵多著呢，稍微打聽一下就知道的事情，欺騙不了。不過美貌的女子最是不服氣，馮氏女再美，也不可蓋過她去。

「螢火之光，豈可與皓月爭輝？馮氏女那點兒姿色小家子氣，給太后提鞋都不配。」說著，方公公抬手往脖子上一抹，陰惻惻地笑，「只要殿下點個頭，老奴自有辦法不再讓馮氏女給殿下添堵。」

李桑若垂著眼皮，用帕子拭了拭額角，織錦寬衣緊裹的嬌軀往桌案輕挪，不動聲色地端過一碗涼透的參湯，輕輕一嘆，「大將軍看上的人，不可做得太過火。除非……你有辦法讓大將軍厭棄。他棄了，才不會怨我。」

嘉福宮裡的情形馮蘊自然不得而知，她只關心給裴獗的信如石牛入海。

眼看離立秋不足十天，她有點兒按捺不住，於是一咬牙，滷了二十斤肉，裝了些醃製的蕈菜，又往驢車上放了十罈老酒，以感謝為名，讓邢丙走了一趟北雍軍營，打探情況。

邢丙是行伍出身，不用馮蘊教導，就知道眼睛往哪裡看，耳朵往哪裡聽，當天下午回府，就興沖沖到長門院來稟告。

「女郎，北雍軍動了！輜重營已至淮水灣地，安營紮寨，工匠營也已然趕到，在沿河腹地挖壕溝、做陷阱。齊軍水兵就在河對岸，好似要準備渡河。」

北雍軍以精騎悍勇著稱，最擅長的打法是騎兵衝鋒，兩翼包抄，中軍直搗，三管齊下破壞敵軍陣形，但有一個弱點是士兵懂水性的少。如果齊兵當真集結五十萬大軍渡河強攻，這麼防守是沒有問題的，但蕭呈現在不會來攻。

河對岸的水兵，做做樣子而已，騙裴獗，也騙齊帝，目的只為逼宮。

前世同樣也是這個時候，蕭呈在立秋當天逼齊帝蕭玨禪讓，發詔退位，然後才反手一槍，親自領兵渡河，和裴獗殊死一戰。

那場仗打了整整三個月，雙方都勞民傷財，損兵折將，打到隆冬時節，在淳于焰的促成下和談休兵。

次年入夏，戰火重燃，由此開啟了長達三年的齊晉戰爭。

三年後，蕭呈再次遣使和談，做中間人的還是淳于焰。

那時，裴獗為了李桑若，狠心將她送出中京。一個孤苦的棄婦回到安渡，難免受人羞辱。在極度痛苦和怨恨中，她原諒了示好的父親，也原諒了蕭呈。

蕭呈的深情短暫地彌補了她在裴獗那裡受到的打擊和羞辱，讓她相信了他們錯過的三年只是上天的考驗，相信蕭呈三年來從未有一日忘記過她，相信他奪帝位、攻北晉，甚至不得已娶馮瑩，都只是為了救她脫離苦海，將她從裴獗的手裡搶回去。

男人騙起人來，當真迷惑人心。她那時清晰地從蕭呈的眼裡看到了對她的癡和愛，如是真的。

南齊公子，獨絕三郎——她那時太傻了，蕭三存了心要讓一個女子淪陷，有的是能耐。

在她的配合下，蕭呈巧施離間計，策反了裴獗麾下三員大將，在戰前釜底抽薪，導致裴獗敗走平城，而她回到了南齊，回到了蕭呈的身邊。

蕭呈是個心思深沉，有膽有謀的男人，馮蘊怨他，但無法否認這一點。不過，如果裴獗肯信她，蕭呈就不會再像前世那樣順利了。

若是北雍軍趁著南齊內亂強行渡河，出兵攻打信州，再借由鐵騎優勢長驅直入，到時候就算蕭呈登上大位，也必會自亂陣腳。

以蕭呈的性子，仍會選擇和談，但籌碼可就不同了。

如果裴獗不肯信她呢？

就算不肯全信，也會派人打探，肯定會發現蛛絲馬跡。

馮蘊望著南窗外飛回的燕子出神。

阿樓急匆匆走過來，喚一聲女郎，神色焦灼。

馮蘊示意他進來，阿樓放輕腳步，在她跟前行個揖禮，又四下裡看看，這才俯到馮蘊的耳邊，「林姬出府，見了個老相好。」

馮蘊平靜地聽完，平靜地一笑，「盯緊便是。」然後又吩咐，「收拾一下，明早出發去靈山寺。」

那天在花月澗，淳于焰許她十日之期和二十石糧。

數量不算多，但馮蘊現在就像個要飯的。多不嫌多，少也不嫌少，給糧就要。

靈山寺在淮水以北的石觀縣，離安渡郡府城有五十來里。石觀縣是離淮水最近的一個縣鎮，一路過去，官道上遇到不少流民。

馮蘊換了一身輕薄男裝，看上去就像哪個大戶人家的清俊郎君，很引人注目。

一行人駕著租來的五輛牛車，又有二十多個持械的青壯引路，沒有人膽敢上前挑釁，但沿途看到的流民，一張張面黃肌瘦的臉，近乎赤裸的目光，仍是讓人心驚膽顫。

馮蘊讓邢丙將車棚敞開，一眼就可以看到裡頭空空蕩蕩。

邢丙知道她的用意，表情略顯憂慮，「立秋後，天氣逐漸轉冷，食不飽，居無處，不知又要餓死凍死多少人？」

天下大亂人相食，山野丟白骨，溝壑棄老母，這些事每日都在發生。眾人唏噓，但有心無力。

到了石觀縣域，流民數量更多了。

馮蘊差人去打聽了一下，原來石觀縣令郭懷德在北雍軍鐵蹄到安渡郡時，便直接降了，裴獗原地委任，讓他暫代縣令，打理庶務，縣府的屬吏也都原封不動地保留了下來。

因此換了個朝廷，石觀縣沒受多大的影響。眼看流民往石觀縣來避難，郭縣令開倉放糧，讓差役在城門施粥，很是做了些好事。

看見那些流民排著長隊，得一碗白粥，臉上便露出久違的笑，眾人很受觸動。

郭縣令的投誠是值得的，南北打來打去，早晚還得休戰，甚至合為一體，但死去的人不會再活過來。縣令維持了安定和民生，就是保住了百姓的性命。

反觀馮敬廷，焚毀糧庫，縱火燒城，簡直罪大惡極。

「阿彌陀佛！」一個小和尚從城門東北角走過來，對著馮蘊便是彎腰作揖，「貴女可是馮氏女郎？」

馮蘊一驚，連忙下車還禮，「小師父如何識得我？」

「女郎的車標小僧認得，有貴人差小僧在這裡等待女郎，請隨我來。」

馮蘊謝過小和尚，由他帶路往靈山寺去。

這座寺院就在石觀縣城的東邊，很近，但走入廟宇，除了帶路的小和尚，馮蘊沒有看到一個僧人，調侃道：「小師父是連夜剃度出家的嗎？」

小和尚回頭，「女郎玩笑，這邊請。」

馮蘊和邢丙交換個眼神，握緊自己的小彎刀，以防萬一。

不料，小和尚將他們帶入寶殿下的密室，就老老實實地候在一邊，「貴人說了，這裡的糧食，女郎都可帶走。」

二十石粟米和宿麥擺得整整齊齊，不多不少，淳于焰居然沒有玩半點兒把戲？

「贈糧的貴人可有別的交代？」

那小和尚微笑，從袖袋裡掏出一封信遞上。

馮蘊撕開一看，裡面寫著兩行飄逸的小字。

為免愛姬受餓，以糧相贈。莫忘約定，早日來投。

馮蘊將靈山寺觀察了一遍，除了存糧的密室，別的地方空空蕩蕩，乾淨得可以餓死老鼠。

在南齊，寺院經濟盛行，朝廷有優待，名寺大剎堪比門閥世家，不僅有土地，還不納稅、不服役。因此除了僧眾，會有許多依附寺院的民眾。

靈山寺是安渡郡第二大寺，石觀縣又沒有受到北雍軍的衝擊，怎會只剩下一個小和尚？

小和尚彷彿看出馮蘊的疑惑，淡淡笑道：「女郎有所不知，前陣子寺院的僧眾都死光了，依附的百姓也早就逃走。」

馮蘊看著他的笑容，問道：「誰殺的？」

小和尚視線下垂，「小僧的主人。」

「淳于焰殺的？」馮蘊脊背微微發寒，想到剛剛走過的大殿和禪院裡曾經橫七豎八倒滿了血泊裡的死人，渾身不免發麻，「一個寺院得多少人，上上下下全殺光？」

「他們都該死。」小和尚沒有否認，目光裡有幽幽的涼意，長揖一禮，「回安渡尚需時辰，女郎快些動身吧，天晚了可不安生。」

馮蘊還禮，不再多說什麼，只是將隨身攜帶的一張梅花木牘遞給小和尚，「有勞小師父將這個交給你的主人，請他務必在花月澗等候，我有好消息相告。」

小和尚將木牘塞入懷裡，向她行個僧禮，然後靜靜等在一邊，看梅令郎將糧食從密室搬上牛車，臉上沒有多大的表情。

年紀輕輕如此淡定，不愧是淳于焰調教出來的人。

馮蘊不知道這個寺院裡發生過什麼，趁著梅令郎搬糧，她去了一趟前殿，跪在菩薩像前，合掌深拜三下，這才離開。

回去的路上，馮蘊格外小心。

人在饑餓的絕境中，不會再顧及禮義廉恥，什麼事都幹得出來。帶著五輛牛車的糧食行走官道，就像帶著點燃的炮仗，不知何時會炸？

馬不停蹄地趕路，半刻都沒停歇，眼看快到界丘山了，邢丙伸手一指，「繞過這座山就快了，界丘山那頭有一座北雍軍營地。」

沒有人會在北雍軍頭上撒野，除非對方不想活了，拉糧的隊伍都齊齊鬆了一口氣。

誰知，再往前不過百步，山林裡便衝出來一支擋路的流匪，赤膊蒙面，騎馬持刀，長得凶神惡煞。

「牛車留下，饒爾等性命！」

那天梅令郎扮成流匪去搶王典，是有備而去，又捉了人家兒子為質，胸有成算。這冷不丁冒出來的幾十號人，足有他們的兩倍之多，看那胳膊上鼓脹的青筋，騎馬的姿勢，一看就是訓練有素的殺人狂匪。

邢丙以前帶過兵，卻沒有上過戰場，從小習武，卻沒有殺過人。他是如此，其他人就更沒有對敵經驗，面對真正的悍匪，不免心底發怵，臉色都變了。

邢丙躍下牛車，走到馮蘊的身側，「主子，俺來掩護，妳帶人先走，往北雍軍營地去。」

馮蘊看著界丘山，聲音微微發涼，「他們就是北雍軍。」

邢丙驚訝，梅令郎也驚住了，就連那些赤膊黑巾的流匪也有短暫的錯愕。

馮蘊坐在牛車上，面無表情，「他們不僅要糧，還想要我的命。」

那群流匪停頓片刻，又扛著大刀走過來，領頭的壯漢一副趾高氣昂的模樣，滿是凶戾之色，「看這細皮嫩肉的，是個女郎吧？小嘴真會說，妳說大爺們是北雍軍……那便是了。如何？要不要乖乖跟大爺上山？等大爺們舒坦了，說不得就放妳一條生路？」

「那要看你們有沒有這本事了？」馮蘊笑了笑，解下腰間的小彎刀，看一眼緊張混亂的梅令部曲，「未戰先怯，這些天白練了？不敢拔刀殺人，在這世道可活不長久！」

「女郎！」邢丙有些羞愧。

女郎聲音清朗，表情平靜，那份從容給了梅令郎當頭一棒。十二娘尚且如此鎮定，他們這些兒郎怎可畏懼至此？

十二娘是他們的依靠，他們也要做十二娘的依靠。

邢丙沉下臉來，黑塔似的擋到馮蘊的身前，「男子漢大丈夫，死有何懼？兄弟們，誓死護女郎周全。」

人的意志是經過歷練才變得堅強的，這群人沒有經過戰爭、殺戮，在悍匪面前天生缺少勇氣，可他們有血性，有力氣，如果連自己的主子都護不住，有何顏面活下去？

一股同仇敵愾的悲壯湧上心頭，在對方的汙言穢語裡，梅令郎被挑釁得士氣大振，一個個握緊武器，將馮蘊護在中間。

「我等必為十二娘死戰到底，以報十二娘救命大恩！」

馮蘊清悅一笑，「記住，你們不是為我而戰，是為生存，為尊嚴。要想活下去，不做螻蟻，不當敵人的糧食，那就讓你們手上的刀，去喝敵人的血，讓你們的軀體，練成銅牆鐵壁！」

沒有什麼比真刀真槍地廝殺，更能鍛鍊人。

梅令郎眼睛都紅了，熱血上腦，從來沒有人告訴過他們這些，也從來沒有像今日這樣想要竭盡全力保護一個人，沒有像此刻這般想變得更強，讓手上的刀嚐一嚐鮮血的滋味。

「無恥之徒！來啊，我們不怕死。」

那群蒙面悍匪似乎沒有料到方才還嚇得臉色灰白，恨不得掉頭逃竄的一群人，突然就亮了刀槍。

「有種！」領頭那人一聲冷笑，戾氣橫生，「弟兄們，上！活捉那小娘子，回去給大王做壓寨夫人！」

「哈哈哈！」一群悍匪瘋了似的衝上來。

梅令郎大吼還擊，殺出一種只有戰場才有的悲壯。

然而，對方有明顯的優勢，一是體格健壯，二是訓練有素，看那隊形打鬥便有正規軍的底子，而一群梅令郎剛訓練沒幾日，大多不得章法，嚇嚇普通百姓可以，遇上正規軍便相形見絀。

好在邢丙武藝高強，一時殺紅了眼，抽出車上的長矛，大吼一聲衝到前頭，很有萬夫莫敵的狠勁。

「葛廣、葛義，快帶女郎走。」

流匪頭目哈哈大笑，「想走？先問問你大爺的刀！」

寒光破空而落，兵器碰撞出耀眼的火光，那人上前要與邢丙肉搏，被邢丙刺傷胳膊，嚇出一身冷汗，情不自禁往後退。

「殺！」梅令郎登時信心倍增，「跟上邢師父，保護女郎！」

這樣的世道，人命比草賤，殺人死人都不新鮮。但梅令郎們的反抗和保護還是給了馮蘊極大的震撼，她的心有許久沒有這樣鮮活的跳動過了。

有人為她拼命，有人肯為她拼命了！

「我不走。」熱血上頭，馮蘊放下彎刀，抽出車上的一把長刀便站上牛車，「今日我與諸君共生死！」

一支隊伍的士氣關鍵看將領，她站在牛車上的身影，在落日的餘暉下變成一堵堅不可摧的城牆。

第七章　是誤會？

血光高高沖上半空，山崩地裂的喊殺聲，悲壯得剜人心扉。遠處的山林裡，策馬而來的裴獗和敖七親眼看到這一幕，看著鮮血濺在女郎雪白的臉上，映出妖異的美。

「住手！」敖七大吼一聲，放馬在前。

一群鐵騎人未到，氣勢便已逼壓過來。

「賊人好大的狗膽，竟敢在北雍軍的地盤上撒野？」

流匪們在聽到馬蹄聲時，已然慌神。

那頭目回頭一望，格擋住邢丙的長矛，吆喝一聲，「撤！」

一群流匪慌不擇路，疾掠而逃。

裴獗勒馬停步，冷聲下令，「不留活口。」

涼風淒淒，伴著那聲音不輕不重地入耳，馮蘊緩緩地放下握刀的手，隔著人群朝馬上的裴大將軍看過去。

幾乎同一時間，山林間有上百個披甲持銳的兵士狂奔而出，他們從四面八方包抄，在敖七的吼叫聲裡，殺向那群流匪。

「女郎，我們也上前助陣？」邢丙方才殺得興起，有點兒心癢。

馮蘊制止了他，「不必了。」

既然裴大將軍下令「不留活口」，就不要想從這些人的嘴裡得出什麼有價值的線索來了。

其實，她之所以篤定這群人來自北雍軍，一是因為地理位置，二是因為……她前世也遭遇過這群悍匪，但沒找劫糧草的藉口，而是直接擄掠她上山，凌辱她。

那個頭目是李家在北雍軍裡的心腹，一身打扮都沒變，只是前世他們來得要更遲一些。前世她也沒有梅令部曲，沒有人肯為她拼命。悍匪們擄走了她，最後被裴獗找到，死在裴獗的手上。

不過，裴獗沒有如李桑若所想，沒有因為她被一群流匪劫持過，就此厭棄，仍是一言不發地將她帶回去洗乾淨，接著用。

不留活口——裴獗這次說了同樣的話，馮蘊忍不住笑，思忖裴獗的狠，和裴獗的愛。

不留活口就不會留下把柄，維護了北雍軍的臉面，也維護了李太后的。要是讓人知道堂堂的臨朝太后因為爭風吃醋，派人來攔截大將軍的姬妾以行侮辱，豈不是貽笑大方？

被裴獗護著的人是幸福的，有恃無恐。越是這麼想，馮蘊臉上的笑容就越是燦爛，再看裴獗的眼神，也就越冷。

這場戰局很快結束，屍體橫七豎八地倒在地上，一刀斃命的有，砍斷手腳的也有，北雍軍將人抬下去，順便清理戰場。要不是空氣裡殘留的血腥味，只怕沒有人知道，這裡剛才發生過一場惡戰，死了幾十號人。

馮蘊這時才走下牛車，朝裴獗揖禮，「多虧將軍及時出手，不然我等怕是性命不保。」

她說著客氣但也生疏的話，裴獗身高腿長地端坐馬背上，沒有動作，「嗯。」

這一聲很冷淡，像是應了，又好像從來沒有應過。

馮蘊不覺得意外，裴獗向來如此，便是床笫間十分盡興，聽她說什麼，也只是嗯一聲，表示知道了，要他再多說點兒什麼，比登天還難。

硬如鐵石的心腸，無情無義的人，她難道還期待他說點兒什麼安慰的話嗎？

馮蘊笑了一下，大大方方地道：「貴軍的轄地，也有流匪殺人越貨，實在匪夷所思呢！」

裴獗板著臉沒有說話。

馮蘊又問，「將軍就不好奇，是何方流匪如此膽大包天嗎？」

裴獗終於開口，「不會再有下次。」

馮蘊打蛇隨棍上，「難道將軍知道是什麼人？」

最溫和無害的笑容，最咄咄逼人的語氣，馮蘊的言行都挑不出毛病，細品卻意味深長。

裴獗目光落在她身上，這時敖七打馬過來，徑直殺到二人的中間，擋住了二人相對的視線，「女郎可有受傷？」

少年郎的熱情就像一團火，走到哪裡燃到哪裡，呼吸裡好似都帶著關心。

「我無礙。」馮蘊感激一笑，朝他行禮，抬眸時一怔，「敖侍衛手背怎麼了？」

敖七滿不在乎一笑，露出幾顆明晃晃的白牙，「不小心劃了一下，小傷。」

「我那兒有上好的金創藥，回府給敖侍衛試試？」

敖七眉目燦爛起來，「好呀！」

裴獗冷眼旁觀，臉色更顯陰沉，不耐煩地吩咐敖七，「天不早了，送回安渡。」

「得令。」敖七看看裴獗，再看看馮蘊，他二人看著很是彆扭，明明對彼此都有情緒，卻表現得十分冷淡。再一想那夜在長門院撞見的，敖七內心有一種說不出的悵然。

裴獗提韁馭馬，掉頭就要走人。

馮蘊突然不輕不重地喊他，「將軍！」又上前幾步，「為北雍軍籌集二十萬石糧，以解燃眉之急，將軍可否答應我先前的要求？」

裴獗從馬上扭頭，盯住她。

馮蘊低低一笑，走到牛車前，重重地拍打兩下，表情雲淡風輕，「明日辰時，請將軍到安渡花月澗，取二十萬石糧草。」

裴獗靜靜看她，沉下的眉目，仿若一泓看不穿的深淵。

馮蘊朝他深深揖禮，「將軍不出聲，我便當將軍默認了。」

沒有拒絕，就是同意，這是馮蘊對裴獗的認知。

「隨妳。」裴獗淡淡開口，打馬揚長而去。

馮蘊目送那一抹高大的背影越去越遠，穿過夕陽的光暈漸漸沒入地平線，微鬆一口氣。

有驚無險回到安渡城，馮蘊帶著這些過了明路的糧食，更有底氣了。

論功行賞，梅令部曲每人賞了二百錢，又炙肉烙餅，好生慶賀了一番，上上下下都很歡喜，連鼇崽都得了一條小魚，還是牠哥敖七親自撈起來的。

入夜時分，左仲突然從大營過來，帶來一封裴獗手寫的信函，仍是四個字。

來信知悉。

下午在界丘山見面的時候，他原可以當面說的，卻偏要讓人跑一趟。

馮蘊沒有作聲，左仲又奉上一把匕首，「將軍讓屬下將這個帶給女郎，防身之用。」

那是一把雙刃匕首，刀身略彎，模樣有一點兒像鐮刀，輕盈、鋒利，犀牛角做的刀柄和皮革包過的刀鞘，看上去精緻而貴重。這比馮蘊那把小彎刀強上許多，很適合女子使用。

馮蘊有些疑惑，突然賞她這麼貴重的東西，是為李桑若做的事情感到歉意嗎？

拿起匕首觀賞片刻，她露出一個纏綿綿的笑，「好刀，你就叫翦水吧？」

左仲嘴角撇了下，十二娘很是孩子心性，連匕首都要取名。可她臉色並不好看，不見多少收到禮物的快活，因此想到了今天在界丘山發生的事情，女郎是在看到他們殺人滅口時才變的臉色，想來是受到了驚嚇。

於是他道：「女郎心善，不知人心險惡。今日那些人汙言穢語調戲女郎，將軍是容不得的。若不殺，也不知會把女郎的名聲敗壞成怎樣……」

馮蘊猛的抬頭，「你說什麼？」

左仲被她的眼神嚇住，遲疑一下，「將軍說，只有死人才能閉嘴。」

馮蘊握緊了翦水，只有死人才能閉嘴——這句話裴獗上輩子也說過。這不是為了維護北雍軍的榮耀和李太后的臉面嗎？

她從未想過，有沒有一種可能，如左仲的理解——裴獗殺人滅口，或有那麼一絲一毫是為她的名節？

天黑透了，高溫和燥濕卻沒有褪盡，夜裡仍然很熱。馮蘊坐在長門院的窗邊，好似在等待著什麼。鼇崽趴在她的葦席上睡覺，突然將身子滾過來，叼住她的衣襬往外扯。

馮蘊點了點牠的鼻頭，「安靜些，晚點兒要帶你去打獵，我們要養精蓄銳懂不懂？」

鼇崽撲騰兩下，繼續拉扯她，嘴裡發出呼呼的聲音。

馮蘊疑惑地望向窗外，但見一道人影在梅林裡悄然閃過。

誰？馮蘊心裡一緊，握住那把雙刃翦水，輕手輕腳地走出去，「站住！」

靠牆的地方，一個僵硬而挺拔的脊背掉轉過來。

馮蘊看著敖七那張拉長的俊臉，好似自己欠了他的錢沒還似的，不免好笑，「敖侍衛平常都大大方方地監視我，今日怎麼偷摸起來？」

「哼！」敖七眉眼桀驁，目光裡有一閃而過的難堪，就像被人揪住了小辮子似的尷尬，「女郎沒說長門院我不能來。」

馮蘊觀察著他，「我得罪敖侍衛了？」

「沒有。」敖七回答得硬邦邦的。

「那你莫非對我……」馮蘊原本想說「對我有什麼誤會」，不料話未說完，敖七像被什麼東西蜇到似的，慌不迭地否認。

「沒有，女郎不要亂想。」

馮蘊微微揚眉，「敖侍衛想知道什麼可以問我，對我不放心，就堂堂正正看守，不必如此。」說完她朝敖七福了福身，掉頭就走。

「女郎不識好歹！」敖七絕望地抓扯一下腦袋，對著馮蘊疑惑的視線，紅著臉為自己的行為辯解，「我要是不守，女郎醉酒那晚……」下意識地隱瞞了裴獗夜探長門院的事情，「那晚女郎行為著實不當，自己醉也罷，還放縱婢女一起醉，若有賊人闖進來，妳有幾顆腦袋夠砍？」

馮蘊眼睛微閃，怪不得敖七近來反常，果然是她行為不端，輕薄了人家，深深揖禮，「是我輕浮了，請敖侍衛原諒則個。」

這個道歉溫雅有禮又十分真誠，敖七受用，又臉紅了。其實她輕不輕浮與自己沒有相干，可女郎給他道歉了，證明女郎很看重他。

敖七一想，語氣幾不可察的放低、放軟，「此事不談，就說今日，女郎去石觀縣，怎可背著我行事？若非我發現不對立馬跟上，再回營搬來救兵，女郎眼下只怕已身首異處，又或是被哪家山大王搶去當壓寨夫人了。」

馮蘊一聽就笑了，敖七的埋怨她也有點兒受用，被人關心總是愉快的，「敖侍衛有沒有想過，為什麼總能很快發現我背著你行事？」

敖七一愣，「為什麼？」

「傻子，因為我想讓你發現啊！」

敖七瞪眼，「女郎在利用我？」

馮蘊似笑非笑，不承認，也不否認，「有敖侍衛在，我很放心。」

敖七啞住，一顆心忽冷忽熱，酸酸甜甜，所有憤怒和埋怨沒來由的被那聲「傻子」輕而易舉地澆滅了。

敖七傻傻站著，看著馮蘊走出梅林，一身寬袍掩不住的婀娜慢慢消失在眼前，又重新映在夜幕下的窗紙上。敖七走近窗戶，想抓住點兒什麼，又不敢抓。不知為何要站在這裡，更不知為何會怎麼看都覺得不夠，喉頭那種焦渴感怎麼都撫不平，情緒壓在心頭，他幾欲爆炸。

半夜裡突然下起小雨，到凌晨時天空仍如一片濃墨般漆黑。

花月澗裡燈火通明，廊燈的光線落在雅室後的河水裡，泛起一圈圈溫柔的漣漪。

淳于焰喜愛潔淨，起身就要沐浴，並且從不肯讓人靠近侍候。僕從備好水就陸續離開雅室下樓，守在外面。整座兩層小樓只剩他一人了，淳于焰舒口氣，取下臉上的面具，將輕袍脫下，一併放在木椸上，邁開長腿便沉入熱氣騰騰的浴桶，闔上眼睛。

半晌，耳畔傳來咚的一聲。

淳于焰猛的睜眼，發現一隻土黃色的怪貓突然從房梁躍下，正巧落在牠浴桶邊的木椸上，叼起他的衣袍飛快地拖走，速度快得他差點兒以為自己眼花，「哪來的野貓？」

不對，這好像不是普通的貓——淳于焰發現事態不對，起身拿起木椸上的面具罩在臉上，正要追貓，腰線便是一涼。

「別動！」淳于焰的注意力全在怪貓身上，猝不及防背後有人，貼上來的匕首冰冷冷指著他的，熟悉的聲音帶著幾分揶揄，「不要出聲，不然整個花月澗的人，都會看到淳于世子這張從不示人的臉，以及……」

刀鋒銳利的在他腰際輾轉，淳于焰身子繃緊，脊背僵硬，聲音帶著咬牙切齒的笑，「蓮姬這是要做什麼？恩將仇報？」

「我可不是你的蓮姬。」馮蘊聲音慵懶，察覺到淳于焰壓抑的憤怒，抿唇一笑，「我要什麼，淳于世子知道的。」

「二十石糧食不夠吃嗎？蓮姬胃口真大！」

「世子也不小。」馮蘊的匕首順著腰線往下，一寸寸滑動，好像隨時就會刺入肌膚，又好似在撩撥什麼，緩慢而執著在他腰窩游離，衣裙帶出暗香陣陣。

淳于焰眼睜睜感受著身體被激起層層疙瘩，也眼睜睜看著自己在這妖女面前難以自控地血脈僨張。

他暗罵自己，緊張成這樣還要丟這臉！深吸一口氣，儘量心平氣和，「流匪截道的事，與我無關。妳要怪就怪自己，不該得寵於裴妄之，招來橫禍。」

「世子既然知道是誰要害我，那就算不得無辜。所以我今日就算廢了你，也不算過分吧？」

鋒利的匕首已從腰線轉到他的下腹，滑動間滿是手起根斷的危險。

偏生馮蘊的聲音平靜而溫軟，就像見慣世面的婦人，面對赤身裸男沒有半分的羞臊，說出來的話，字字柔和，又字字恐嚇。

淳于焰氣得頭昏腦脹，恨不得轉身捏死她，可他不能，一動都不能動，「妳這女郎到底知不知羞？」

「比起淳于世子，我知羞得很。」一根束腰帛帶丟到桶上，半截沉入水裡，「來，自己將雙手綁緊，不然就廢了你！」

淳于焰怒氣攻心，額頭突突直跳，牙都快咬碎了，「為了二十萬石糧做到如此地步，妳當真只是為了裴獗？」

「照做，不要廢話。」

那聲音鑽入淳于焰耳裡的同時，鋒利的刀尖也在他大腿根滑來滑去，就像吐著信子的毒蛇，涼絲絲的，不知什麼時候就會張嘴將他吞噬下去。

「手別抖，我做便是。」淳于焰喉結滾動一下，手口並用，將自己的雙手捆縛起來。

「很好。」馮蘊滿意地笑了笑，又呶了呶嘴，「慢慢邁出浴桶，走回你待客的帳幔後。」

淳于焰惱怒，「好歹讓我穿上衣服……」

「不必，還是坦誠相見的淳于世子更讓我放心。」

一個常年面具遮臉的人，自然不願意將身子示人，對淳于焰來說，這模樣落在別人的眼裡，比殺了他還難受。

「馮氏，妳最好殺了我，不然我……」

「乖乖走！」馮蘊匕首一滑，「不要左顧右盼，不要玩花樣。」說罷看一眼他那副吞了蒼蠅般的表情，溫聲一笑，「你的速度不會快過我的鼇崽，就算我的匕首不夠快，鼇崽的爪子也可以讓世子下半身……沒了。」

淳于焰吸氣，人人都說他淳于焰是瘋子，可馮氏女比他瘋百倍千倍不止。

「也別太生氣，更別想著怎麼報復我。」馮蘊平靜地勸他，「要不是世子太小氣，我也不會出此下策，說來說去，全是世子逼迫的呢！」

「妳……」淳于焰本想出手，但那隻偷走他衣袍的貓突然低吼一聲，冷冷盯著他雙腿間，舔一下舌頭，他身子便是一涼，當即閉嘴，半垂著眸子，當自己是死人一般，按馮蘊的吩咐坐到那日見她的軟榻上。

「妳可知得罪我的下場，我定會讓妳生不如死……」

「嘴硬的郎君真不可愛。」馮蘊突然低下視線，像是好心大發般撇一下嘴，「或是世子想試試我這把匕首，給世子去去毛？」

瘋子！淳于焰咬牙切齒，身子顫抖一下，「馮氏，妳是在找死……」

「嗯，在我死之前，會拉世子一起的。」

淳于焰突然意識到什麼似的，變了語氣，「我可曾得罪過女郎？」

馮蘊凝目而視，片刻才低笑一聲，「不曾。」

「那妳為何恨我？」

「我表現得這麼明顯嗎？」

淳于焰已經氣得說不出話來了。

馮蘊又是一聲笑，看一眼他臉上的面具。身上一根絲都沒有，再戴個面具，顯然有些多餘。

馮蘊好奇心起，手伸向淳于焰的臉，卻見他眼裡露出驚駭，「不要亂來！」

脫面具，難道比脫衣服更難忍受？

馮蘊嗤笑一聲，「世子莫怕，長得醜的男人我見得多了，不會嘲笑你的。」

無論眼睛生得有多麼漂亮，一個男子常年以面具示人，難免會讓人猜想，他的臉可能有什麼見不得人的缺陷。

馮蘊純粹好奇，取面具的動作有些輕佻，幾乎沒當回事。然而面具從淳于焰臉上揭開的剎那，她頓時驚住，面具從手上滑落仍然未覺。

兩世才得見的這張臉，極其俊美，微濕的長髮披散著，長長的睫毛捲翹，嘴唇因為生氣而抿起，五官精緻，白皙過人，不僅有一張俊美得雌雄難辨的臉，身體也不是那種精瘦見骨的。該瘦的瘦，該壯的壯，恰到好處的比例，沒有裴獗那麼立體深邃，卻有一種異樣的美豔。

馮蘊的視線由上到下，冰冷帶笑。

淳于焰受不了空氣裡那種令人頭皮發麻的冷寂，「二十萬石糧，我給妳還不行嗎？」

聽馮蘊說話，他恨。馮蘊不說話，只盯著他看，他更恨。最恨的是自己不爭氣，在這樣極致的侮辱和逼迫下，身體居然能爆發出反常的狀態，興致高昂。

「馮氏阿蘊，只要妳放下刀，二十萬石便是妳的。」

長這麼大，淳于焰從未如此低聲下氣說過軟話，然而他服軟得到的，只是馮蘊不屑的一聲冷笑，「輕易相信男人的話，容易早死。」

匕首放下，她哪裡還有命在？

淳于焰腦子快要炸開了，他今日遇到的，是他二十年的人生裡不曾遇到，甚至想都不曾想過的遭遇，世上竟有如此大膽的女郎，敢對他做如此大逆不道的事！

一個連面容都不肯示人的世子，上上下下都讓人看光是何等屈辱？

淳于焰額頭突突直跳，整個人處在崩潰的邊緣，「瘋子！馮氏女，妳真是個不折不扣的瘋子！」

「多謝誇讚，彼此彼此吧！」

「說吧！妳到底要我如何做才肯滿意？」

「很簡單，等裴大將軍到花月澗時，世子當著將軍的面親口許諾二十萬石糧，並簽下文書，這樣我就能放心。」

好一個馮氏女！淳于焰身上的冷汗順著脊背淌下來，因為憤怒，身子更是敏感地呈現出勃勃生機，偏生這女郎毫不知恥，一動不動地看著，讓他無所適從，身上像有萬千螞蟻在爬，越憤恨，越難耐。越難耐，越亢奮。

「不要以為有裴獗撐腰，我便奈何妳不得，馮氏，本世子在此立誓……」

「噓！」馮蘊輕笑一聲，匕首下壓，「年紀輕輕就發誓，對壽元不好。再說，發誓又有什麼用呢？靈山寺那麼多菩薩都保不住寺裡那些冤魂的命。」

淳于焰冷笑，「妳為他們抱不平？」

「我不是女菩薩，懶得管那麼多閒事。」馮蘊看他氣得身子直抖，滿意極了。

這輩子，她終於報了上輩子被淳于焰無端欺辱卻無能為力的仇，於是言辭間更是極盡羞辱。

「淳于世子這身子……當真是妖得很吶！你看你，分明就是對我有情，存心想要勾引我的……」她似笑非笑，將上輩子淳于焰對她講過的話，全都奉還給他，更狠的是，尖刀還有意無意往他要害碰一碰，「果然是好物啊！」

見淳于焰俊臉臊得幾欲滴血，她又沉著臉解釋，「我是說我手上的刀……你看它多鋒利呀！吹毛即斷，削起東西來定是，嚓……」

「馮蘊！」連名帶姓，淳于焰快要崩潰了。

「噓，小聲點兒。」馮蘊低聲提醒，「要是讓你的屬下聽見，我便只有請他們進來一起觀賞了。」

淳于焰認命地閉上眼，室內的溫度好像更低了一點兒，他有些冷，從未有這麼冷過。但那該死的馮氏女仍不肯放過她，言語帶笑卻毒辣異常。

「世子不用擔心，你這並不怎麼出挑，比起裴大將軍……也不怎麼夠瞧。我看過便忘了，記不起來的。」

馮氏女著實可惡，敢這般羞辱他！淳于焰雙眼灼紅，渾身滾燙，「妖女！瘋子！我必讓妳死無葬身之地！」

「是嗎？」馮蘊手腕微轉，雙刃翦水慢慢地滑動。

寂靜中，那螞蟻般的爬癢令人焦渴難耐，淳于焰咬牙警告，「不要亂來！」

「什麼是亂來？這樣，還是這樣？」

「馮氏，二十萬石糧，我給妳，妳說怎麼給就怎麼給。」

「那世子還要不要殺我？」

殺！殺一千回，殺一萬回。

淳于焰閉眼吸氣，「不殺了。」

「世子說我該信嗎？」

女郎的呼吸落在臉頰，淳于焰耳朵紅透，整個人彷彿要燃燒起來了，身子下意識發顫，不受控制，甚至有一種怪異的錯覺，希望她不要離開，再靠近一點兒，親近一點兒。

「世子怎麼不說話？」

「唔……」淳于焰萬萬沒有想到，在女郎清香的氣息落在耳窩時，他竟渾身竄麻，腦子裡彷彿有根弦綳斷，情不自禁地低哼出聲。

同一時間，樓下傳來僕從的聲音，「世子可是有事召喚？」

他們隱隱約約聽到女子的聲音，但世子沐浴從不准有人在側，所以才會有此一問。

淳于焰臉上剛升起一抹希望，很快又變成了絕望，他的眼前是馮蘊那張極致美豔又極致無情的臉。

「不想讓下人瞧到你這副丟人的模樣，就告訴他們，你很好，無事發生。」見淳于焰抿唇不動，她又緩緩笑開，「當然，世子也可以大方呼救，告訴你的僕從，你不著寸縷被馮氏女持刀要脅，讓他們趕緊來救你。」

淳于焰緊緊閉上眼睛，調整呼吸，才沉聲下令，「本世子沐浴，擅闖者，死！」

一個死字是咬緊牙關發出來的，馮蘊覺得他想殺的是自己，但又如何？

重活一回，就想看這些衣冠楚楚的貴公子們急得跳腳又無能為力的樣子。

淳于焰從來沒有過這樣難熬的時刻，既希望裴獗快一點兒出現，又希望他永遠不要出現，在這種複雜而漫長的等待中，無數次崩潰，想求馮蘊給件衣物遮羞，又無數次告誡自己保持鎮定。

不就是被一個女郎看了嗎？何足掛齒，他淳于焰豈會在乎！

不就是被她言語羞辱嗎？他又不是真的小，是她眼瞎而已！

一面瘋狂爆汗暗罵，一面瘋狂想著怎麼殺死她，淳于焰被動承受著那種失去掌控力的無助，如坐針氈，馮蘊卻不肯讓他好過，頻頻撩撥，讓他生不如死。

彷若過了一世那麼久遠，樓下終於傳來僕從的稟報，「稟主子，裴大將軍求見。」

雅室四周安靜一片，裴獗踩著木梯，腳步極富節奏。

門開了，一個高大的身影漸漸出現在帳幔外。

光線的強弱差異，導致裴獗看不見帳裡的畫面，但帳裡的兩個人可以清晰地看見裴獗。五官冷漠，一舉一動帶來的凜冽和壓迫感，天生有一股令人不敢靠近的強大氣場。

馮蘊捫心自問，要是換成裴獗，她大概不敢像對淳于焰這般下手，但……她會換種方式。

裴獗看著低垂的帳子，在僕從的引領下，在客位的席上挺背跪坐下來，冷漠而不失禮數，「淳于世子，久違了。」

兩人是有點兒沾親帶故的表親，淳于焰不見人的怪癖，裴獗很清楚，他好似沒有注意到簾後的人今日有什麼不同。僕從也不知情，除了奇怪主子沒有掌燈，簾子裡不見光，沒有發現異常，只是規規矩矩地為裴獗奉茶。

帳幔裡好似動了一下，淳于焰的聲音有點兒慢，「妄之兄為何今日過來？」

「來找世子借糧救急。」

這理所當然的姿態，與那可恨的馮氏女一模一樣，就好像篤定他有，也篤定他不會拒絕。

淳于焰半晌沒有說話，隔著一層帳幔，似有隱隱的怒氣湧動。

裴獗抬眼，「世子不願？」

「是……」停頓，淳于焰略帶顫音地嗯了一聲，吸口氣又笑道：「雲川在安渡郡是有儲糧二十萬石，本是為今冬荒年而備。既是兄長急求，拿去救急便是。」

這不像淳于焰會說的話，但他開了口，裴獗沒有拒絕的理由，「世子雪中送炭，待我稟明聖上，必還雲川大禮。」

「唔……不必！」淳于焰的聲音更低啞了幾分，好像帶點兒切齒的惱意，「此事父王尚不知情……」知道只怕要剝了他的皮，「等兄長解了燃眉之急，再還雲川。」

裴獗注視著簾帷，微微瞇起眼，裡頭細微的聲音隱隱入耳，好似有一抹熟悉的氣息。

這時，一個婢女捧著檀木托盤走到他面前跪下，雙手奉過頭頂，「將軍請過目。」

托盤上面是一份契書，大意是雲川以二十萬石糧出借大晉，年內歸還。

契書上蓋有淳于焰的印戳，也有他的親筆落款，一切都做不得假。

裴獗沒有去拿，眉頭緊鎖不知在思忖什麼。

「兄長趕緊笑納吧！」淳于焰好似有些迫不及待，連呼吸都急促起來，隱隱聽來還有些不正常的喘息，「莫要再遲疑了，北雍軍等著糧食救急呢！」

裴獗不動聲色地瞄一眼，撫袖接過，「那就恭敬不如從命了。」

淳于焰鬆口氣，「兄長貴人事忙，弟就不久留了，過兩日派兵來運糧即可。」

砰的一聲，有什麼東西掉落。

淳于焰呼吸一緊，連忙改口，「還是今日吧，兄要得這麼急，那便今日午後，派兵到安渡府庫來。」

裴獗看一眼，「世子藏糧出人意料。」

「嗯……」淳于焰聲音古怪。

那一道垂落的帳幔，隨風而動，更顯古怪。

然而雅室有幾個僕從，淳于焰又剛借了二十萬石糧，雖然他性子怪了些，裴獗也絕無可能撩簾去看。

裴獗從座席上起身，走到屋中朝他一揖，垂下的視線在這個角度，恰好可以看到淳于焰光著的雙腳邊上，有另外一雙腳。

簾後光線昏暗，但可以看見那腳很秀氣，男式靴子，卻是女子的尺碼。

裴獗抬起頭來，「世子今日有所不便？」

淳于焰汗毛都豎起來了，那把匕首就在要害，隨時會要他的命，豈是不便那麼簡單？更不便的是，比起死，他更害怕被人發現，尤其是這樣的不堪落入裴獗的眼裡，還不如讓他死了好。

淳于焰閉眼冷靜一下，「兄長言重了，弟素來不喜見人，見諒！」

裴獗高挺的鼻梁下，薄唇微抿，語帶寒意，「不喜見人，帳中卻藏嬌娘？」

淳于焰幾不可察地吸口氣，這才淡笑出聲，「不瞞兄長，弟剛得一美姬，正在興頭上，兄長便求見，一時撂不開手，便由她在這裡胡鬧了。」

「好興致。」裴獗更加疑惑了。

淳于焰斜一眼馮蘊，很想讓這個女瘋子在她仰慕的裴大將軍面前丟一地的臉，但「吹毛可斷」容不得他多想。

要害一涼，他趕緊打哈哈，又隱隱起個壞心，故意噁心馮蘊，「倒是兄長這些年不近女色，怎麼貪慕起了敵軍之女？可是那馮十二娘有什麼內媚功夫，讓兄長甚是滿意？」

裴獗臉色微微一沉，但見那帳子裡的四隻腳竟是纏到一起，不知那女子使了什麼招術，很快便有怪異的聲音發出，淳于焰哼哼唧唧，喘息不止。

光天化日，當著客人的面，竟然如此荒唐！

裴獗冷著臉，「世子先忙，本將告辭了！」

看著裴獗拂袖而去，淳于焰這才緩過那口氣，惡狠狠地瞪著馮蘊，咬牙吩咐僕從，「你們都下去！」

「諾。」外面腳步聲退下，門合上，屋裡的光線更為暗淡。

淳于焰看馮蘊似笑非笑，已是恨到了極點，「已如妳所願，還不放開我？」

馮蘊看一眼蹲在榻上虎視眈眈的鼇崽，使個眼神，示意牠從後窗躍下。

「世子放心，今日之事我會守口如瓶，世子的長相和身體特徵我也不會隨便說與人聽，但難得一見的美色，請容我畫下來私藏品鑒。」

「妳敢！」淳于焰咬緊牙槽，「信不信我當真會殺了妳？」

難道方才不當真，現在才當真？

馮蘊輕笑一聲，看上去並不害怕，「我若是遭遇不測，我的僕從只怕會守不住畫像，或將其稟呈將軍，或將畫像和文字傳揚出去。消息一出，世子的豔名只怕會流傳千古，所以世子還是盼著我活得長長久久為好……再會！」

馮蘊以極快的速度從二樓滑下。

鼇崽像來時一樣，順利引走了護衛，馮蘊輕快地翻出院子。

淳于焰現在沒有衣裳，手被捆住，一時半會兒不會來追她。

至於以後……能治他一次，就能治他第二次。

馮蘊從小路繞到前面的街道，在裴獗的馬蹄駛過時，做出一副才趕過來的樣子，站在街心朝他長揖一禮，「見過將軍。」

裴獗從上到下打量她，目光定格在她腳上那雙鞋尖上翹的布錦靴子上，眉目瞬間一涼，臉色冷得如臘月寒冰，「姬從何處來？」

馮蘊微訝，「從大將軍府來呀！」

「往何處去？」

「花月澗呀，昨日不是和將軍約好要去找人借糧嗎？」她見裴獗不動聲色，又慚愧地道：「昨日得了五車糧食，一時高興吃了幾杯酒，睡過了時辰，僕從也不知喚我，真是沒有規矩，讓將軍久等是我的不是，這邊給將軍賠禮了。」

又是一個揖禮，她盈盈帶笑，周到而客氣，姿態端莊矜貴，全然挑不出半分錯處。

裴獗握住僵繩，馬兒不疾不徐在原地小走幾步。他不說話，目光像是蒙了一層殺氣。

馮蘊頭皮發麻，心跳突然加速，莫非被他看出了什麼破綻？

第八章 離間之計

不可能！今日天氣陰霾，帳中沒有掌燈，她全程沒有出聲，裴獗不可能會想到她在帳子裡。

又有了幾分肯定，馮蘊微笑，直視裴獗的眼睛，「看將軍的樣子，難不成已見過淳于世子，拿到糧食憑證了？世子果然好胸懷，信守承諾。」

裴獗不動聲色，馮蘊又長揖一禮，「恭喜將軍。」再抬眼，看裴獗仍然緊盯自己，隱隱感覺不大對，輕捋一下鬢髮，故作羞澀，「將軍是在考慮……如何賞賜我嗎？」

裴獗冷眼微垂，「姬的鞋子髒了。」說罷打馬而去，從馮蘊身側經過時，沒給一個眼神，也沒有片刻停留。

馮蘊腦袋裡嗡的一聲，像被石化。

她終於後知後覺地反應過來，知道問題出在哪裡了。

帳簾沒有及地，她當初能看到淳于焰赤著的雙腳，裴獗今天就能看到她的鞋，百密一疏。

但是……有什麼關係呢？

她本就不想做裴獗的姬妾，讓裴獗誤會她是一個不守婦道的浪蕩女不是更好嗎？

姬妾要的是唯他一人替他守貞，而謀士只要有本事對他有用就行。

馮蘊認為自己符合後者，就把裴獗當東家，心情不僅不糟糕，反而美得很，回府後立馬將鞋子脫下來，交代小滿，「丟了。」

好好的織錦靴，應容新做的，還沒穿兩次呢，怎麼說丟就丟？

小滿很心疼，可是看到自家女郎的眼神，到底沒有多說，應一聲諾，下去了。

馮蘊環視屋裡的幾個婢女，知道自己在她們心裡已經落下個「瘋病」了，笑容更雅淡幾分，換上一雙透氣的木屐，嗒嗒嗒走到桌案前，親手磨墨，提筆給裴獗寫信。

今日屬下用的是將軍的匕首，長的是將軍的臉面，二十萬石糧食也實實在在落入將軍的糧倉。我說的話都做到了，君子一諾千金重，敢問將軍何時兌現承諾？

小滿回來給她添熱茶，小心翼翼地道：「十二娘，婢女想討那鞋面，我腳大一些，讓應娘子再幫我拼接一下，興許也能穿。」

馮蘊不在意地嗯一聲，又在方才寫的紙箋上添上一筆。

有了糧，屬下準備以將軍名義施粥，緩解安渡百姓對北雍軍的懼怕。接下來再讓百姓走出家門，恢復營生。

將信封好，馮蘊讓人找來敖七，「勞煩敖侍衛差人轉交將軍，就說營裡軍務要緊，十二娘不急，靜待回覆。」

裴將軍現在應是厭極了她，即使她急，也盼不來，還是先不要惹惱大東家為好。

敖七沒有伸手接信，盯著她看了許久，一直到馮蘊眼裡生出疑惑，這才低低嗯一聲，不太高興地拿著信離去。

馮蘊疑惑，「敖侍衛怎麼了？」

「今早他便瘋了似的找女郎，未果，便氣咻咻出門了，這才剛回來呀！」小滿也想不通。

馮蘊完全不知少年心事，讓小滿叫來邢丙，吩咐他近日府裡要加強戒備，尤其防著雲川口音的人。

邢丙領命下去，她又思量一下，抱起鼇崽悠閒地跪坐在葦席上，低頭順毛，餵牠吃肉乾。

韓阿婆捧著湯盅進來，張嘴便數落，「女郎自小體弱，日頭這麼大，也不知將紗簾放下。小滿、大滿，還有妳們幾個，眼睛不要了可以餵給鼇崽！」

從得知馮蘊遇險，韓阿婆就很緊張她，「本想買隻乳鴿給女郎補補，可城裡大市小市都沒開，街頭巷尾的草市也都沒了，唉，再這般下去，可如何是好？」

「那阿婆燉的什麼？」

韓阿婆當即眉開眼笑，臉上褶子都出來了，「虧得敖侍衛愛捉魚，今日拎回幾條巴掌大的鯽魚，我讓灶上燉了一盅鮮魚湯。」彎下腰，哄孩子似的遞到馮蘊面前，「不腥，十二娘快嚐嚐？」

馮蘊沒有什麼食慾，但盛情難卻，仍是乖乖地小口喝起來，心裡卻忖度，敖七什麼時候愛上捉魚了？

少年郎變成捉魚郎，那個將來令敵軍聞風喪膽的敖小將軍，居然有捉魚的嗜好，以前倒是不知？

歇了個晌，馮蘊腦子裡已有全盤的計畫，起身便讓小滿將阿樓喚來，「你去吩咐灶上，煮幾大鍋濃稠的米粥，放到府門前去，就說是大將軍開倉，勒緊北雍軍褲腰帶，讓食於民。」

阿樓點頭應諾。

「另外，上次那兩個說話好聽的姬妾，叫什麼來著？」

「柴纓、南葵。」

「你叫她二人，去府門外為百姓派粥。多積一點兒福報，將來好得將軍寵幸。」

阿樓不懂十二娘為何這般熱心給將軍配姬妾，但習慣了聽命行事，愣了一下，就去照辦了。

北雍軍進入安渡城後，沒有燒殺搶掠，但城裡百姓依舊懼怕萬分，不敢輕易出門。那些有存糧的還好，關起房門偷著活，沒有存糧的買不到借不到，便只能生生挨餓，苦日子完全盼不到頭。

幾個梅令郎敲著銅鑼，走街串巷通知大將軍府門外施粥，好多人初時不肯相信，殺人不眨眼的活閻王會有好心？只怕有什麼陰謀！

有人偷偷摸摸去看，發現府門外施粥的是兩個長相無害的美嬌娘，這才放心來領。

柴纓和南葵說話確實好聽，說了大將軍的善意，也沒有忘記馮蘊的好，每盛一碗粥，必對來人說，這是十二娘的仁德。

領粥的百姓又驚又奇。

「若不是菩薩顯靈，就是太守公詐降，燒毀糧倉，馮十二娘在替父贖罪。」

「活命就好，哪來這麼多話？」

「就是，能施粥讓人活命就是好人。」

「北雍軍也沒有傳言那麼凶狠，只要不反抗，就不會胡亂殺害百姓。」

馮蘊戴著帷帽出門看情況，聽到議論有些想笑。

北雍軍確實沒有搶糧，但大戰時要是糧草不夠，那他們可就什麼事都幹得出來了。

新煮的幾鍋稠粥快要派完了，柴纓和南葵兩人小臉熱得紅撲撲的，在領粥的百姓一聲接一聲的感謝裡，眼睛裡都泛著光，很是美豔。

看到馮蘊出來，二人溫順地行禮，「十二娘。」

馮蘊很滿意自己看到的，覺得這兩個長得俏麗又有善心的姬妾，應該很對裴獗的胃口，等他回府，就安排她們去侍寢好了。

柴纓和南葵完全不知馮蘊在想什麼，只覺得女郎看自己的目光極是灼熱，臉頰更是羞紅，不太敢直視馮蘊的目光。

「好好幹活，我不會虧待妳們。」

兩位嬌娘受寵若驚，齊齊福身，「諾。」

馮蘊沒有逗留太多，交代兩句就回府了。

可這一齣，在柴纓和南葵心裡卻掀起了驚濤駭浪。

「纓娘，妳看十二娘如何？」

「世家貴女，與我等不同，端莊，大方，有凌雲之志。」

南葵認同點頭，「十二娘比郎君俊美，比郎君有才，若能長久在十二娘身邊侍奉，也是幸事。」

柴纓微笑看她，「今日派粥，葵娘可覺快活？」

「快活，從未這般快活過。」

「比侍奉將軍還快活嗎？」

南葵羞澀地瞪她一眼，思忖片刻幽幽一嘆，「我不知侍奉將軍會不會更快活，但肯定不會長久。」

「如何說的？」

「妳我都見過將軍，那不是好伺候的主子。妳我除了一身皮囊，家世才幹樣樣不如十二娘，如何能得長久？」

「葵娘說得有理，妳我往後不要奢望那些，好好幫十二娘做事，謀個出路才是正經。」

「那一會兒回去，林姬問起來……」

「理她做什麼？整天癲蛤蟆想吃天鵝肉，也不看看自己模樣，如何跟十二娘相比？妳要是大將軍，妳要她，還是要十二娘？」

「要十二娘。」

兩位美姬對視一眼，掩嘴笑了起來。

府院裡，林娥聽見這些，差點兒把牙齒咬碎，「阿苑、阿晴，妳們都聽見了，那兩個小蹄子得了點兒好處，翅膀硬了，嚼起我的舌根來了！」

邵雪晴垂下了頭，一語不發。

苑嬌則笑勸，「阿娥何須生氣？她們要做馮十二的狗，誰也攔不住。」

「傻子。」林娥絞著帕子，眼睛都氣紅了，「妳倆還看不出來嗎？這是馮十二的離間計，她在離間我們！」

苑嬌和邵雪晴對視一眼，答不上來。

不知從什麼時候開始，原本約好要同甘共苦的一群姐妹，已然生出了異心，各人有了各人的心思。

因馮十二的有心打壓，有些姐妹已不敢跟她們表現得親密。

「都是沒出息的牆頭草，她們要知道阿娥妳是替太后殿下辦事的人，早晚能得將軍寵愛，又得搖著尾巴巴求回來。」

聽了苑嬌的話，林娥臉色好看了幾分，「先讓她們得意幾日好了，妳們只管等著，有看她們笑話的那一天。」

而在長門院，馮蘊聽完阿樓的稟報，很是滿意，「順我者，我給她們富貴恩寵。逆我者，一天也不讓她們得意。傳話下去，林姬死性不改，苑姬、邵姬助紂為虐，三人同餓一天，禁足綠柳院。」

她就是要讓這些人知道，跟她一條心，才會有好日子過，跟著林娥只會倒楣餓肚子。

阿樓盯著她看，十二娘好狠，可是他越發喜歡。

馮蘊交代完，仍舊例行寫信，向裴獗彙報。

有姬妾不思勞作，在內宅搬弄是非，詆毀將軍名譽。餓一日，以儆效尤。此外，以將軍名派粥，收穫頗豐，民不再懼北雍軍，生產可復。但授人以魚不如授人以漁，將軍何不順水推舟，將安渡大片荒地還耕於民。此舉造福一方，造福萬民，造福後世也，可謂一舉數得。不過，戰時軍政合一，將軍上馬要管兵，下馬要管民，屬實難以兩全。不如交給屬下來辦？我很有經驗，願為

將軍效勞。

她大言不慚地自薦，並寫下諸多建議，也不管裴獗會如何看她，會如何思考，裝入信封就交給敖七，「勞煩敖侍衛。」

敖七不輕不重地嗯了聲，將信塞入懷裡，突然問她，「魚湯好喝嗎？」

馮蘊愕然片刻，笑了起來，「肉質鮮美，可比珍饈。」

廚子希望聽到別人讚美他的菜色，捉魚郎肯定也想要別人誇獎他的魚吧！

「鼇崽喜歡嗎？」

「當然，鼇崽愛得很。」

敖七的嘴角控制不住地上揚，但少年郎傲嬌不變，輕哼一聲道：「便宜你們了，吃完我再去抓。」

等他出門，馮蘊好笑地抱起鼇崽，親了一口，「你哥真喜歡捉魚，崽崽有魚吃了！」

馮蘊去了信，果然沒有等來裴獗的回音。

阿樓有點兒替主子憤憤不平，他差人去打探過，是覃大金帶兵運的糧，就在馮敬廷焚毀的府庫下方，隔著層層石板有一個更大的隱藏糧倉，不知道淳于焰是怎麼做到的，給過前任太守多少油水，才能把府庫下方變成自己的私家庫房。

二十萬石糧，那是天大的功勞，女郎還以將軍名義派粥，幫將軍掙得名聲。

在阿樓看來，將軍應當給女郎重賞，怎可當作無事發生呢？

而馮蘊若無其事，也不生氣，照常掛餙馮家的鋪子，督促邢丙訓練梅令部曲，以及繼續以大將軍的名義派粥。

阿樓不知道花月澗的事，時不時要埋怨幾句。

馮蘊只是笑勸他，不要看眼前得失，要看長遠。

阿樓看不長遠，但他願意聽女郎的話。

做大管事不很容易，阿樓識字不多，以前也不怎麼會算帳，於是什麼都得從頭學。好在女郎特地聘來個管事先生，從做帳到管家，樁樁件件地教他。

不僅他要學，府裡其他人也被拉來聽。而且女郎不藏私，給了先生好處，不論是部曲家裡的孩子，還是僕婦雜役家裡的孩子，不分男女，一律可以免束脩聽先生授課。

這天大的好事，以前誰敢想？識字那是世家貴族的特權，貧民子弟竟然也可以學識字，學算學？

阿樓睡著了都能笑醒，他私下裡問過女郎，請來的先生什麼都懂，女郎為何不請先生管家，卻花時間打磨他這個二愣子？

「因為你是阿樓，其他人不是。」

女郎的想法，阿樓是理不清的。但他猜測，可能是那天出城乞降，府裡其他人都不願為女郎駕車，他很害怕，還是站了出去。

但女郎不知道，他是被人推出去的。這是阿樓天大的祕密，不敢說給任何人聽，只暗地裡拼命學，做好管家，為女郎分憂。

這些日子，府裡的變化很大，出乎所有人的意料。

誰敢想？柔柔弱弱的一個女郎，當真把這麼大的攤子給管起來了，規矩也都立起來了，井井有條。

女郎定下的規矩，與別家都不太一樣。吃飯、睡覺、工食，乃至府裡的和個人的衛生，都有嚴格要求，且賞罰分明，不論私情，只按規章辦事。

女郎很溫和，沒有架子，但誰壞了規矩，真要餓飯。

一來二去，日子越過越有盼頭。

梅令部曲就不說了，那是女郎的私兵，個個忠誠於女郎，都捨得為女郎豁出命去。婢女僕婦和府中雜役，腿腳也勤快，都爭著表現，想得女郎的獎賞，哪怕女郎口頭說一句好，都能讓他們快活好久。

也是，這樣的世道，常有人餓死，可他們關起門來吃的都是什麼？不僅粟米、麥飯管飽，還吃了兩次大肉，大饅頭，肉汁湯，油鹽都是有的，想想都流口水。

因此女郎說的話，阿樓都聽，而且很快就見識到了女郎說的「遠見」是什麼。

初十這天晌午，好消息傳來。

「大將軍派佐官來安渡郡宣事，百姓一律到府門外聽宣。」

百姓們一直都無所適從，盼著石頭落地，當即成群結隊地過來。

來的佐官叫賀洽，出自晉朝八大世家之一的廣平賀氏。他原是裴獗身邊的功曹參軍，蓄著一撮小鬍子，約莫四十來歲，看上去溫和又精悍。

賀洽的車馬停在府門，人站在門前槐樹下的石臺上。

武將掌庶務，比文臣俐落，賀洽對著裡三層外三層的百姓，大著嗓門就吆喝，「本官姓賀，暫代太守事，掌安渡郡政務，庇護治下百姓。」

將軍府派粥幾天，百姓對北雍軍沒有先前那麼怕，但也並不擁戴，在他們看來，北雍軍毀了他們安寧的生活，骨子裡是有怨恨的。

賀洽笑咪咪的，對著一張張冷漠的臉，「明日會有施政文書下來，今日先給大家透點兒風聲。其一、凡身處安渡的郡民，無論戶籍何處，均可申請定居。」

百姓鴉雀無聲，卻又腹誹不止，飯都吃不起了，戶籍是齊還是晉，又有什麼關係？反正皇帝三天兩頭換人，吃不吃得飽飯才是正經。

「其二、十日內恢復營生的商戶，免稅五年。」

以前齊太守執政，課稅並不輕鬆，可戰打成這樣，如何恢復營生？恢復營生又能安穩幾日？人群裡議論紛紛，賀洽也不管，捋著小鬍子繼續道：「其三，諸位都要聽好了——」人群頓時安靜下來。

賀洽滿意地清了清嗓子，「大將軍體恤民情，已上呈陛下，將安渡郡內無主土地分給無田、少田的民戶。以戶員均量，使土不曠怠，民有地耕。男丁十五歲以上者，一人受田二十畝，婦人十畝。婦人當戶主的女戶，課稅減半。」

分田，均分？人群面面相覷，不敢相信。

「所以即日起，請抓緊到將軍府申請定居。這次均分的露田、桑田，無主之地，先來者先選。但有一條，有主的土地，主人在藉的，暫不作變動。具體的政令，明日會張貼在各縣、鎮、街、村的佈告牌上。識字的民眾，請代為宣講，不識字的，多多詢問。」

賀洽在石臺上叉著腰，說了約莫有兩刻鐘。百姓越聚越多，將街道都堵塞了。

晌午，將軍府裡照常抬了粥桶出來，這時人群沒有完全散去，不時有人來領粥，順便打聽情況。

馮蘊沒有去湊熱鬧，坐在長門院看書，外頭的消息都是阿樓說給她的。

「大將軍真是個大好人，以前是我誤解他……」阿樓口沫橫飛說著大將軍即將頒布的戰時政令，一臉崇拜，「無田、少田的人去找功曹申請定居，就可以分到田地。哪怕不是安渡郡的人，只要今後在安渡討生活，也可在安渡郡安家落戶。讓耕者有其田，女郎，妳可聽見了？大將軍是救世之人吶！」

馮蘊沒什麼反應，她沒告訴阿樓這是自己的建議，更沒有告訴阿樓，她為什麼篤定裴獗會同意。因為均田政策，就是上輩子的裴獗頒布的政令。於她而言，只是用裴獗的骨頭熬湯餵給裴獗喝下而已。

帶兵打仗，要緊的是糧食。裴獗搶奪萬寧、安渡等郡縣，正是因為這一帶的良田沃土，一旦收入囊中，就是晉國的大糧倉。

這也是為什麼萬寧郡和安渡郡一丟，齊國的反應會這麼大，齊帝也不得不在馮敬堯帶著文武大臣三番五次地催請後，起用他一直忌憚的竟陵王蕭呈。

裴獗不是只會嗜殺的蠻夫，他懂得安渡郡的重要性，也明白「民窮不可久刮」的道理，該養民生的時候，他是懂得治理的。

所以裴獗才是第一個主張均地於民的人，但前世這個政令下達，遇到了不少現實的問題。

於是馮蘊巧妙地「借用」裴獗的觀點，再補充施政的困難，以及解決的辦法，再糾正一些在後來才發現的錯誤，就寫出了幾個萬言書。

她心知，一定會說到裴獗的心坎裡，但她不知道，當裴獗發現有人如此契合他的所思所想時，是會驚喜，還是會感到驚恐？

馮蘊問阿樓，「賀功曹現在在何處？」

「在政事堂。」

大將軍府的前身是郡太守府，有辦政務的正堂，有胥吏房。除去馮蘊住的後宅外，東西兩側都有屬吏的住處。

賀洽來了，安渡很快會恢復秩序，很多事情不需要馮蘊再操心。可馮蘊沒有做成屬吏，心口像堵了一團棉花，高興不起來。

幸好裴獗的政令裡有一條——有主的土地暫不變更。

那就是說，馮家以前在安渡郡置辦的田地莊子仍是她的。

許州馮氏是個大族，與別的世家大戶一樣田地多不勝數，其中么房的馮敬廷最不爭氣，但在安渡郡的田產也有上百頃之多。馮家有熟地、水田、桑地，還有一大片荒山和五個果園。

以前的田莊上，家奴、佃戶和部曲都有數百人，但戰事一起人就散了，只留下個空架子。

馮蘊盤算著，隱隱有點兒興奮。按新政，她可以申請立一個女戶，從此稅賦減半，徹底脫離許州馮氏，自己做自己的家主。

次日大早，馮蘊領著阿樓和兩個婢女，興沖沖去了政事堂。

賀洽正跟幾個屬吏在說話，看到馮蘊過來，立馬上前揖禮，很是客氣有禮，然後又當場給了馮蘊一個晴天霹靂，「女郎不能自立女戶。」

馮蘊看著他桌案上墨跡未乾的文書，輕輕一笑，「賀功曹這是何意？旁人可以，我不可以？大將軍的新政，到我這裡就變卦了？」

「非也，非也。」賀洽捋著小鬍子搖頭，慢條斯理地笑，「有主土地是女郎的私產，我即刻就可以為女郎新辦地契，但是女郎不可以單獨定居。」

馮蘊看他沒有刻意刁難的意思，有些糊塗了，「功曹的話，我不太懂……」

「女郎是大將軍的姬妾，戶隨夫主，怎可再立一個女戶？」

賀功曹是讓雷劈中了嗎？裴獗怎麼就成她的夫主了？

馮蘊沒心情說廢話，直接問賀洽，「敢問功曹此言，是你的意思，還是將軍的意思？」

賀洽尷尬地笑了兩聲，「女郎見諒，實乃將軍吩咐，下官方才領悟。」

還領悟呢？他到底領悟了個什麼？

賀洽看她臉色，好似不怎麼高興，不是很能理解。大將軍沒有妻室，這還是第一次承認是人家的夫主，換別的女郎，得喜極而泣了吧？難不成馮十二娘是有什麼誤會？

「不瞞女郎，按舊例，前朝資產都是要收回入庫，另行處置的。將軍憐惜女郎娘家不得力，怕女郎受委屈，這才改了舊例。」

馮蘊冷笑，「那我要多謝將軍了。」

賀洽被她笑得毛骨悚然，只好打哈哈了事。

大戰當前，馮蘊沒辦法找裴獗講道理，女戶主當不成，暫且忍下，至少田莊地契是她的。裴獗這人還有一點點不算多的良心，想通這一點，馮蘊打起精神來，「阿樓，把人叫到青山堂，我有安排。」

這些日子，馮蘊把府裡人都摸清楚了。

繡娘出身的應容，心直口快，繡活很好，打理家務還行，拋頭露面就差一些。

文慧是花樓歌姬出身，看上去性子軟，但沉得住氣，懂分寸，知進退。

「慧娘，我把玉堂春交給妳了。」

玉堂春是安渡郡最大的酒樓，是安渡第一風雅場所，豪門大戶的聚集地，馮敬廷以前宴請都安排在玉堂春。

玉堂春不僅有吃喝，還有彈棋、蹴鞠、投壺、藏鉤等娛戲，背靠馮敬廷這個郡太守和他背後的許州馮氏，誰都要給幾分臉面，賺得盆滿缽滿。

文慧和林娥、苑嬌、柴纓、南葵等十個美姬，都是從玉堂春出來的。

樓中女子講究色藝雙絕，文慧不是這群人裡最美最有才氣的，但在北雍軍大營時，她最先投靠馮蘊，又識得幾個字，調教起來方便。

這是馮蘊思量好做的決定，眾人聽來卻如天方夜譚，就連文慧自己都不敢相信，「女郎，交給妾，妾行嗎？」

「行，怎麼不行？眼下賀功曹來了，安渡郡會逐漸恢復營生。咱們不用像以前那樣辦什麼山珍豪宴，家常吃食開始即可。」

眾人這才看出十二娘不是在說笑話，是真的要把玉堂春的生意交給文慧一個弱質女流，一個玉堂春出來的歌姬。

她們以前都以為馮蘊世家貴女，自恃甚高，根本看不起樓裡出來的姐妹，私下裡沒少埋怨。

沒有想到十二娘胸懷寬廣，所思所想，全然不是這些。

文慧有些激動，眼圈都紅了。自從被將軍賞給馮蘊做婢女，她以為自己的一生都是端茶倒水，過下人的日子。

後來入了府，十二娘沒讓她做髒活累活，反倒讓她跟樓總管一起去讀書，她也只當十二娘身邊人多，用不上她。

怎會料到，昔日討好客人的歌姬，有朝一日可以做玉堂春的主事!?

文慧的眼淚幾乎決堤，又哭又笑，不停拿帕子拭淚。

「哭什麼？」馮蘊唇角上揚，「一個玉堂春就歡喜成這樣？以後咱們有更大的買賣時，妳該如何？」

「妾怕做不好，丟女郎的臉。」

「丟臉不怕，我不要臉，不丟錢就好。」馮蘊並不管旁人怎麼想，繼續道：「慧娘不用緊張，開張前，我會把事情都理順，再找人帶妳、教妳。妳再在府裡挑幾個合用的人，打打下手。」

文慧慶幸當初在大營裡的決定，拭乾淚水，端正地朝馮蘊一揖到地，「妾自當盡心盡力。」

林娥怔愣許久，這時才衝出來，「慧娘，我同妳去玉堂春，我識得幾個字，最會招待客人。」

「不行！」馮蘊搶在文慧開口前，「妳們幾位，我另有重任。」

林娥心裡涼絲絲的，又恨又氣。她不相信馮十二會大發善心，也像對文慧那樣給自己委派個差事，於是委婉地道：「妾與慧娘一樣，都是從玉堂春出來的，最明白這個行當。」

「不勞煩林姬了，往後玉堂春不賣色藝，只賣廚藝和才藝。」

馮蘊一句話不輕不重，把林娥臊得臉頰通紅，卻又不得不問，「那妾等做什麼？」

馮蘊抬眼看她，笑得隨和，「明日去了，妳就知道了。」

當天半夜裡，長門院裡突然火光大熾。

韓阿婆匆匆進門撩帳看到馮蘊坐在床上，大汗淋漓，身子不顫抖停，好像受了什麼驚嚇，心疼壞了，「這是怎麼了？夢魘了？」

「阿婆？」馮蘊恍恍惚惚地抬頭看她，好像沒回神。

「唉！」韓阿婆坐下來，輕撫馮蘊的後背，「看十二娘不肯跟將軍，老僕就知道，妳心裡還裝著那個人。」

馮蘊皺眉，「哪個人？」

韓阿婆看著她，欲言又止，「方才老僕在門外聽見十二娘在喚……蕭郎。」

蕭郎嗎？馮蘊臉色煞白。

韓阿婆看她不言語，直嘆氣，「十二娘這心思呀，老僕都明白，可咱們要往前看……妳是從晉軍營地出來的，即便清清白白……」說到這裡，她有些不忍心，打住話題，「陳夫人存心要把瑩娘許配蕭郎君，妳大伯父也不是公允的家主，說不定這時人家已經成事了。十二娘啊，馮家咱們是回不去了，忘掉蕭郎君吧，安心跟著裴將軍。」

馮蘊垂眸，重新躺回榻上，「我沒事了，阿婆去歇著吧！」

韓阿婆幽幽一嘆，也不知十二娘遭了多少罪，才磨成這樣一副心性，明明有心事，也不肯再說了。

等韓阿婆離開，馮蘊又把鼇崽抱過來，摟入懷裡，「崽崽方才是不是嚇壞了？不要怕，那是夢，只是夢而已……姐姐不會再讓人傷我，也不會再讓人傷害我的鼇崽。」

鼇崽伸出舌頭舔她的臉，馮蘊溫柔地摸牠的肚皮，「你說，他們真的成事了嗎？快立秋了，應該快了吧？」

第九章　前塵舊怨

黎明時分，信州城。

馮敬廷在睡夢裡，被馮瑩的叫聲驚醒。

棄城而去後，他不敢回齊都臺城，暫居繼子溫行溯在信州撫軍的宅子。

這座宅子沒有太守府寬敞，院落相鄰，一牆之隔，馮瑩的叫聲在夜裡十分清晰。

陳氏比他先起來，摸著衣裳叫僕婦掌燈。

「阿瑩近來是怎麼回事，總是夜不安寧，那蕭三也不給個痛快話，你這個當爹的也不上心。」說著她嗔怨地瞄一眼馮敬廷，「眼下阿蘊是不行了，不能讓阿瑩也空等吧？咱們么房被長房壓一頭就算了，二房、三房哪個不欺到頭上？虧你還是嫡出，要是婚事砸了，你丟得起這個人，我陳家可丟不起。」

「唉，我何嘗不急？可我剛丟了城，竟陵王也正枕戈待旦，哪顧得上兒女私情？我兒還需等待。」

「等等等，就知道等，我看你就是窩囊。前怕狼後怕虎！」

「妳……」馮敬廷想發火，看陳氏怒視，又歇了聲，「真是婦人之見，這樁婚事不是小兒女嫁娶那麼簡單。妳不要操心了，大哥自會安排。」

陳氏白他一眼，「全沒有讓我省心的。」

馮敬廷讓妻子說得頭痛，「別顧著說我，去看看阿瑩吧！小姑娘沒經過事，從安渡出來受到驚嚇難免會害怕，多哄慰片刻。」

兒。

陳氏紅著眼嗯一聲，「阿瑩可憐，都要委屈死了。」

馮敬廷輕拍她的後背，眼神有短暫的飄忽。說到可憐，他不敢去想那個被他送入敵營的女兒。

隔壁院裡，兩個婢女扶住馮瑩坐在床頭，正替她擦汗。

看到陳氏過來，馮瑩喚一聲阿母，淚光楚楚。

「阿瑩又魘住了。」陳氏坐下來，心疼地握住她的手，「跟阿母說說，夢到什麼？」

「夢到阿姐……」馮瑩垂下眼睛，「阿姐拿彎刀刺我，說我搶了她的子偁哥哥，她要把我的肉一片一片割下來餵她的貓，娘，阿姐她真敢的！」

「夢是反著的。」陳氏溫聲安慰女兒，「她委身敵將壞了名聲，往後再不能跟阿瑩爭什麼了。阿瑩有娘、有舅父，妳大伯父也向著妳，阿瑩想要什麼，都會有，都該有。」

「子偁哥哥會娶我嗎？」

「會，自然會。」

「還要等多久？阿母，阿瑩都及笄了，再不嫁，都要老了。」

看著女兒，陳氏滿眼慈愛，「急什麼？我阿瑩的福氣都在後頭。」

馮瑩嬌羞地嗯一聲，偎進母親的懷裡，「阿母，我給子偁哥哥去的信，他沒有回。」

「傻孩子，三郎是做大事的人，要是像別的郎君一樣，把兒女情長掛在嘴邊，阿母還瞧不上他呢！」

馮瑩一想也是，那樣好的蕭三郎，怎會在節骨眼上為兒女私情分心？

「阿母，我想回臺城了，這兩日我很懷念在臺城的日子，姐妹們都在一起，吃酒、博戲、賞花燈，還可以去隔壁竟陵王府找阿榕妹妹，偷偷瞧三郎。」

陳氏點她額頭，「不知羞。」

院外突然傳來一陣急促的腳步，很快就響起馮敬廷的怒斥。

馮瑩望著陳氏，「阿父又生大兄的氣了？大兄仍想出兵去救阿姐。」

「這個死腦筋，不要管他。」陳氏對她和前夫生的這個兒子很是頭痛。

身為撫軍將軍、信州守將，不顧大局，一心只想救那個馮蘊。有一個肚子裡爬出來的親妹子不關愛，偏被小狐狸精媚了眼，著實讓陳氏惱火。

「大兄不喜歡我。」馮瑩也鬱鬱的，委屈地紅了眼，「我們到信州這樣久，大兄從沒問過我一句好是不好，有沒有受委屈，他就在乎阿姐一個。」

陳氏是溫行溯的親娘，很清楚兒子的那點兒心思，也因此更恨馮蘊媚惑她的兒子，「等新婦過門，自會收拾他！」

同日，南齊竟陵王府邸，綺山堂裡的燈火一夜未滅。

平安弓著身子將清茶放到桌案上，小聲咕噥，「殿下每日為戰事操勞，也不珍愛身子。」

蕭呈看他一眼，臉上是恰到好處的溫和，「就你話多。」

平安偷偷吐下舌頭，往他盞裡添滿水，「寧遠將軍又來信催促殿下了？」

蕭呈提筆的手，有片刻的停頓。與安渡一水之隔，溫行溯在信州如坐針氈，恨不得馬上出兵，將馮蘊從北雍軍手裡搶回來，因此他日復一日催問蕭呈何時出兵，並再三請求帶兵出戰，全被蕭呈拒了。

平安很心疼他家殿下，自從陛下登基，殿下就處處被打壓，這次百官奔走呼籲，陛下才不得已將他從皇陵召回，機會難得，怎可為一個女子壞了大事？

「寧遠將軍也太心急了，把打仗說得跟玩似的，不想周全了，拿什麼跟北雍軍打？虧得殿下拿他當至交好友，將軍卻屢次出言不遜，還怪罪殿下。」平安知道蕭呈並不看重那個未過門的妻室，嘴裡也沒當回事，「殿下自有殿下的謀劃，馮家又不止一個女郎……」

「平安！」蕭呈突然抬頭，目光裡的厲色，把平安嚇一跳。

殿下不高興了！平安止住話，老實立著。

蕭呈將手上的信紙封好，遞上，「你親自跑一趟，交到尚書令馮公手上。」

平安不敢多問，看一眼蕭呈的臉色，將信塞入懷裡收好，抱拳拱手，「屬下領命。」

平安匆匆而去，蕭呈的視線凝固了許久，這才拉開抽屜將藏在裡頭的畫卷取出來，平鋪在桌案上。

畫上女子，臉上一抹溫柔的笑意，好像隔著雲端在看他。

翌日，安渡郡將軍府，馮蘊起了個大早，將府裡一群婢女、雜役、部曲以及林娥、苑嬌、邵雪晴等十餘姬妾，一併帶去了馮家的田莊。

田莊靠近界丘山，在一個叫花溪的村莊。

除去馮家，附近還有其他大戶的莊園和田地，只是那些大戶在戰前全都舉家逃亡了，按北雍軍新政，這些都將成為無主土地，重新均分給民戶，而她將會是花溪最大的地主。

這個時節，本該準備秋播的，可戰事打亂了農事，近年來大量農田荒廢，莊稼變成了野草，看上去荒涼一片。

馮家的莊子是一座二進的青磚瓦房，比農戶的茅草土房看著好上許多，但久不住人，莊子周圍長滿了雜草，排水渠滿是雜物，一眼看過去，如同荒村鬼宅。

但這是馮蘊的退路，將軍府邸不是她名下產業，田莊是，尤其當她看到莊子外那一片盛開的荷塘，心裡更美了三分。

這是馮敬廷從南邊弄來的雪藕，本是貢品，但此物沒有大面積種植，民間大多人識不得，塘裡淤泥又很深，因此得以保全下來。

馮蘊眼窩裡恢復了笑意，「阿樓，讓他們仔細打掃，等莊子收拾出來，我們要常住的。」又興致勃勃地吩咐人，將大門的匾額取下，仍舊要取名叫長門。

阿樓有點兒吃驚，「十二娘不住將軍府嗎？」

「將軍府是將軍的，我只是暫住。」

阿樓似懂非懂，還想說什麼，讓韓阿婆一記眼刀子瞪了下去，安排人屋裡屋外地打掃。

韓阿婆看馮蘊站在風口眺望，心疼不已，「眼下我們日子好過，全是將軍的關愛。十二娘要與將軍割裂，可不是好路子。」

馮蘊看向院子裡幾個憤憤不平的姬妾，「阿婆希望我跟她們一樣，困在那座宅子裡，為一個男子的恩寵打得頭破血流嗎？」

「十二娘跟她們怎會一樣？將軍愛重……」

馮蘊低笑一聲，「記得阿婆說過，馮敬廷當初也十分愛重我的阿母，可後來呢？與寡婦私通，偷偷養下兒女，我阿母前腳剛嚥氣，他後腳就當了新郎，再娶新婦……阿婆，這樣的愛重，我不要。」

一提到盧三娘，韓阿婆當即紅了眼圈，「妳那個阿父當真是個薄情寡義的畜生。三娘子跟前，那叫一個小意溫柔，哪會曉得他在外面早就有人……」

馮蘊不想再提這個，走出房門，叫住邢丙，「你帶上部曲，先把莊子周圍的熟地整理出來，我想趕在入秋前種一批青蔬，囤著冬用，然後空出土地再種冬小麥。農具不豐，這幾日要辛苦大家。等我想法子，弄一批農具回來，耕作就輕鬆了。」

時下鐵器珍貴，鐵製農具也不便宜，莊子裡原有的農具大多被人薅走了，今日這些還是馮蘊用糧食換回來的。

但邢丙想不出，還能弄出一批什麼樣的農具，可以讓耕作變得輕鬆，「女郎放心，交給兄弟們，保管田壟齊整，土地鬆軟。」

來莊子前，邢丙以為女郎不懂，把自己的妻子徐氏帶了過來。哪知，女郎比徐氏更懂農事，笑著就給她指派了新的差事，內院管事，負責管理姬妾們的日常。

看妻子當了管事快活得合不攏嘴，邢丙也打心眼裡高興，累得一臉是汗仍然不肯歇下。

部曲和雜役都做慣了粗活，在田莊自由自在，但林娥和苑嬌幾個姬妾就不好過了。

「我等是大將軍的姬妾，不是馮十二的家僕，馮十二作踐我們，等將軍回府，我們告她的狀！」

林娥恨極了，可除了私下唾罵，沒有別的辦法。

將軍會不會憐惜她們，那很遙遠，今日的辛苦卻實實在在，足夠她們喝一壺。

「阿苑，妳看我的肌膚可變粗糙了？」

「我手心也磨出繭子來了，臉也曬黑了。」

眾人七嘴八舌，爭先恐後地叫苦。

「聽人說過許多後宅婦人爭寵的手段，沒聽過馮十二這麼歹毒的！」

林娥將手上的抹布一丟，雙眼通紅地看著苑嬌，「苑娘，我們不能再由著馮十二欺辱了。妳我如今能倚仗的，唯有幾分姿色罷了。要是這點兒姿色都被馮十二作賤沒了，哪裡還有出路？要讓我一輩子看馮十二的臉色吃飯，不如死了好……」

「噓！」苑嬌膽子比她小，吃了幾次虧，不敢再輕易招惹，「我們是鬥不過馮十二的，算了吧！」

「妳傻了啊？」林娥捏捏苑嬌的臉蛋，「妳看看妳，生了這樣一張勾人的臉，比馮十二差在哪裡？苑娘，妳甘心嗎？」

「不甘心又如何？我們以為文慧傻，誰知她才是最有腦子的那個。妳看她，都做玉堂春的大管事了。」

不提文慧還好，一提文慧，林娥牙都咬緊了，「文慧這個賤人，必不得好死。苑娘，妳還記得那個方公公嗎？」

苑嬌一愣，「記得，但又如何？」

「當初我們差點兒被將軍打發去中京為奴，是方公公將我們解救下來，再奉太后殿下的旨意回到將軍府，我們是太后的人，不是馮十二的奴僕！」

苑嬌眉頭輕蹙，「妳想做什麼？」

「別人治不了她，太后殿下可以！」

馮蘊不曉得林娥又在打鬼主意，卻知道自己沒有看走眼，文慧辦事很利索。

酒樓開張缺少佐料和食材，她親自帶人去石觀縣採辦，對接商家供應。缺少人手，便張貼告示，臨時招人。

於是玉堂春在第三日就鳴鑼開張了，即便只有簡單的粥、餅、麵食等食物售賣，也很是熱鬧了一番，兩掛炮仗炸得震天響。

玉堂春是全城第一家開張的酒樓，也是唯一的一家。原因很簡單，戰時的錢是不值錢的，糧食布帛才是硬通貨。

馮蘊這麼做毫無疑問的是虧本買賣，即便五年不收稅，那又如何？尤其玉堂春不僅收齊國五銖錢，還收晉國製的五銖錢。這種五銖錢為節約成本，偷工減料，老百姓都鄙棄。

而且安渡城裡早就傳開了，河對岸的信州，齊國集結了五十萬大軍，要和晉軍決一死戰。等齊軍收復失地，那堆偷工減料的銅錢用來回爐嗎？

無數人在私下裡嘲笑馮蘊是傻子，但不妨礙她的玉堂春開張，總要有人先動起來。

商人嗅覺靈敏，玉堂春開張後，緊跟著城裡的胭脂水粉，當鋪茶寮等都陸續開門營業。留仙街的大集市裡，也有了一些外地來的流動攤販，城裡百姓和鄉村農戶也紛紛走出家門，將家裡不用的物品擺出來，交換一些需要的生活物資。

盤活了流動性，安渡郡漸漸恢復了人間煙火。但戰爭的陰影下，百姓們心裡都已經認定，戰還會繼續打下去，三年五年不一定，只是誰輸誰贏、誰做皇帝的區別而已。

有了田地，馮蘊就盼著下場雨。

可老天作對似的，不僅無雨，天也更熱了。

馮蘊不耐暑氣，用力搖著蒲扇，「今日怎麼不見敖侍衛呢？」

平常敖侍衛總在女郎的周圍打轉，女郎要辦什麼事情還得想辦法支開他。今日沒見到人，小滿也有些好奇，趕緊去打聽。

阿樓跟著她回來，給馮蘊請了安，便道：「敖侍衛和葉侍衛天不亮就出府去了。小人看他們臉色很是難看，也不知發生了什麼事？」

馮蘊點點頭，思忖一下，「那我們去田莊看看。」

伏暑正濃，驢車出了城，車輪轆轆滾在地面上，熱氣蒸騰，車廂裡很悶。

馮蘊將簾子撩開掛在金鉤上，正望著大片的荒田出神，臥在腳下的鼇崽突然嘶吼起來，不停用爪子用力地刨門。

「怎麼了？又發現獵物啦？」馮蘊笑著彎腰將鼇崽抱起來，剛要替牠順毛，鼇崽腳一蹬，就從車窗一躍而出。

「鼇崽！」馮蘊讓阿樓停車。

鼇崽的身影很快就消失在草叢裡，馮蘊下車，帶著阿樓和小滿飛快地追過去，一邊在比人還高的荒草裡尋找，一邊喊鼇崽的名字。

「女郎！」小滿突然尖叫一聲，抓住馮蘊的胳膊，「有死人！」

馮蘊扭頭看去，只見一個黑衣男子趴在茂盛的草叢裡，渾身血淋淋的，而鼇崽就蹲在那人的身側，虎視眈眈地看著。

「大兄？」馮蘊沒有看清那人的臉，而是看到了他緊緊握在手心的一把環首刀——斬蛟。

那是溫行溯的生父留給他的，他很珍視，從不離身。

馮蘊呼吸一緊，「阿樓，搭把手。」

阿樓看女郎表情都變了，這才反應過來地上渾身浴血的高大男子是馮府的大郎君，趕緊上前，小心翼翼地幫她把人翻過來。

果然是溫行溯！馮蘊摸了摸他的頸脈，「阿樓、小滿，快把大郎君抬上驢車，回城找大夫……」不等阿樓回應，她又自顧自搖頭，「不行，我和小滿把大兄帶到莊子上去。阿樓，你去城裡想辦法找個大夫，切記，不可說太多。」

城裡的醫館早就關門歇業了，大夫不好找。

溫行溯是信州守將，在安渡郡出現，又身負重傷，若是落入北雍軍手上，非得把他生吞活剝了不可。

馮蘊不希望溫行溯落得那樣的下場，這個大兄對她很好。

溫行溯與她同病相憐，是陳氏和她的亡夫所生，跟著陳氏改嫁到馮府後，兩頭受氣，日子很不好過。在年少時那些黑暗的歲月裡，二人常常抱團取暖。

後來溫行溯投身行伍，說要掙一個前程，護她周全，一去便是多年。而馮蘊隨著馮敬廷到安渡赴任，從此與他分隔兩地。

不算前世，他們今生也有三、四年沒見了。溫行溯已不是少年時的模樣，他身量更高大了，儼然變成了他想要的大人模樣，只是臉頰過分的清瘦了，身上露出大片的瘀青和傷口。

馮蘊打開驢車裡的小藥箱，不停催促駕車的小滿，「快一些，再快一些。」

「諾。」小滿把車趕得都快飛起來了。

在北雍軍破城前，馮蘊其實做好了各種的應急準備，包括逃荒、受傷，因此她的驢車裡不僅有食物，也有常備的傷藥。但她不是大夫，能做的只是簡單地敷上金創藥，包紮止血。

她將溫行溯仔細檢查一遍，得出結論——傷口有好幾處，都不淺，但幸運的是沒有刺中要害，最嚴重的一處傷在大腿根部，很大可能就是這裡失血過多，造成了他的昏迷。

馮蘊劃開他的單衣，處理好身上的傷，對腿上的傷猶豫了。

傷在男子隱私處，她是女子實在不方便，可驢車顛簸間，那傷口不斷滲血，她又不能眼睜睜看著不管，「大兄，得罪了。」

馮蘊吸一口氣，拉開溫行溯的褲帶，布料貼在傷口上，有些地方已經凝固了，即便她很小心，撕開的疼痛還是讓溫行溯痛醒過來。

「腰腰？」溫行溯聲音沙啞，眼神有些恍惚。

「是我，大兄。」馮蘊看著撕開的傷口迅速冒出血水，伸手便將傷口捂住，「大兄，你堅持一下，我讓阿樓去請大夫了。」

溫行溯唇角微抿，眉頭因痛楚而蹙了起來。他知道請大夫意味著什麼，但沒有反對，只是做夢一般看著馮蘊，顫巍巍地伸出一隻胳膊，似乎想觸碰她，確認是不是真實的存在？然而，手到半空，又無力地垂了下去。

「腰腰，可受委屈了？」

馮蘊堅硬得彷彿上了盔甲的心，因這一句話突然抽痛，眼睛彷彿被劃了道口子的水囊，瞬間被潮濕佔滿，視線模糊，她卻扯出一抹笑，「我沒事，我好得很。馮敬廷走後，我去了北雍軍營，他們沒有那麼狠，也沒有那麼壞，裴獗他……對我也很好。他給了我庇護，讓我主事將軍府，還把馮家僕從都賞賜給了我，馮家在安渡的田地、莊子如今也都在我名下……」

本想安慰別人，可自己說著說著就哽咽起來，她有太多的情緒積壓在心底，一直沒有機會宣洩，而溫行溯是唯一一個曾經在她和馮瑩之間毫不猶豫選擇她的人，擁有她全部的信任。

只可惜……上輩子的溫行溯死得太早，死在了她的一廂情願裡。為了蕭呈的江山和野心，為了她的皇后之位，溫行溯倒在了齊國伐晉的戰場上，後來兵敗被俘，不肯投誠，被裴獗下令五馬分屍……

上輩子，馮蘊不知道溫行溯在立秋前，曾經偷偷來過安渡。那時候馮蘊沒有要什麼田莊，一直在將軍府後宅裡默默等著齊軍的好消息，溫行溯沒有辦法見到她，她也不知道這些事情。

後來蕭呈立秋稱帝，淳于焰牽頭促進齊晉兩國和談，溫行溯代表齊軍將領到安渡郡登門拜訪，兄妹二人才得以相見。

當時馮蘊看到他身上有傷，走路瘸拐，以為是在戰場上傷的。溫行溯什麼也沒有說，馮蘊不知道他來過安渡，不知道他傷得這樣重，更沒有多問他一句。她一心只想早日回到齊國，回到蕭呈的身邊，為此幾乎急得發瘋。

然而馮瑩已在蕭呈稱帝的前一天，以許州馮氏么房嫡次女的身分入住竟陵王府，成為了名副其實的竟陵王妃。

當溫行溯告訴她這件事的時候，她只顧著自己的傷心欲絕，不僅憎恨馮瑩和蕭呈，也憎恨勸慰她想兩邊說和的溫行溯。她對溫行溯說了許多狠話，將他趕出將軍府，表示此生再不相見。但大兄好像從來不會怪罪她，只要她需要，大兄就會在她的身邊。

哪怕是後來，她回到齊國，滿朝文武包括他的父親都站在馮瑩那邊，揪住她曾在裴獗身邊侍候三年這一點不放，不同意蕭呈冊立她為皇后，也是溫行溯站出來對她道：「誰說妳沒有靠山？大兄就是妳的靠山。蕭子倆敢不冊立妳為后，大兄便掀了他的龍椅！」

這些話馮蘊至死都記得，大兄是蕭呈年少的知己，是助他奪位的大功臣，卻站出來力挽狂瀾，怒斥群臣，說她為齊國立下的功勞，說她是殺得裴獗敗走平城的最大助力，蕭呈才冊立她為后。

她又悲又喜，踩著大兄的軍功上位，想要做一個好皇后，做孩子們的榜樣。溫行溯的一生，都在踐行這個諾言，為蕭呈和南齊征戰沙場立下汗馬功勞，只為護她的尊位，保護她那個從出生那天便被質疑父親是誰的兒子。

可惜，大兄死在了她的前頭。

那樣一個君子端方，正直溫雅的儒將，他死了，死在對晉的戰爭中，死在裴獗的手上。她不知裴獗有多恨，會下五馬分屍的命令，但任何時候想到那樣場景，就止不住的驚恐。

溫行溯死後，她再無倚仗，一個身處後宮的女子，身邊沒有半個得用的人，侍僕宮人全是馮家的眼線，她很想不辜負大兄的犧牲，很想靠自己立起來，保護她的孩兒，卻束手無策。

她連苟活都難，最終落入馮瑩的圈套，給裴獗寫了一封血書。

齊國大皇子是將軍血脈。

這封信到底落入了蕭呈手上，成為了壓死駱駝的最後一根稻草。

蕭呈將她關入冷宮，任由她哭訴哀求，不復相見。

一直到死，她才從馮瑩口中得知，從她被裴獗驅出中京，他們便有了引誘她抗晉的計畫，一直到她入宮為后，她都只是他們的噁心計畫中，一枚可悲的棋子，馮瑩當年被人毒壞了身子，不能生育。

要不是為了借妳的肚皮，生一個我和他名正言順的嫡子，以便鞏固我在朝中的地位，妳以為蕭郎會碰妳嗎？阿姐，妳可知蕭郎有多厭惡妳？他說，只要一想到妳被裴獗壓在身下整整三年，他便覺得噁心想吐，每一次都要想著我的臉才能跟妳同房。

從來沒有人喜歡妳，大伯父、阿父，馮家上上下下都因妳而羞恥，無人不當妳是馮家的恥辱。只有我那個可憐的大兄，他為妳而死，妳還能厚著臉皮活下去嗎？阿姐，妳放心去死吧！妳

死後，我會好好撫養予初。予初不會記得妳只會記得我這個母后……哦，還有一事忘了告訴阿姐，妳跟裴獗那個孽種，被鎖在昭德宮裡，就快餓死了呢！妳猜他親爹，來不來得及救他嗎？

那一聲親爹，讓瀕死的她痛得肝腸寸斷。她的一生，親族拋棄她，裴獗逐離她，蕭呈更是辱她、欺她、騙她、厭她，唯一疼愛她的長兄慘死在裴獗的手上，她的一個兒子會跟著她死去，另一個兒子會認賊為母，生生世世的忘記她。

裴獗打過來了，不是嗎？

她聽到了自己的笑聲，雖然用裴獗來刺激馮瑩並不那麼光彩，但她慶幸，還有一個可以讓馮瑩失態的人。

殺死溫行溯再一馬平川殺入臺城的裴獗，那時和她已多年不見。

冷宮中的棄后，也見不到敵國將軍。

她閉上了眼睛，說來也是奇怪，臨死前，她看到了裴獗滿身滿臉鮮血殺入臺城的樣子，整個人邋遢得很，就像他們第一次在安渡城外的燕子崖行營初見，鬍子拉碴，眼神凶戾，好像要把所有人都斬於刀下。

他是騎著馬闖進來的，冷宮那樣的地方，門楣太低，顯得他著實偉岸，身量那般高大，眉目那般銳利，氣息那般粗重。

他好像走了很久很久才走到她的面前，提著滴血的辟雍劍，看著馮蘊嚥下最後那口氣。

腰腰……

馮蘊不知道那是不是死前的幻覺幻聽，裴獗喚她了。她一直大張著嘴巴，想告訴他，救救大皇子，渠兒是我們的兒子。

她張嘴無聲，裴獗聽不見，永遠也不會知道，她曾經為他生了一個兒子。

不過，即便她有機會說出口，裴獗應當也不會相信吧？三年無孕，一離開就懷上，他那樣精明謹慎的人，豈會因為這樣一句話就信她？

她後來回憶，甚至也懷疑過，那些幻影只是她瀕死前的渴望，是她太期待有一個人來救她的渠兒，才會有了裴獗領兵殺入宮城闖入冷宮的錯覺。

也許，裴獗根本沒有來過，從來沒有……如果那是裴獗，怎會有那樣痛不欲生的眼神？

裴獗痛恨她的，是她聽信了馮敬廷和蕭呈的鬼話，是她害得北雍軍戰場失利，死傷無數。是她導致了裴獗一生中最為屈辱的一場敗仗，這個男人應當恨不得把她碎屍萬段才是，可惜他報復到了溫行溯的身上。

「腰腰？」溫行溯察覺她的異樣，「眼圈怎麼紅了？」

馮蘊忍住眼裡的酸澀，吸了吸鼻子，才算穩住情緒，抿嘴一笑，「這不是心疼你受這樣重的傷嗎？你看我，這麼笨……」

布料貼在傷口上，她撕開一角，就撕不下去了，那腿上白皙的肌膚被傷口迸出的鮮血染紅，看上去極是猙獰。

上輩子她沒有看過溫行溯的傷，也沒有親眼看到溫行溯的死。這輩子再見，那種疼痛便承載了兩倍的力量。

她不能讓溫行溯死，上輩子犯過的錯，此生不會再犯，她不僅要改變自己的宿命，也要改變大兄的命運。

馮蘊拿出一塊肉脯，塞到他嘴裡，「痛就咬它。」然後才靜下心來，一點一點將黏在傷口上的衣料剝開。

這個過程十分的漫長，她動作很輕，可越是輕，溫行溯越是煎熬。比起疼痛，他更難忍受馮蘊在他腿間這樣細緻溫柔的動作，那種潛意識生出來的反應，讓他窘迫難堪，又無可避免地湧動出一絲可恥的愉悅。

「大兄再忍一忍，馬上就好，馬上就好了。」馮蘊看他眉頭緊蹙，雙眼閉緊，好像承受著巨大痛苦，禁不住雙手顫抖。越想快點兒撕開，越是下不得手。

「腰腰……」溫行溯喘息著，滿臉都是汗水，從下腹迅速竄上的溫度快要把他烤化了。痛並快樂，還要保持冷靜不生遐想，很難，很難，他從沒這樣難過，「不怕，大兄不痛，妳用點兒力，一下子撕開便是。」

溫行溯是個守舊老派的人，骨子裡十分的傳統，所以哪怕現下民風開放，他也不會像那些世家公子一樣驕奢淫逸，他就是清流，就是敦厚，就是端正。

馮蘊不忍他受罪，想著長痛不如短痛，索性一咬牙，按住他的腿，拉住黏在傷口上的布料，狠狠用力一扯。

「唔……」溫行溯的悶哼聲，帶著鼻音傳入。

「痛嗎？」馮蘊趕緊拿金創藥灑上去。

「不痛……」溫行額頭冷汗淋漓，不止是疼痛，還有一種在極限中來回拉扯，又不敢有太大反應的煎熬。

馮蘊一邊包紮一邊問他，轉移注意力，「你不是該在信州帶兵，怎麼會到安渡來的？」

「我來接妳……回家。」很簡潔的一句話，溫行溯說明來意，「不料……渡河時遇上巡邏的北雍軍，差點兒要了性命。」

「太冒險了，你怎能單槍匹馬到北雍軍的地盤來？」

「不是單槍匹馬，我帶了四個侍衛。他們……陣亡了。」

馮蘊心裡一跳，眼眶濕了。

溫行溯看著她，沉默片刻才道：「子偁他剛剛走馬上任，諸事煩雜，眼下又要備戰，暫時顧不上妳這邊。」

「大兄不用為他解釋，更不用顧及我可憐。我在蕭三眼裡是什麼人，他蕭三又是個什麼人，我心裡有數。」

馮蘊很平靜，沒有以前說起蕭呈時的埋怨和傷心，提起這個名字就像在說一個微不足道的陌生人，整個人顯得十分沉穩，好像一夕之間就長大了。

溫行溯有些詫異，但沒有問。一個十七歲的女郎被親爹獻給敵將，面對那樣難堪的處境以後，怎麼可能還天真無邪。

「腰腰，往後兄長護著妳。」溫行溯說得板正而嚴肅，「回齊後，妳想回馮家便不回了，就留在兄長身邊。」

馮蘊微微一笑，若是上輩子有這麼一天，她見到了來接她的溫行溯，可能會毫不猶豫地拋下一切跟他離開安渡，回到日思夜想的故鄉。

可現下，她不是那個馮蘊了，「大兄，我不回去了。」

溫行溯很是不解地盯住她，「妳不回齊國，妳能去哪裡？」

「大兄難道沒有聽說嗎？我現下是裴獗的姬妾，妾隨夫主，天經地義。」

溫行溯眼裡露出一絲痛色，「不許妳自貶。妳是許州馮氏么房嫡女，豈能與人為妾？阿父不為妳作主，大兄為妳作主。妳是蕭三郎的正妻……」

「不是了。」馮蘊平靜打斷他，「我出城乞降那天，已經和馮敬廷斷絕了父女關係，與許州馮氏再無瓜葛，自然也不必聯姻蕭家！馮瑩什麼時候去竟陵王府，他們商定好日子了嗎？」

溫行溯面對這雙澄清的美眸，一時不知要如何回答？母親和妹妹打的小算盤，他當然不是一無所知，他不贊同這件事，卻沒有辦法左右長輩的想法，尤其蕭三郎那邊不清不楚的，讓他左右不是人。

「腰腰，大兄對不住妳。」溫行溯知曉馮蘊對蕭呈的感情，很是愧疚。

「這是我的選擇，大兄對我並無虧欠。」馮蘊有些憐憫地看著他。

這個傻兄長，馮瑩不僅仗馮家的勢，也仗他的勢呢！

馮家在朝堂上是有話語權的，不僅長房大伯父馮敬堯貴為尚書令，二伯父、三伯父都是朝中重臣，不然也不會讓最不爭氣的么弟馮敬廷做上郡太守。

但南齊立國才二十多年，已換了三任帝王，對外戰事不斷，對內世家林立，皇族互相傾軋。溫行溯是馮家繼子，能領兵打戰，是南齊難得的將才，各方都很看重，而溫行溯和馮瑩才是一個娘胎裡爬出來的親兄妹。

當然，馮蘊不準備在溫行溯面前說這個。因為馮瑩嫁不嫁蕭呈，她不僅不在意，甚至樂見其成，渣男賤女就該一對。

上輩子蕭呈和馮瑩的結局她不知道，這次她要親眼看著。

為了復耕，莊子上留了十幾個梅令郎，邢丙也在這邊，看到馮蘊的小驢車有個傷痕累累的男子，邢丙嚇一跳，「女郎，這是怎麼回事？」

馮蘊示意他將人抬進去，「告訴莊子上的人，就說是受傷的流民，我看他可憐，就撿回來了。」

部曲裡有一部分是以前馮敬廷從臺城帶到安渡的家丁，但溫行溯這幾年變化很大，他們不一定認得出來，馮蘊直接就封了口。

邢丙有疑惑，但沒有多問，吩咐下去，就上前幫忙抬人進屋。

馮蘊讓邢丙幫他擦洗，換了件乾淨的衫子，這才親自去灶間準備吃食。

溫行溯有傷需要養，她拿了兩顆雞蛋，做了雞蛋餅，又差一個雜役下池塘採幾截嫩生生的雪藕節。

蓮子還在開花，雪藕不大，但正是清甜爽脆的時候，洗淨清炒一盤，再燉個骨頭湯，都是美味。

日頭漸大，房舍炊煙剛升上半空，外面便傳來一陣馬蹄和喊叫，「十二娘，大夫來了。」

馮蘊一聽，讓小滿看著火，雙手在圍裙上擦擦，便從灶房走出去。

阿樓是正對著堂屋那頭說話的，冷不丁看到馮蘊從灶房出來，嚇了一跳。

而馮蘊也怔了怔，院子裡不僅有阿樓，還有敖七以及一大群侍衛，將莊子的大門堵得密不透風。

人群裡，還有一個十分扎眼的濮陽九。

濮陽九帶了個醫僕，拎著藥箱，就那樣似笑非笑地走在侍衛前面，看到灶房門口的馮蘊，微微彎腰拱手一揖，「女郎有禮。」

濮陽九突然出現，讓馮蘊猝不及防，但注意到阿樓朝她拼命擠眼睛，暗吸口氣鎮定下來，假裝不認識，略一還禮，「敢問這位郎君是……」

阿樓見機拱手稟道：「小人去請大夫，可城裡醫館都關門了，找不著人，敖侍衛便疾馳回營，找了濮陽醫官過來。」

敖七盯著馮蘊，眼神火辣辣的，好像夾著刀子，「不是說女郎身子不適嗎？我看女郎還有興致下廚，身子骨好得很呢！」

這敖小將軍脾氣臭，要他給個好臉色可太難了。

馮蘊不知道阿樓的說辭，看他一眼，狀若不適地輕輕摁了下額頭，「想來是暑熱太熾，方才我坐驢車過來時有些耐不住，頭痛難忍，這才讓阿樓去城裡找大夫。沒曾想，回到莊子裡，天氣涼爽下來便舒服多了。」

敖七顯然沒有那麼好糊弄，他的視線落在院裡的小驢車上，然後慢慢走過去，一雙清俊的瞳眸漸漸深黑。

馮蘊心下一跳，車轅上沒有擦盡的血跡，方才不察，沒想到會被敖七發現！

敖七刀柄一指，「這是什麼？女郎受傷了？」

「回來的路上，撿了一個受傷的流民，看著怪可憐，恰好莊子上需要人手耕種，就收留下來了。」

敖七掃她一眼，步步緊逼，「正好濮陽醫官在這裡，讓他幫忙瞧一瞧傷吧！」

馮蘊抿唇看向濮陽九，這位醫官從頭到尾都是一副不太正經的表情，好似來看熱鬧的閒人。四目相對，馮蘊知道已無法拒絕，微微一笑，「那就有勞濮陽醫官，這邊請吧！」

方才去灶上，她已經把溫行溯穿回來的血衣燒掉了，那一把斬蛟也收到了她的床下，若是敖七和濮陽九有所懷疑……不對，馮蘊突然想到一個可能。

溫行溯和北雍軍遇戰，四個侍衛陣亡，那麼北雍軍必然知道，逃掉了一個齊國細作，還是一個受傷的齊人。

怪不得敖七會注意到血跡，語氣又那般嚴肅，分明就是有備而來。

不過，他們或許猜到了溫行溯軍職不低，不一定知道他就是溫行溯本人。

馮蘊心裡七上八下，臉上卻不顯半分，略略垂眼，領他們前去。

到了溫行溯的房間，她剛要進屋，一隻胳膊伸過來。

「女郎留步。」敖七冷著臉，不留情面。

馮蘊揚揚眉梢，「敖侍衛何意？在我的家裡做我的主？」

「男女有別，濮陽醫官為男子看傷，女郎還是留在外面好。」

馮蘊靜靜看著他，敖七也看著她，強勢的，倔強的，好似被什麼憤怒的情緒挾裹著，眼神難得的沒有躲閃。

然而在馮蘊的盯視下，他還是漸漸地感到不自在，最後耳朵通紅，心底懊惱，莫名就生氣了，惡狠狠瞪回去，「女郎這樣看我做什麼？」

馮蘊微笑，「我在想，敖侍衛準備給我定一個什麼樣的罪？」

敖七不自覺的僵硬了一下，她從容淡定，神色怡然，反而是他這個來興師問罪的人，不知不覺就在她面前亂了分寸，越發緊張。

這馮十二娘，收留齊軍細作還敢反過來質問他，一副理所當然的樣子，敖七很生氣，氣她有恃無恐，一副吃定他的樣子。

偏不要如她所願。敖七別開看她的眼，冷哼一聲，「女郎還是不要做出讓大將軍失望的事情才好，不然誰也保不住妳。」

馮蘊朝他微微欠身，「多謝敖侍衛提點，可我一介女流，命如草芥，將軍要我生，我便強顏歡笑，要我死……我令不令他失望又有什麼緊要？」

敖七眉頭一跳，整個人凝固了似的。從那天入營到現在，敖七未見馮蘊說過半句喪氣話，她始終平靜溫雅，不卑不亢，天大的事情都可以從容不迫，怎的今日說出這樣的話來？

更惱火的是，看她這般心酸，他無端端的覺得難受，恨不得暴揍一頓欺負她的人！看來阿母說得對，美貌的女郎萬不可輕易招惹，那是會讓男子迷失心智墜入深淵萬劫不復的！

敖七不想那樣，當即警惕了幾分，整個人又變得嚴肅起來，眼神不滿地從馮蘊的身上掃過去，「女郎不用多慮，只要女郎守令，將軍不會為難。」

馮蘊笑著退到一邊，默默的等待。

上輩子溫行溯是死在裴獗手上的，難道歷史的齒輪終究還是要轉回到這裡？

第十章 好戲上場

小屋裡安安靜靜的，好一會兒，濮陽九才從裡面走出來，雙手滿是鮮血，看得馮蘊心臟猛跳，但仍是耐著性子沒有衝進去，「濮陽醫官，傷者如何？」

濮陽九扯了扯嘴角，下意識去捕捉她的眼神，不見緊張，當即一挑眉梢，「煩請女郎差人端一盆清水給在下淨手。」

馮蘊朝阿樓遞了個眼神。

等濮陽九洗手，是一個漫長的過程。這位郎君好似有什麼毛病，清水換了一次又一次，帕子用了一條接一條，好不容易才洗淨了他那雙尊貴的「玉手」，回答她的問題，「女郎救治及時，傷藥用得很好，病人身子骨也強壯，再養些日子，就能好起來。」

馮蘊微微一笑，「讓濮陽醫官費心了。」

濮陽九看著馮蘊，意味深長道：「兵荒馬亂的世道，安渡郡也不太平，女郎還是不要隨便往家裡撿人得好，小心引狼入室，惹火燒身。」

「濮陽醫官提點的是，下次小女子會謹慎。」

濮陽九不多話，看了敖七一眼，「那我先行一步，將軍等我覆命。」

將軍？馮蘊眉宇微動，也就是說，這件事情已經驚動了裴獗，那濮陽九查傷也必然會有所發現！

馮蘊垂下眸子，行禮拜別，「醫官慢行，阿樓送一送。」

濮陽九還禮，有些欲言又止，最後在敖七的催促下，似笑非笑地告訴馮蘊，「大將軍已布下天羅地網，捉拿南齊細作。女郎若是有心，不妨主動一點。」

「小女子手無縛雞之力，幫不了將軍什麼。」

濮陽九看她裝傻有一套，事到臨頭了，還在若無其事的耍猾頭，不由興味地勾了勾唇，「人嘛，難免會犯錯，女郎只要肯示好，即便做錯，想來大將軍也會從輕發落的。」

他就差把屋裡那人是南齊細作說出來了，可他偏不說，偏要讓馮蘊急。

馮蘊也耐得住性子，陪著他打啞謎。

臨走，濮陽九拍拍敖七的肩膀，「看好了。」

濮陽九帶著藥僕走了，院子裡的北雍軍兵士卻沒有撤下，敖七仍是一動不動地守著。

馮蘊皺了下眉頭，「敖侍衛，莊子上糧食不多，可沒有準備這麼多人的飯。」

「別人的飯可以不準備，將軍的飯，女郎還是備一份吧！」

馮蘊心裡略略一沉，尚未開口，就聽敖七又道：「女郎還有時間，備好飯菜，再想好怎麼向將軍討饒吧！」

罷了，裴獗雖然不限制她出入將軍府，可從她入營第一天開始，他就一直在防備她，派出了敖七、葉闖這樣的心腹，陣仗大得根本不像對待一個普通的姬妾。這樣謹慎的裴獗，怎會不知她救了個齊人？

「敖侍衛說得對，那容我失陪了。」

馮蘊回到灶房，田莊裡食物不豐富，油鹽醬醋和米糧是從安渡城裡帶來的，柴火是邢丙帶著梅令郎四處搜羅的，全堆在灶房外，很整齊。馮蘊在灶上忙碌，邢丙在灶房外的院子裡走來走去，頻頻朝她觀望，好像在等她下令，又好像在觀察她的處境。

這段時間，馮蘊越發覺得邢丙得用，是個辦事謹慎不多話的人，沉住氣，薅了兩把發好的豆芽煮下去，再切好藕節，下鍋清炒，期間廚娘想來幫忙，被她拒絕了。

院子裡煙火氣漸濃，香氣四溢。北雍軍這群侍衛平常在營裡吃的，遠不如馮蘊家裡的豐富，乾餅泡熱水是常事，聞著味道，眼神都變了，唾沫嚥個不停。

馮蘊招呼邢丙過來，指了指盛好的飯菜，「端去給小屋那位受傷的客人。」

邢丙看她一眼，找個托盤將碗盤放上去。

馮蘊小聲問道：「手底下可有信重的人？」

「葛廣、葛義，當年在俺手下，一個是伍長，一個是什長，武藝是俺手把手教出來的，忠誠可靠，親如兄弟。」

馮蘊點點頭，不再多問。邢丙也默默做事，不說其他。

看兩個人頭碰頭地說話，敖七抱著腰刀走過來，堵在灶房門口，劍眉高揚，帶點兒不屑的稚氣，「藏著掖著做什麼？想說什麼就大大方方地說！」

「敖侍衛想聽什麼？」馮蘊回頭看他一眼，輕揚眉梢，「我在說敖侍衛長得真俊，這麼好看的郎君，還來我的小莊園裡看守，大材小用了。」

敖七看著她眼裡滑過的笑意，人就不行了，尤其那句「敖侍衛長得真俊」，讓敖七有點兒想罵娘。

明知道這女郎口是心非，為什麼聽著這樣歡喜？敖七慌不迭地挪開視線看向灶頭，不與她眼對眼。可他對馮蘊做的菜餚更是沒有抵抗力，魂都像被勾走了似的，雙腳情不自禁走過去，伸脖子去看那盤雪藕，「這是什麼，為何我從未見過？」

「想吃嗎？」

這話說得溫柔，敖七的臉頓時紅了。這個馮氏女當真可惡，用美食來誘他！

「不想！」敖七答得硬氣，可話一出口就後悔了，因為肚皮不爭氣地咕嚕叫一聲。

尤其發現鼇崽正躲在食臺下津津有味的吃肉，心情就更不美妙了，他好想做馮蘊的貓啊！

「不是開飯了嗎？我端出去。」

馮蘊攔住他的胳膊，「不是說大將軍要來，你不孝敬大將軍了？」

提到裴獗，敖七便蔫了。近來他不是很想看到舅舅，每次見到也很難像以前那般滿心滿眼的快活，有時候他甚至希望舅舅不要來。

「行吧！」敖七臉一別開就傲嬌上了，「一會兒將軍來了，看他怎麼處置妳和妳的情郎？」馮蘊看他要走，將人喊住，「敖侍衛說什麼？再說一次。」

敖七眼皮往上一翻，「我沒說什麼。」

「我聽見了。」

「那妳還問？」

「信不信我讓鼇崽撕爛你的嘴？」

敖七看她沉下臉，美眸裡滿是凶光，知道是自己誤會了，於是那些不滿的情緒一掃而空，但嘴還強，「誰讓女郎眼巴巴盯著他看，他又長了一副不正經的樣子，怪不得別人會多想。」

馮蘊被氣笑了，敖七居然說溫行溯長了一副不正經的樣子？

在臺城，在馮家，誰不說溫行溯正經正直的正人君子？他敖七初次見面，就給人看出一肚子壞水了？

「那敖侍衛長得也不差，我是不是往後都不能看你了？見著你得避著走，否則你便是我的小情郎？」

敖七的臉被馮蘊嗆紅了，他心亂如麻，一顆心跳得比平常快上許多，尤其她說「你便是我的小情郎」時，分明是損他的，可從她嘴裡出來，竟如仙樂！

馮蘊並不知道少年郎心思那麼多，看他耳根都紅了，不再調侃，只輕輕笑問，「誤會解除，那我是不是可以去跟他說幾句話了？」

「說話可以，我須在旁。」

馮蘊看他一眼，沒有拒絕。

溫行溯安安靜靜地躺在床榻上，腰間蓋了條薄被，眼睛緊閉，像是睡過去了。

邢丙將碗盤放在几上，聲音將他驚醒，睜眼看到馮蘊，他愣了一下，目光挪到倚在門口的敖七身上。

「餓了吧？吃點兒東西再睡。」馮蘊垂下眼皮，將清粥小菜細心地添到小碗裡。

「多謝女郎搭救。」溫行溯的聲音有些沙啞。

敖七這才發現溫行溯的飯菜灶房裡都沒有，女郎居然給這個人開小灶!?

敖七臉上的不滿肉眼可見，馮蘊卻視若無睹，示意邢丙將溫行溯扶起來，狀似隨意地問道：「方才來的那個醫官和你怎麼說的？」

敖七豎起了耳朵。

溫行溯和馮蘊一樣，就像看不到他似的，虛弱地指了指木櫃上的小瓷瓶，「藥丸一日三次，一次一粒。」

「沒說旁的嗎？傷勢如何，傷癒又要多久？」

溫行溯搖搖頭，「應是沒有傷及要害，不然我也沒命等到女郎搭救。」

敖七看他倆說著很正常但聽著不正常的話，視若無人的眼神交流，心裡酸得很，冷不丁就插問一句，「壯士從何處來？被何人所傷？」

溫行溯平靜地道：「我是信州人，遇戰事逗留安渡，無處可去，已逃難多日。今日偶遇流匪，為兩個胡餅差點兒丟了性命。」

「兵荒馬亂的，不好好守在家裡，為何到處亂跑？」

溫行溯苦笑，「不瞞小將軍，我原在齊朝軍中效力。」

敖七臉色微微一變，其實他早就知道，只沒想到這人會坦率的承認，「你在營中何職？」

「不才是個什長，領了十來號人。戰事一起，就和兄弟們逃散了。」

哼！這人說得滴水不漏，表情神色與那馮氏女郎如出一轍，就好像他們本就是一樣的人，那種熟悉感和親密感，讓敖七心裡很是不悅，但將軍沒說要殺，他便只能乾瞪眼看著，「好好養傷吧，北雍軍優待俘虜，看你生得人高馬大的，往後跟著我們大將軍，為北雍軍效力，比跟著你們那個昏君要強上許多。」

溫行溯抿了抿唇，沒有說話。

馮蘊將碗塞到他手上，「吃吧，少說話，費神。」

她的意思是有傷在身要少說話，費神。敖七聽的卻是少跟他說話，嘴巴一撇，嘔得很。

馮蘊看溫行溯手上有傷，不太方便，索性拿過碗來餵他。溫行溯抬眼皮看她一眼，說聲謝謝，馮蘊溫和一笑，一口接一口地餵，細緻而耐心，看他唇上沾到食物，還將貼身的帕子掏出來替他小心擦拭。

敖七看不下去了，背過身去，「田莊裡沒有雜役嗎？用得著妳親自動手？」

馮蘊和溫行溯對視一眼，放下碗，噢一聲邢丙，便出去了。

敖七看她默不作聲，想了想自己方才的話，又緊跟著出去，「我也不是在罵妳，女郎自己思量思量，妳那麼做，對是不對？要讓將軍看見，不得剝了我的皮嗎？」

馮蘊突地扭頭，看著敖七，「敖侍衛不高興，只是因為將軍嗎？」

敖七心弦猛顫幾下，差點兒繃斷，臉頰臊紅地看著她，半晌說不出話來，那藏在心底角落的情緒，幾乎就要脫口而出。

卻聽馮蘊一聲冷笑，「敖侍衛分明就是憎惡我，你自己憎惡我，卻拿將軍作藉口。」

敖七愣然，看著馮蘊鬱鬱而去的背影，雙腳像釘在地上似的，久久才搓搓腦門，去到飯堂。

飯菜早就備好了，馮蘊平靜得像是方才什麼事都沒有發生過，讓阿樓將飯菜端到簷下，招呼院裡的守衛都來吃飯。

敖七心裡暖呼呼的，女郎嘴損，但心是善的。

方才還說莊子裡糧食不夠，不養閒人，轉頭就煮這麼多飯，還不是見不得侍衛們受餓。

敖七坐下來，有雜役端了一碗飯給他，米飯下臥了兩顆雞蛋，是豬油煎過的，散發著濃烈的肉香，吃在嘴裡，那種綿軟鮮嫩的滋味像要化在心裡，讓他情不自禁地愉悅起來，嘴角瘋狂上揚，有一種渾然忘我的亢奮。

女郎待他是與旁人不同的，別人都沒有臥雞蛋，只有他一個人碗裡有。

敖七用力呼吸一下，好不容易才壓制住那種瘋狂想要去找她，和她說說話的衝動，以極慢的速度品嚐這一碗飯。

吃著吃著，然後發現周圍的情況不大對，食物裡無酒，但帶來的侍衛好像都醉了？

敖七激靈一下，腦子裡靈光閃過，但也只是閃過，剎那而已，他伸出手來不及拿刀，整個人便臥倒在桌案上。

馮蘊從灶房裡走出來，推了推他，輕嘆一聲，「敖七精明，不臥兩顆雞蛋，非得讓他吃出怪味來不可。」

馮蘊回頭，叫上邢丙，「行動，速度要快。」

她沒有發現，敖七那雙紅得像滴血似的眼眶裡，幾乎就要淌出眼淚來。

馮蘊迅速回屋將斬蛟用粗布包裹起來，塞在溫行溯的懷裡，「大兄，快走！」

溫行溯明白她的心思，他是信州守將，大齊寧遠將軍，一旦落入裴獗的手裡，死反而是最好的結果，怕的是生不如死。

但溫行溯怎麼能丟下馮蘊？他眉頭微蹙，「腰腰，跟我一起走。」

馮蘊搖了搖頭，不忍心看溫行溯的眼神，回頭喊邢丙。

溫行溯身上有傷，靠他自己是沒有辦法離開安渡的。邢丙將門板卸下，找兩個部曲把溫行溯抬上去，又用布條將他纏在門板上，免得路上顛簸下來。

「我備了條小船，他們八個會護送大兄過河，直接回臺城，然後他們就不回來了，等到戰事結束，再看緣分。」

八個得令的梅令郎眼圈微紅，低低應諾，「我們必不負女郎所托。」

馮蘊點頭，「往東走石觀縣，不要回信州。」

走信州看似很近，又有齊軍駐守，但沿途必有大批北雍軍士兵巡邏，反而危險。石觀縣和安渡城商路未斷，來往民眾較多，這條路最安全。

看馮蘊把一切都規劃好了，溫行溯心裡一酸，伸出長臂想去拉她，「腰腰，要麼我留下，要麼妳跟我走！」

馮蘊雙眼帶笑看著他，「大兄，我回不去了。你這次回去不要再來，好好養傷。以後再有戰事，不要那麼拼命，照顧好自己的身子……」

「不行！」溫行溯試圖掙扎起身，但邢丙將布條纏得很緊，又在上面搭了條被子，只剩一雙胳膊還能動彈，又怎麼敵得過四個梅令郎的鉗制。

「腰腰！」溫行溯低吼。

空氣裡充斥著難言的悲涼，馮蘊沒有多說，擺擺手，「走吧！」

四個梅令郎抬著溫行溯迅速往莊子外走。

馮蘊跟著走出大門，看著越去越遠的人影，又叮囑邢丙，「你帶幾個人跟上，遠遠護衛，以保大兄周全。」

「諾。」邢丙抱刀行禮。

莊子外不到二里地就有一條小河，是花溪村長河的支流，一路往東便直通石觀。等敖七醒來或是裴獗反應過來，再追是追不上的了。

「大兄，保重！」馮蘊站在金子般灑下的陽光下，望著一望無際的田野，平靜的面孔下，心潮如層層巨浪在翻騰。

上輩子溫行溯被裴獗五馬分屍……她既知宿命，怎肯讓往事重來，眼睜睜看著他死？

當然，她沒有想過此事能隱瞞裴獗，也瞞不住。但她認為裴獗看在二十萬石糧的份上，不會輕易要她的命。只不過再要取得裴獗的信任，只怕就要再下點兒功夫了，甚至要付出點兒什麼。

馮蘊想到這裡，叫來阿樓，「姬妾們近來如何？」

「女郎放心，小人眼睛亮著呢！」

馮蘊朝他招招手，阿樓當即俯耳過來，聽完馮蘊的吩咐，完全愣怔了，好一會兒才拱手行禮，「小人明白。」

西屋的青瓦房裡，幾個姬妾吃過飯，沒像往常那樣去歇晌，而是坐在窗前神思複雜地等待。

馮十二膽敢毒害北雍軍，是她們萬萬沒有想到的。她不僅做，還做得那般從容，好像半點兒害怕都沒有。

姬妾們各懷心思，有人期待大將軍過來看到這情形，將會何等震怒，有人害怕受到牽連，一時間，你看我，我看你。

「將軍會寬恕十二娘嗎？」

苑嬌猶豫著，不安地點頭，「會吧，將軍待十二娘很是恩寵。」

林娥嗤一聲，彷彿聽了什麼笑話，低頭摩挲著自己長出繭子的指腹，目光恨恨的，「毒害士兵是何等重罪？妳當北雍軍的軍法是擺設不成？」不知想到什麼，她又幽幽一笑，「便是大將軍肯饒她，不是還有陛下，還有太后殿下嗎？馮十二啊，這回死定了！」

眾姬齊齊看向林娥，這些日子馮十二沒少磋磨她們，可漸漸習慣了，有些人也就安定下來，覺得沒什麼不好，幹活才能吃飯，天經地義。

馮十二做什麼都擺在明面上，沒有她們以前聽人說的，大戶人家宅子裡那些見不得光的陰暗手段。

於是便有人道：「十二娘真出了什麼事，我們往後還能得這一方所在遮風擋雨嗎？會不會又被送到哪戶人家為奴為妾？」

林娥瞪過去，「妳們就這點兒出息？被馮十二當奴僕使喚幾日，真當自己是她的奴僕不成？上不得檯面的東西！」

她在這群人中間素來強勢，一發狠，便沒人再吭聲。

林娥便又冷笑，「沒了馮十二，我們才有侍奉將軍的機會。以後姐妹同心，把將軍伺候好，何愁沒有好前程？哪像如今，看看妳們的肌膚，看看妳們的手，還當馮十二是好人嗎？」

眾姬被她說得羞愧，低下頭。

立秋前暑氣正濃，驕陽似火。

馮蘊在屋外站了一會兒，整個人彷彿要烤焦了似的，出一身汗，回到莊子裡就讓小滿備水。

小滿沒有多想，喜孜孜下去了。

大滿跟上來，眉目裡可見一絲輕愁，「一會兒將軍要來，妳去女郎屋子灑掃一遍，被褥都換一下，我來備水。」

小滿不解，「將軍來就來，為何要灑掃女郎的屋子？」

大滿看她單純的模樣，嘆口氣，指了指屋外那些昏迷後被梅令郎拖到草棚底下避暑的北雍軍兵士，「女郎這一關不好過了，弄不好妳我都得掉腦袋。」

小滿這才感覺到凶險，頓時惶惶不安，「那怎麼辦？」

大滿看一眼屋子，「女郎應當有對策了，妳聽話行事就是。」

這個田莊是馮蘊準備長住的，這幾日裡裡外外都好生收拾了一番。淨房的地面上，重新鋪了一層木板，雙腳踩上去很乾淨。

她喜歡這種感覺，空氣裡彌漫的濕氣，挾裹著軟玉溫香。木椸上掛著嶄新的裳裙，是大滿特地為她準備的。

馮蘊看了一眼，沒有多說什麼，她明白大滿的心思。送走溫行溯是殺頭的大罪，大滿想讓她用身體來換得活命。

馮蘊一笑，不置可否，「下去吧，這裡不用人伺候。」

她將外衫褪去，在水霧朦朧間，慢慢走向浴桶。那一身雪肌玉骨，烏髮豐豔，精美得如同畫上拓來的美人，便是大滿和小滿看了，也難免心旌搖曳，自慚形穢。

極致美豔帶來的壓迫力，讓二人屏氣凝神，不敢發出半點兒聲音，好似怕驚擾了什麼似的。

走出淨房，小滿才鬆一口氣，「女郎真是美極，我若是將軍，得了女郎，也會將其他姬妾視如敝屣。」話一出口，方才發現大滿臉色不好，「阿姐，我不是說妳，阿姐也很美……」

大滿輕笑，「妳沒有說錯，有十二娘珠玉在前，將軍眼裡容得下何人？」

「我知阿姐心儀將軍，若女郎以後要為將軍選侍妾，我便推薦阿姐。」

大滿聽得心驚膽顫，眼睛都瞪大了，「妳何處聽來的閒話，我何時心儀將軍了？」

「阿姐瞞得了旁人，可瞞不過我。那日在大營裡看將軍月下舞劍，阿姐眼裡滿是愛意，我都看見了……」

大滿猛的捏住她的胳膊，「小蹄子不可胡說，妳想要阿姐的命啊！」

「痛！」小滿推開她的手，又壓著嗓子安慰，「我沒告訴旁人，而且將軍房裡也不會永遠只有女郎一個，只要阿姐誠心侍候，機會總比別的姬妾多吧？女郎會抬舉妳的……」

「別說了！」大滿被她說得臉頰緋紅，扭頭便走，「我去幫女郎添水。」

小滿知她害羞，笑著彎腰撿起小石子，剛想抬手擲屋簷上的麻雀，莊子外便傳來一陣急促的馬蹄聲。

糟了，將軍來了！

怎麼來得這樣快？小滿心裡一震，轉身就往屋裡跑，剛喊一聲「女郎」，迎面就撞上臉色煞白的大滿。

她好像受到了不小的驚嚇，不僅變了臉色，連聲音都變了，「女郎不見了！」

小滿呆呆地立在原地，浴桶裡水氣蒸騰，空氣裡浮著胰子的香氣，木桅上的衣裳仍搭在那裡，尋遍淨房也不見女郎脫下來的外裳，人就這樣消失了！

女郎不見了，將軍來了，不得要她們的命嗎？

「會不會是女郎自己跟大郎君走了？」

「不會不會，女郎不會這樣做的。」小滿篤定地搖頭，一把抓住大滿的胳膊，「女郎一定是出事了，一定是的。阿姐，妳不是說女郎自有對策，現在怎麼辦？女郎不見了，將軍會不會要我們的腦袋？」

大滿被她搖得雙眼發暈，側頭打量一下，便去推窗。窗戶的木栓沒有插好，一推就開。她記得幫女郎備水時，特地檢查過的，不應該會出現這樣的紕漏，更何況女郎也是謹慎的人。

大滿的視線落在木質地板上，那些水漬印出的凌亂腳印……她推開小滿，彎下腰來，用手指比劃一下，突然從浴桶裡捧水出來，灑在地面上，然後拉著小滿在上面四處走動。

小滿一臉疑惑，「阿姐？」

「噓！等下見著將軍，妳就哭，拼命哭，知道了嗎？」

「啊？」小滿完全傻了。

而莊子外的村道，濮陽九拽著馬繩跟在裴獗的身邊，也是一臉疑惑，「妄之如何確定那人就是溫行溯？斥候不會弄錯嗎？堂堂信州守將，如何會在安渡遇險？太不可思議了！」

一連串問題，裴獗一個不答。

濮陽九不在意，一個人可以說得很自在，「別說，那姓溫的容色尚可，倒不像領兵打仗的人……」

裴獗側過臉來看他一眼，濮陽九想到面前這個也是領兵打仗的，尬笑一下，「就如妄之一樣，豐神俊秀，美風姿，文韜武略，豔日月……」

裴獗不耐煩地皺眉，「傷處如何？」

「甚偉，但不及你。」

裴獗沉下臉，濮陽九在馬上笑出了聲，「我是說傷口很大，但……不及你以前傷重。就腿根處有一處厲害些，但我去時，馮十二娘已然處理過了，止血及時，包紮很好，再養些日子，大抵就痊癒了……」

沒聽到裴獗回應，濮陽九的嘴巴就沒停，不料那大黑馬突然揚蹄向前，害得他吃了一嘴塵土，趕緊掩面吐沙，再抬頭發現裴獗只剩一個背影，拐個彎就消失在那扇掛著「長門」匾額的莊子大門。

小滿嚇得臉都白了，來不及想好怎麼哭，就見大滿腳步倉皇地衝過去，對著疾馳而來的裴獗，哭聲呼喊著跪下，「將軍救命，救救女郎……」

裴獗在離她不過三尺的地方才勒住馬轠繩，低頭看一眼這個膽大的婢女，目光很快轉向草棚裡的北雍軍士兵。

四周安靜得近乎恐怖，裴獗沒有說話，從馬上躍下，拎起一桶涼水潑向敖七。

待敖七甩著頭髮睜開眼睛，裴獗已然大步走向手足無措的小滿，「帶路。」

小滿淚水掛在臉上，正準備開始哭呢，將軍就過來了，高大的身影城牆一般壓過來，一雙利目冷若冰霜，小滿忘記哭了，一顆心嚇得幾乎不會跳動，慌忙地看一眼院子裡跪地的阿姐，老老實實把裴獗帶到淨房。

一室溫熱的霧氣，窗戶大開，空無一人。

「將軍，女郎定是出事了，求將軍救命啊！」想到那麼好的女郎，小滿這才悲從中來，掩面而啼，一副沒了主心骨的樣子。

然而好端端一個人，怎會不聲不響就消失在淨房呢？還是在剛放走了信州守將溫行溯以後？被冷水潑醒的北雍軍士兵，以及莊子裡的姬妾，都認為馮蘊畏罪潛逃了。林娥更是不停地煽風點火，唯恐天下不亂。

唯有阿樓和馮蘊身邊的部曲僕從，堅決認定馮蘊是出事了。

敖七紅著眼，尚未從兩顆雞蛋帶來的傷害裡走出來，再面對冷著臉的舅舅，腳步都是飄的，「將軍，先救人吧！等救回女郎，屬下再來領罰。」

裴獗沒有說話，在淨房周圍查看了許久才下令，「你領人往石觀縣方向截拿溫行溯，抓不到人，你也不用回來了！」

敖七拱手，從胸腔裡吼出一聲，「屬下領命。」隨即抬頭，「那女郎……」

裴獗臉色驟冷，「愣著做什麼？」

「諾。」敖七不敢再耽誤，可又忍不住關心馮蘊，一邊叫人跟著他走，一邊頻頻回頭看裴獗，「將軍，快去救女郎。」

裴獗原本平靜的一張臉，頓時如浸在了冰水裡，嚇得院裡的人屏住呼吸，一聲不敢吭。

「左仲。」裴獗終於出聲，「備馬。」

同一時間，馮蘊正頭昏目眩地坐在顛簸的馬車裡，奔波在不知名的小道上。

馬蹄聲噠噠入耳，踩在寂靜的小道上格外清晰。

這時，車廂猛的抖動一下，停了下來，馬車的簾帷被人撩起，一縷陽光透進來，馮蘊這才發現，天還沒有黑，外面陽光燦爛，只是車窗密封得太過嚴實，這才讓她產生了一種天黑的錯覺。

一道修長的人影慢條斯理地邁步上來，「卿卿在看什麼？」

日光落在那張冷漠的山鷹面具上，只看得見下頜部瘦削的弧線，還有一雙不羈野性的眼，淳于焰!?

「又見面了。」男人低笑一聲，彎腰捏住馮蘊的臉，「就知卿卿想我。」說罷他長腿一邁，從躺在車廂裡的馮蘊身上跨過去，坐在她的身側，發出一聲清淡的，嘲弄的笑，「出發。」

馮蘊心裡微驚，從發現落入淳于焰手裡那一刻，她就覺得事態有些不對，下意識想要起身。

砰！車門緊緊合上，車廂裡再次陷入短暫的黑暗。

一隻手臂漫不經心地伸過來，將她纖腰攬住，阻止了她起身的動作。

昏暗的光線漸漸露出淳于焰冷峻又斯文的輪廓，他的眼睛帶著戲謔的笑，盯著馮蘊，像在看等待宣佈死刑的囚犯，「小可憐，落到我手裡，還想逃嗎？」

「世子意欲何為？」

淳于焰盯著她的眼，俯首在她的耳邊，「妳說呢？」

男人的低吟，如附骨的癢，伴著黏膩的酥麻，沿著腰椎蔓延上來。

馮蘊蹙緊眉心，只覺一股尖銳的焦渴正在無聲無息地醞釀，好像在蓄勢等待更強勁的狂風暴雨，不受控制的，蝕骨撩心。

馮蘊從前吃過這樣的苦頭，但此刻有淳于焰在身邊，感受更是不同，她克制著，一言不發。

淳于焰黑眸裡閃著奇異的光彩，看了眼她白嫩的臉上浮起的紅霞，「一報還一報，卿也合該嘗嘗我那日受過的折辱。」

馮蘊垂下視線，掃過自己的衣裳，凌亂、潮濕，仍是沐浴時穿在身上的那一套，「世子莫非忘了我說過的話？我若出事，世子的豔色就會被全天下人所知，那粒生得調皮的褐色小痣也不知會被文人騷客編撰成什麼樣的淫詞豔畫？」

一句話拉回了淳于焰羞恥的回憶，有些感受就像刻在腦中，不是想忘就能忘掉的，那種蝕骨般的顫抖會隨呼吸撞擊靈魂，身子也會因為她不由自主的發熱、難堪。

在她面前脫下的衣服，怎麼都穿不上了，這女郎的眼睛就像有毒，不論他捂得多麼嚴實，在她眼裡，他永遠一絲不掛。

淳于焰的手僵在半空，只一瞬，又恢復了笑意，扯住馮蘊腰間的帛帶，「那日不慎著了妳的道，妳以為本世子還會受妳哄騙嗎？」

馮蘊心口微窒，大腦有片刻的空白，「世子就……為報復我？」

「不可胡說。」淳于焰把玩著她的衣帶，好像只是想讓她感受那種煎熬，慢吞吞地，沒有拉動，又好似隨時就會扯開，讓她丟臉，「是我救了卿卿，若非我及時出手，妳這身細皮嫩肉，一旦落到豺狼虎豹的手裡，妳猜他們會不會把妳撕了？」

馮蘊朝他虛弱一笑，「豺狼虎豹？世子是說何人？」

淳于焰揚了揚眉梢，「是說妳不該招惹的人。」

「所以，世子救我，是為了折辱一番？」

淳于焰看她慘兮兮的模樣，心情無端美妙起來，捏著衣帶一頭，在她的臉上若有似無地輕拂。

馮蘊受不得癢，難受地蹙起了眉頭，因為隱忍，身子有細微的顫抖。

「怕嗎？」淳于焰興味地舔了舔唇，自問自答，「無須害怕，世上好看的人多，有趣的人少，我不捨得卿卿死得太快。」

「世子這麼惦記我，是我之幸。」馮蘊不去看他的臉，不與其目光對視，儘量不給出對方任何反應，不想滿足他變態的趣味。

「是嗎？」

錚！一道金鐵的聲音響在安靜的車廂裡。

空氣彷彿被破開，馮蘊臉頰微微一涼，側目過去，便看見淳于焰手上那一把匕首。

「我也得了把吹毛可斷的好刀，卿卿猜一猜，它鋒不鋒利？」他聲音陰涼，一雙鳳眸巡視般上下打量馮蘊，好像這是什麼供他褻玩的玩意兒，骨節分明的手握住刀柄，用刀背在馮蘊薄薄的衣裳上反復游弋，「癢嗎？卿卿放鬆些，還有更大的驚喜等著妳。」

馮蘊身子繃緊，雞皮疙瘩迅速爬上腰間，刀背觸到處只覺得火辣辣的難受，在劇烈的恐懼下，她情不自禁地顫慄。

變態！就想看她出醜，看她求饒。

還不如給她一刀，但淳于焰肯定不會這麼做，他存心報復回來，興趣正濃。

「不要怕，卿卿如此招人憐愛，我哪裡捨得妳死？」淳于焰俯視她，輕聲笑，「我會控制好手上的刀子，不讓它劃破卿卿這身細皮嫩肉的……嘖，水豆腐似的，這樣好看，破了就可惜了。」

這瘋子將那天的話，又悉數還給了她。

馮蘊緊攥拳頭，渾身全被汗水打濕，整個人彷彿從水裡撈出來的一般，但她不願讓淳于焰得意，克制著，一動不動，臉如冰霜凝滯。

淳于焰看她這般，沒來由的，心像被溫泉水泡過，化開了，愉悅地問，「卿卿可後悔了？」

馮蘊不輕不重地嗯一聲，「後悔了，後悔沒有下狠手。早知那日在花月澗，便該一刀了結你。果然古人誠不欺我，對畜生就不該抱有善意。」

畜生？淳于焰好看的眸子瞬間冷卻，馮氏女對他的恨意，很沒有道理，「若我沒有記錯，花月澗是妳我初見，卿卿何故恨我至此？」

馮蘊動了動乾澀的嘴，沒有吭聲。要是沒有上輩子淳于焰對她的那些折辱，她當然不會在花月澗那樣對他。當然，她不是沒有想過淳于焰會報復，只是無懼罷了。淳于焰以前對她做的，惡劣多了，眼前這一點實在無關痛癢。

她臉上不見羞惱，只有極力忍耐，這讓淳于焰心裡的疑問不停地擴大，他並非色中惡鬼，更沒有見色起意，這女郎為何視他如洪水猛獸？

淳于焰冷笑一聲，手掌突然掐住馮蘊纖細的脖子，微微用力，越來越緊。

馮蘊微微揚起脖子，即便呼吸不暢也沒有改變她高傲的姿態，只用一雙眼睛盯住淳于焰，冷漠的，不見半分情緒，但眼裡、臉頰卻又蒙上了一層緋紅，很不對勁。

「妳被人下藥了？」淳于焰瞇眼，若有所悟地冷笑一聲，「妳懷疑是我下的藥？所以如此痛恨我？」

馮蘊側開頭去，不給他半點兒反應。

深吸一口氣，他猛的收回手，「本世子要收拾一個婦人，何須用這等下三濫的手段？」

馮蘊喉頭火辣辣的，內心翻江倒海，整個心智都要用來對付那已然變得激烈和凶猛的情浪，她沒有辦法去聽淳于焰說了什麼。只闔著眼，閉著嘴，皺著眉，在煎熬中沉浮，有些渾渾噩噩，她在對抗，和藥物，和自己。

淳于焰看過無數姿容嬌豔的美姬，從不覺得出奇，但馮蘊不同，她不僅僅是美，而是昳麗勾人，像清晨沾在花瓣上的露水，引人採擷。

「馮氏阿蘊，妳可清醒？」看到大汗淋漓中克制冷靜的馮蘊，淳于焰的呼吸好似也跟著顫了起來，身子發緊，「妳說我是畜生，那我便做點兒畜生做的事吧！」

第十一章 一聲夫主

淳于焰手上的匕首就像長著眼睛，馮蘊哪裡癢，它便往哪裡遊，雖有衣物阻擋，可對此刻的馮蘊而言，無異於火上澆油，肌膚染出大片的紅，蜷縮著煎熬著一動不動，卻難耐嬌聲氣喘。

「卿卿這樣的美，裴妄之可曾見過？」淳于焰低著頭審視她，身子貼得很近，蓄積二十年的邪念在這一刻瘋狂孳長。

從未有過的火熱，讓他發狂，他想將這女郎佔為己有。

腦子裡冒出這個念頭的時候，淳于焰很是吃驚，他不允許自己被人如此左右，稍稍平復一下，輕輕地對著她笑，那呼吸落在她臉上，像有暖風拂過去，「卿卿這般誘人可口，不吃可惜了，可吃下去吧，會不會卡著喉嚨？」

馮蘊從他的語氣裡聽出了興奮，略微一窒，生怕刺激到大變態，她繼續保持著「死人」狀態，可呼吸起伏，額頭細汗，一身殊色又如何掩飾得住？

淳于焰心口劇烈跳動起來，他的匕首滑到了馮蘊嫣紅的耳尖，指腹摩擦在稚嫩的肌膚上，不免頭皮酥麻，「卿卿是在引誘我嗎？」

曖昧的聲音彷彿情郎的絮語，淳于焰音色極暖，聽上去毫無惡意。

瞧！這便是衣冠禽獸的樣子。

馮蘊將長髮從大汗淋漓的頸後撥出來，散亂地鋪在毯子上，晦暗的雙眼看像他，「淳于世子，幫個小忙吧！」

淳于焰眉梢微微一揚，「要以身相許？求我幫妳解毒？」

那便就事論事吧！

「嗯，世子要是方便。」

淳于焰冷笑，「妄想！」

馮蘊看他拒絕得這麼快，心下略略一鬆。這種調情般的親昵並不適合她和淳于焰，互相憎恨

「既然世子不方便，那可否讓我去……方便一下？」

「又想玩花樣？」淳于焰眼尾一斜，「憋著！」

「若世子不怕我弄髒你的馬車，那我……」

馬車裡冷香四溢，極是怡人，淳于焰是一個講究風雅的人，豈能任由她亂來？

果然，他滿臉嫌棄，「停車。」

馬車停在小道的轉角，馮蘊顫巍巍下車，發現天色漸暗，霞光已然收入雲層。

官道下方是一片草木茂盛的荒地，離花溪村不知有多遠。

淳于焰讓兩個婢女跟著她，「不要走遠。」

馮蘊回頭，看著車簾裡那張神祕的山鷹面具，「世子不要偷看。」

淳于焰哼聲，放下簾子。

馮蘊朝兩個婢女行了個禮，「有勞。」

婢女不回應，眼皮都不眨一下，脾氣怪得如她們的主人一般。

馮蘊並不在意，在婢女的攙扶下走向草叢深處，身子虛軟得好像隨時都要倒下去，「我自己來。」

婢女鬆開扶她的手，「快些。」

馮蘊「嗯」一聲，再往裡走，只是動作十分笨拙，一個婢女看不下去了，走過來就要幫她。

馮蘊突然往下倒去，婢女便彎腰來扶她，馮蘊立刻將一塊薄石片抵在她脖子上，「別動！」

那是她在草叢裡尋摸到的一塊薄石片，看上去很是鋒利，那婢女略動一下，脖子便被劃破。

馮蘊看向另一個婢女，「不要小看它，輕易便可要命。」

那婢女眼裡當即出現猶豫。

「我知妳們姐妹感情深厚，不想她死，就不要出聲。」

她赤紅的眼裡全是凶狠的光，那石片劃在細嫩的脖子上，血珠便往外冒，而方才還弱不禁風的她，力氣竟然大得令人掙脫不了。

兩個婢女相視一眼，沒有動彈。

馮蘊勒住那婢女慢慢退後，突然一個用力將她推向右側的土坡。

那婢女往下滾落，另一個大驚失色，撲上去救人。

馮蘊趁機朝山林的另一頭奔逃，求生的慾望可以戰勝一切。她血氣上湧，頭腦空白，但仍是憑著本能氣喘吁吁地跑出很遠。四周安靜一片，她心下忽生不安，怎會沒有人追來？

馮蘊停下腳步，只見前方立著一道頎長的人影，把玩著碎玉劍站在落日餘暉裡，似笑非笑地看著她。

「卿卿果然不老實。」

馮蘊是被淳于焰拎回馬車的，她沒有反抗，潮紅的臉上汗津津的，鬢髮濕黏在額頭，呼吸急促得像要斷氣。但即使這樣，她仍是緊緊閉嘴，沒有發出一絲聲音。

淳于焰看著她顫抖，沒帶半分憐惜，咚的一聲，將她丟回車廂裡。

馮蘊痛得窒息，「淳于世子……」

「噓！」不知是累了，還是沒了戲耍的心情，淳于焰眼瞼低垂，拿過水囊喝一口，遞到她的嘴邊。

馮蘊吃力地喝水，水漬順著下巴淌下來。

淳于焰掏出雪白的帕子，像對待小動物一般，挑起馮蘊的下巴，仔細為她擦拭乾淨，然後將拇指饒有興致地壓在她嫣紅的唇上，目光爍爍，不知在想什麼。

這樣的眼神，馮蘊第一次在淳于焰眼裡看到，克制的，隱忍的，瘋狂的慾望，在黑眸裡深不見底。

「不要出聲，我要歇一會兒。」淳于焰嫌棄般轉開臉，抱著碎玉劍慵懶地倚在車廂壁上，長腿寬袍，好似真的睡了過去。

馬車顛簸起來，速度變快，天也徹底黑盡。

最令人難耐的是絕望和未知，車廂裡彌漫的熏香帶著誘人的氣息，催動藥效，馮蘊雙眼赤紅，每一寸肌膚都好似火炙一般叫囂著，要把她拉入慾望的深淵。

時間過得極為漫長，在一波波慾望的衝擊裡，馮蘊漸漸有些支撐不住，甚至生出一個輕浮的念頭——淳于焰長得美豔，不如乾脆地吃掉他！

這駭人的想法入腦，耳邊突然傳來一陣疾馳的馬蹄聲，嘡嘡作響。

淳于焰猛的睜眼。

蹄聲從耳邊飛掠過去，只聽得馭的一聲，馬車被幾騎快馬擋在路上，急停下來。

馮蘊身子往前一撲，抓住毯子才穩住身子。

馬嘶聲裡，淳于焰慢條斯理地將車門拉開一條縫，「妄之兄？漏夜攔路，是找弟有事？」

裴獗挽韁高坐馬上，「世子，我來要人的。」

「好說好說。」他望一眼隨行的侍從，輕輕一笑，「兄長看上哪個，挑走便是。」

「車上的人，我的人。」

淳于焰大笑起來，「兄長此言差矣，弟今日帶家眷返回雲川，車上豈會有兄長要的人？」說罷他突然伸出一隻胳膊將馮蘊往懷裡一拉，小臉按在胸前，任她長髮落下，而他的手指從馮蘊的臉頰滑落到她雪白的後頸，像是要掐死她，又像是某種無聲的愛撫，「兄長要的，難不成是弟的姬妾？」

馮蘊身子不自覺地繃緊，死死咬著下唇，不讓那羞人的聲音溢出來，急急喘息著，幾次想掙脫，都被淳于焰死死按住。

對她的反應，淳于焰很滿意，「我這姬妾性子野得很，只怕兄長治不住。」

「世子，將人留下，雲川和大晉交好。」裴獗的語氣是不容置疑的冷漠，他沒有說否則如何，可不輕不重的威脅，比說出來更震懾人心。

淳于焰挑一下眉，裴獗的怒氣顯而易見，他卻覺得有趣。

這可是裴獗呀！為一個姬妾打上門來找他的麻煩？若非親眼看到，誰說他都不會相信。

淳于焰眼睛都笑得瞇了起來，「實不相瞞，這是我一見鍾情，準備帶回雲川去做世子妃的姬妾……」

「我數到三。」裴獗沒有了耐性，「一！」

淳于焰嘴角微微一抽，其實在裴獗出現的時候他就知道了，不必解釋，避無可避，彼此心知肚明的兩個男人，只需要打一架。

「好，我正好手癢。若是兄長勝了我，弟將姬妾轉贈給你，也不是什麼大不了的事。」

淳于焰將馮蘊推回車廂，理好衣袍，不疾不徐地下車。

裴獗沒有出聲，躍下馬，將手上辟雍劍遞給左仲，冷著臉朝淳于焰走去。

兩個人都沒有讓侍衛插手，也不帶兵器。

淳于焰抱拳行禮，目光帶笑，「裴大將軍，請賜教……」

砰！只聽得重重一聲拳頭落肉的悶響，一記右勾拳結結實實地砸在淳于焰的臉頰。

他力量極大，面具差點兒被砸飛。

淳于焰腦子懵了片刻，擦了擦嘴角，惡狠狠咬牙，「裴獗，你不講武德！」打人不打臉，裴獗真不是體面人，專打臉。

淳于焰氣到極致，眼前又是一道拳影閃過，「好得很，那就奉陪到底了！」

兩個人你來我往，身影快速移動，衣袂翻飛，煞是好看。

車廂裡的馮蘊卻難受得快死了，淳于焰和裴獗說了什麼她聽不清，她耳朵裡嗡嗡作響，整個人熱汗淋漓，難耐的情緒急需釋放。

半開的簾帷，被風吹動，她看過去，夜幕下是一條波光粼粼的長河。

水……她需要水，水可以解去她身上滾燙的熱度，可以讓那蝕心入肺的藥性得到安撫。

馮蘊急促地喘息著，突然從馬車一躍而下，拼盡全力跑過去，一頭栽入長河。

官道上的一群人，眼睜睜看著那飄動的裙裾沉入水中，嚇得大聲呼喊，「女郎投河了！」

不知在水中沉浮了多久，馮蘊迷迷糊糊間，只覺得身子落入一個濕漉漉的懷抱，男子強勁有力地環住她，熱氣噴在後頸，讓她在烈焰和冰山中反復煎熬。

男人很沒分寸，說不出是有意還是無意，動作粗暴，薅住她的頭髮往岸上拉。

痛！馮蘊本能地反抗，雙手雙腳死命掙扎，低頭在他手背上狠狠一咬，不願離開河水帶來的舒適。

她狠，男人更狠！

一條胳膊橫在她的身前將人拖過來，動作狠戾無情，馮蘊被勒得幾乎喘不過氣。

「再動淹死妳！」低沉的聲音帶幾分喘息，男人將她拖過來，面對面裹入懷裡，堅硬的胸膛撞得馮蘊頭昏眼花。

馮蘊一怔，扭頭望去，月光肆無忌憚地落在那人的臉上，掛著水滴的小麥色臉龐輪廓分明，原本刀刻般的五官在此刻更顯鋒利，好像要將她一眼看穿。

是裴獗！馮蘊腦子裡有根弦繃斷了。

「抓緊！」裴獗圈住她的手緊了緊，眼眸暗沉，下頜繃住，「要掉下去了。」

呼吸溫熱綿長，落在耳側，馮蘊貼住他，牙齒不自覺的打顫。

炎熱時節，兩人的衣裳都十分薄透，衣料阻擋不了接觸，她清晰地感知他健壯結實的肌肉。

裴獗托著她往岸邊划，她虛軟無力攀在他身上，有一種瘋狂的叫囂在啃噬她，就要壓垮她最後的防線。

「將軍……」她輕喚。

裴獗低頭，目光定在她臉上，「別動！」

帶著一個人划水並不輕鬆，他喘著粗氣，沉鬱的雙眼裡是強勢且凶狠的力量，猶如一頭捕獵的野獸，洶湧的是獸性。

他可能想撕了她，馮蘊熟悉這樣的目光。

要不是泡在冷水裡，整個人都會燃燒起來。

不！她已經燃燒了，在裴獗身上燃燒，圈在他後腰的腳趾，在廝磨中難耐的蜷縮。難受，太難受了，衣料薄若無物，難耐的酥麻讓她無法抑制那比意志力更強十倍百倍的藥性。

「將軍……」馮蘊又喚一聲。

「閉上嘴，可好？」他的聲音壓得很低，呼吸就在耳側，透著一股難以描述的煩躁，卻十分誘人。

「閉不上……難受。」馮蘊望住那雙泛紅的黑眸，好像怕滑下去似的，纏他更緊，絲毫不知那細微的動作，帶給裴獗的是怎樣毀滅的刺激，「將軍幫幫我，嗯？」

低低一聲嗯，妖媚得要人命。

月夜裡，好久才傳來他悶啞的聲音，「如何幫？」

馮蘊懷疑他是故意的，裴獗分明也看出來她的狼狽，偏要讓她來求。

如果這個人不是裴獗，她興許還能再忍耐，可知道是他……前世三年什麼都做過，再多一次兩次又有何妨？

馮蘊雙手揪住他頸後的衣裳，軟綿綿貼上去，整個人彷彿盤坐在他的腰間，小貓般在他耳邊低吟一句什麼，然後啃向他的喉結。

裴獗瞳孔一縮，猛的按住她的後背，胳膊將人圈緊，呼吸吃緊地咬牙，托住她往上抬了抬，「瘋子！」

✣ ✣ ✣

界丘山，北雍軍營地，士兵們正在操練，揮汗如雨。

「大將軍！」

看到裴獗用披風裹住一個濕漉漉的女子，寶貝似的抱在懷裡徑直往中軍帳去，士兵們齊刷刷看過來，眼皮直跳，好像見到什麼了不得的事情。

「看什麼？繼續操練。」

「諾！」眾人齊應。

裴獗又吩咐左仲，「讓濮陽九到我帳中。」

「諾。」左仲應聲下去。

一群將士緊跟過來，圍著他滿臉興奮。

「左侍衛，那女郎是何人？」

「對啊，哪裡來的妖精，竟敢打動大將軍的春心？」

左仲一臉複雜，看到十二娘跳河輕生，大家都嚇壞了。即便是將軍那樣冷靜的人，也臉色大變，二話不說就跳下河去救人。

反而是那個淳于世子，口口聲聲要帶十二娘回去做世子妃的，看見將軍下水救人，他居然落井下石，衝上去給了將軍後肩一拳，所以將軍是帶著傷下去救十二娘的。

左仲跟將軍那麼久，從不見他這般對另一個人。

二人在河裡折騰的那一段，因夜下光線昏暗，在岸上的他們都看得不清，但左仲跟隨將軍的時間很久了，久到憑藉一絲微小的細節，就可以判斷出將軍的情緒。

那女郎定是把將軍撩得狠極了，在將軍撿披風裹住女郎的瞬間，左仲親眼看到以冷靜克制見長的將軍居然支上了帳篷！

但回來前，將軍就下了封口令，那關係到十二娘的名聲呢，怎能傳出去？

「無可奉告，將軍的私事，兄弟們不想挨軍棍就別打聽。」

濮陽九拎著藥箱來的時候，馮蘊的藥效已發作得十分厲害，一張臉彷彿在火爐上烤過，額頭上全是細細密密的熱汗，嫣紅的唇嬌豔欲滴，一聲聲氣若游絲的嚶嚀，全是男人的催命咒。

「這是中的烈藥，不疏解會死人那種呀！」濮陽九大驚小怪地瞪大眼睛，意有所指地望著裴獗，「此乃天意啊妄之，與你那陽燥之症無不契合，你何不……」

「閉嘴，開藥。」裴獗冷冷打斷他。

「是是是，我開藥，開藥。」濮陽九知道他什麼德性，替他難受，嘆口氣坐下來，又不滿地念叨，「我們裴大將軍正人君子，不屑小人行徑，更不會乘人之危。」

裴獗一言不發，平靜的臉上看不出情緒，便是濮陽九也很難想像，他是如何克制住那燃起的火焰，在近乎失控的邊緣，生生抑住了慾望。

「如何？」裴獗看著馮蘊軟白的臉頰上，羊脂玉般泛著汗津津的潤光，兩排眼睫在無措而可憐地顫動，這是要勾死人。

濮陽九正襟危坐，很懂得惜命，就像看不到眼前美景，老神在在地嘆息，「虎狼之藥啊！下手的人著實歹毒，要不是因為多年為妾之瞧病，本神醫累積了治療的經驗，且小有所成，只怕這小女郎就報廢了。」

換言之，馮蘊只是被人下藥才這樣，而裴獗卻要常常忍耐類似的煎熬。

「何人這麼心狠手辣，捨得對嬌滴滴的小娘子下手？淳于焰？」

「說重點。」

濮陽九點點頭，看他一眼，又誇張地感慨，「藥下得重，即便有我及時診治，恐怕也會傷及根本，對身子有損。」

裴獗喉結重重的滾了一下，「會如何？」

濮陽九沉著臉，說得比方才慎重，「這小女郎以後恐怕是不好受孕，當不成娘了。」

一個時辰後，馮蘊幽幽醒轉，營帳裡有擺放整齊的兵器和盔甲，長短不一，看著便沉重。她的衣裙不知去向，身上僅著一件寬大的男子中衣，蜷縮在矮榻上，像一朵飽受摧殘的花朵。

「這是何處？」

裴獗已經換過衣服，一襲深衣寬袍，背對著她，看不到那一身精實的肌肉，寬肩窄腰挺拔又頎長，明明很好看，可馮蘊總會想到那種肆虐吃人的野獸。

「醒了就吃點兒東西。」裴獗沒有回頭。

馮蘊看著左手邊櫃子上的湯碗，又看看身上的男子中衣，心裡微微發熱，「我的衣裳……」

「丟了。」裴獗言簡意賅。

馮蘊想問的是，誰給她換的衣裳。

「我。」又是一個字，裴獗的聲音聽不出什麼，好像為她換衣，是不值一提的小事。

馮蘊驀地繃緊，心臟跳得擂鼓似的。名義上來說，她是裴獗的姬妾，上輩子也同他有過無數肌膚之親。大營裡沒有女子，他為她換衣，她應該感激。可想到今天的事情，想到她昏迷時讓一個男子看光，她實在難以平心靜氣地接受。

裴獗親眼看到淳于焰那樣對她，在那條長河裡，她又幾乎失去理智般強迫裴獗和她糾纏……這不是一個正經人幹的事。

算了！她就不是正經人，那裴獗自然也不會認為幫她換身衣服，她會覺得難堪或者羞澀吧？

馮蘊揉了揉額角，「幾時了？」

「夜深了。」

回答了，又相當於沒回答。

馮蘊抿了抿唇，「多謝將軍搭救。」

「嗯。」裴獗低低應一聲。

「放走敵軍，是我的不對，橫豎我今日的醜態都讓將軍見著了，是打、是罵，還是要罰，全憑將軍做主，我絕無二話。」

裴獗終於回頭看她，「妳該叫我什麼？」

馮蘊一怔，「將軍？」

「這麼叫，我便保不住妳。」

裴獗目光很深，像是深淵幽冥，就好像永遠也走不出來的前塵舊夢，看得她心如亂麻，「我明白。」

放走溫行溯，那是大罪，即使裴獗不追究，大晉朝廷呢？還有李桑若呢？他們會輕易饒過她嗎？當然不會。

「所以將軍希望我如何做？」

裴獗靜靜打量她，「喚一聲夫主。」

馮蘊愕然，「將軍存心要保我，何人敢為難？是太后殿下會問罪於我嗎？」

她克制著情緒，自認為平靜從容，可過往傷口翻開來全是疼痛，不經意就流露出夾雜著埋怨的自嘲。

當即惹來裴獗的探究，「何人告訴妳的？」

「晉國朝廷裡比將軍權重的人有幾個？何需別人來告訴？」

裴獗沒有說話，朝她走過來，姿態高高的，神態冷冷的，一步步走近，高大的身影在馮蘊的頭頂覆蓋出一片暗色。

「將軍？」馮蘊疑惑抬眉。

他不應，突然伸出一隻胳膊，堅定有力地繞過她的後背，在她的錯愕裡，扣住她的腰往懷裡一拉，「記住，我不讓妳死，無人敢動妳。」似乎怕她不長記憶，手又緊了緊，「下次跳河前，問問我，允是不允！」

跳河？他以為自己是羞愧尋死？

馮蘊有點兒納悶，但很難因此而感動，為這樣一句話，不值一提的話。

她不會那樣不爭氣，但她識時務地說了聲謝謝。

「但妳該受此懲罰。」裴獗扶在她腰間的手沒有動，傳出的熱度卻十分驚人。

瞧，這樣冷漠的一個人，呼吸是熱的，身子也是火燙的，烙鐵般透過來，彷彿要將她融化。

馮蘊嘴唇乾澀，有點兒渴，輕拂微濕的頭髮，順從地點頭，「將軍要如何懲罰，我都依你。」

裴獗瞳仁微縮，在她貼上來時身子便僵硬了，一時無法作答。

柔軟的，小意的，這樣的馮蘊有一種令人難以抗拒的魔力，哪怕明知道她在偽裝，但是當她的臉靠在懷裡，眼睛溫柔地看他，就會帶走他所有的戾氣和狂躁，僅剩撥動人心的溫柔，帶給他滔天的快意。

兩個人眼對眼，心知肚明——裴獗想要她。

「馮氏阿蘊。」裴獗喉頭也乾啞得不像話，聲音裡是說不出的壓抑，「妳想好了？」

馮蘊低低地嗯一聲，她想好了，反正溫行溯已經離開裴獗的魔爪。大兄活下來了，這比什麼都強。男女間的事情，無非如此。那麼多人肖想的裴大將軍，她吃了不虧。

反正在她心裡，裴獗也就是個工具。這樣一副好皮囊，不趁著乾淨的時候享用，難道要便宜李桑若？

既然無論她做什麼，李桑若都不會放過她，那何不舒舒服服地噁心她一下？

再相愛又如何，李太后也要吃自己剩下的。

馮蘊很坦然地點頭，「我想好了，將軍想好了嗎？」

裴獗慢慢地抽回手，那動作輕緩得近乎纏綿，平靜的聲音裡沒有起伏，說的話卻如同驚雷，「那等天亮我送妳回去，過兩日，讓妳兄妹相見。」

馮蘊保持的冷靜，頃刻崩裂，這句話包含的資訊太多了，裴獗不僅知道她救的是齊國將領，還知道那是溫行溯！而且溫行溯此刻也落入了他的手中。

馮蘊呼吸都繃緊了，仍心存僥倖，「將軍玩笑了，我大兄人在信州，如何與我相見？」

「在石觀縣的碼頭抓到的。」

馮蘊身子微微軟下去，那種再次落入命運輪迴的無助，讓她有片刻的恐懼，但很快便清醒過來。

塵埃未定，勝負未分，不到放棄的時候。

馮蘊輕輕一笑，將臉貼近些，「將軍要如何處置我大兄？」

裴獗沒有回答，掌心扶在她肩膀上將她推離自己，「本將很欣賞寧遠將軍大才，姬應勸降。」

馮蘊腦子嗡嗡作響，整個人虛脫一般，「如他不肯降，將軍怎麼做？」

裴獗臉色沉凝，「方才教過妳，如何喚我？」

「夫主？」馮蘊聲音有點兒顫，上輩子不是沒有喚過，但從來沒有這麼正經地喚過，大多是溫存到極致時才會這般親昵，裴獗聽得受用了，便會早些收兵放過她。

「很好。」裴獗低頭，呼吸溫熱，目光卻冷漠。

馮蘊從他的語氣輕易便可察覺出來，裴獗對她是有感覺的。但動情，不是動心，所以她不會因此而沉淪，放棄自我。反而更想趁著這個時候，掙扎出一條自己的出路。

失身於裴獗不算什麼大事，反正她也沒想過要為誰保住清白，前提是要留下溫行溯的命。

馮蘊揪住他的衣角，「將軍可知何謂夫主？」

裴獗望著她不說話。

「夫主是女子的天，是無論何種處境，都要不離不棄的保護，是同甘共苦的依靠，將軍做不到，何苦為難我？」

裴獗冷靜的面孔，有深深的意外。

也許裴大將軍沒有想到，他已經恩准她這個敵國女俘喚一聲夫主，如此抬舉她了，她居然如此不識好歹！

馮蘊沒有聽到他的回應，了然一笑，在他冷冷的目光裡，繼續道：「若是將軍喜歡聽，我可以叫，但有兩個條件。」

裴獗眉頭皺了起來，「說。」

「我一心想做將軍的幕僚，助將軍大業。私下裡，將軍想聽什麼我便喚什麼，我不太在意。但我此生不入將軍後宅虛度光陰，只做自己營生，若有一日將軍厭倦我了……」

幾乎下意識的，馮蘊想到上輩子被裴獗逐出中京那天。

她早知李桑若喚他前去是做什麼，因為方公公在前兩日已經帶著太后殿下的口諭過來警告過她，媚惑將軍的下場。

她當時以為裴獗不會聽從，三年的陪伴，不說那些暗夜裡的耳鬢廝磨和抵死交纏，便是裴獗那剛硬不屈的性子，也不會任由別人拿捏。

她是裴獗房裡的人，陪他睡了三年，不說她是一個人了，哪怕是一條他養了三年的狗，也有感情，不是嗎？

那時的馮蘊很篤定，裴獗那樣貪她，不會輕易捨棄，可誰知，她連狗都不如？

當夜回府，裴獗便去了書房，坐到半夜才來到她的房裡，告訴她會派人將她在安渡郡的莊子收拾出來，讓她住回去。

「是太后逼將軍的嗎？」

「沒有。」

「是將軍要娶妻了嗎？」

他想了想，「也許。」

她不死心，再追問，「那將軍何時接我回來？」

他沉默不語，悶頭把她壓在榻上，欺負了整整一宿，直到天明才起身。

那是他們在一起三年來，裴獗走得最晚的一天。

克制到骨子裡的裴大將軍，第一次沒有早起。

但那也是馮蘊最傷心的一天，因為她後來仔細想過，他們的渠兒，應該就是那天夜裡懷上的，他倆作了大孽。

「繼續說。」裴獗的聲音冷冽異常，將馮蘊神思拉回。

她抬頭看著裴獗，想到他們那個困在昭德宮中生死不明的孩子，眼圈突然就紅了，「待將軍厭倦我，我便自去，兩不相欠。」

「其二呢？」

「我身子弱，為免將軍子嗣罹病，今後不會為將軍孕育孩兒。」

裴獗黑眸驟然一冷，沒有哪個姬妾不想為夫主生兒育女，以便鞏固地位，可馮蘊打的算盤怎麼聽都是為了有朝一日可以灑脫地離他而去！

這不是男子會理解的事情，馮蘊也不期望裴獗會明白她，只是闡明好自我的立場，接不接受都是他的事。

「將軍不肯，那我寧死不從。」

這是一個極度冷漠、極度克制，同時又極度驕傲和自負的男人，他是不會為了一個女郎低頭的。

馮蘊知道這一點，但不後悔這麼說。

好似過了片刻，又好似過了很久，耳邊終於傳來腳步聲。

裴獗離去了，馮蘊抬頭只看到他拿著佩劍出去的背影，沒有半句話。

次日天沒亮，裴獗就回來了。

馮蘊不知道他夜裡去哪兒睡的，也沒有問，但裴獗要親自送她回去，馮蘊卻有些意外。

在這個節骨眼上離營，他的行為讓馮蘊很是不解。

從界丘山營地到花溪村的田莊好幾十里路，好在這個時辰，剛好可以避開暑熱，裴獗又為她找了輛營裡拉貨的馬車，坐著倒也舒坦。

沿著河岸的官道，有微風輕拂，一些是發生過的，一些是尚未發生的事情，糾纏得她神思恍惚，喝了濮陽九留下的藥，她漸漸沉入夢鄉。

「不要過來……救命……蕭郎……救我……」

馬車停下來，裴獗打開簾子看過去，女郎正靠在軟枕上，呼吸輕淺，眉頭緊蹙，好像做了什麼噩夢，嘴唇翕動著，額頭一層薄汗，臉上是肉眼可見的恐懼。

裴獗凝視片刻，放下簾子，回頭吩咐車夫，「慢些。」

左仲看著將軍打馬在前，眉間輕鎖，難得地多了句嘴，「十二娘很有才能，看她籌集糧草，打理內外庶務，一應井井有條，尤其……一介女流，竟能想出那些治民之道。莫說屬吏，我看她，太守也當得。」

「你今日話倒是多。」

左仲連忙垂下眼請罪，「屬下是不忍將軍為軍務操勞，還要兼管民生，若有女郎這樣的賢人相助，便可輕鬆一些。」

「你、敖七、葉闖，你們幾個都看好馮氏。」

左仲心裡微驚，將軍話裡好似有另一番深意，硬著頭皮道：「屬下惶恐，僭越了。」

此時天色尚未亮透，裴獗什麼表情，左仲看不分明，但將軍身上冷冽的氣場，讓他有點兒後悔多嘴。

侍衛的命，操什麼將軍的心？好在裴獗沒有多說什麼。

一路無言，馬車駛入田莊，馮蘊仍沒有醒。

大滿和小滿在車外惶惶看著，正想壯著膽子上前去叫女郎，卻見將軍動了，他撩開簾子，在車壁敲了兩下。

不輕不重的聲音，足以讓馮蘊從昏沉沉的夢境裡醒來。

「是你？」馮蘊有短暫的凝滯，好像看到裴獗是一件多麼驚訝的事情，眼神遲鈍迷茫，還有些不確實，表現得有點兒不同尋常。

裴獗微微傾身盯住她。

馮蘊眼瞼顫動一下，對上那抹冰冷的目光，立馬醒神，不是夢是真的裴獗，活生生的裴獗！

她揉了揉額頭，「方才是將軍喚我？我睡暈頭了。」

「夢到什麼？」

馮蘊垂下眼，「夢到我的阿母，她教導我，要打理好田莊，亂世當頭，吃飯最為緊要，旁的事都可放到一邊。」

裴獗看她一眼，沒有多說什麼，緩緩伸出一隻手。

馮蘊看過去，他的手指節修長，指腹有薄薄的繭，很有力量，她下意識將手遞過去，「多謝將軍。」

裴獗握住她，很用力，好像要將她的手揉碎。

這種力氣令馮蘊心驚肉跳，她側目望一眼，見裴獗表情冷肅，像塊沒有溫度的木頭。要不是交握的掌心傳來的熱度，她會懷疑這根本就是一個沒有感情的冷血怪物。

滿院子都是人，有敖七和北雍軍侍衛，有田莊裡的雜役婢女，有邢丙和他手下的梅令郎，還有暗暗興奮地等待將軍大發雷霆的林娥等姬妾。

他們靜靜地等待著，即將到來的處刑。

裴獗牽著馮蘊從人群中間走過，這態度讓忐忑的眾人心裡更加沒底。

「妳認為下藥的是何人？」裴獗的聲音很低，沒有稱呼。

一個簡單的「妳」字，讓馮蘊情不自禁抬頭看他一眼，「將軍不是懷疑淳于焰嗎？」

「不是他。」裴獗說完，又補充一句，「他說不是他。」

他說不是他，你就信嗎？沒想到裴將軍有如此天真的一面呢！

馮蘊不知道昨天兩個男人打鬥的結果，低低一笑，「嗯，不是他。」

裴獗飄來一眼，與她的目光在空中對上。

第十二章 心腸歹毒

這是馮蘊的田莊，拿到地契那一刻就算是她的私產了。但裴獗好似這個莊子的男主人，往正堂主位一坐，婢女便乖乖地奉上了茶盞。

馮蘊一看，滿堂屏氣凝神，連敖七都垂頭喪氣地立在堂上，於是默默在他的下首坐下。她不知裴獗要做什麼，臉色稍冷，默默無言。

在外人看來，二人竟有些夫唱婦隨的模樣。

整個田莊裡鴉雀無聲，每個人都在想，將軍會怎樣治罪？

裴獗端起桌案上的茶徐徐飲一口，動作優雅，和「悍將」、「蠻夫」等字眼沾不上一絲半點兒的關係，讓人只注意到他英俊的外表，而忘去他是殺人飲血的戰場閻王。

「妳來審。」裴獗突然看向馮蘊。

一聲吩咐沒頭沒腦，馮蘊卻聽懂了。不質問她為何要放走溫行溯，也不來治敖七等人的罪，而是先審她被人下藥的事情。裴獗的行為，很耐人尋味。

這是大將軍想看看她有沒有做謀士的能耐嗎？馮蘊沉吟一下，「將林姬押到堂上來。」

林娥方才還在院子裡張望，想看馮蘊的熱鬧，哪知事態突變？

冷不丁被點名，看馮蘊一臉不善，她不由雙腿發軟。

到堂時，不等發話，她便盈盈朝裴獗拜伏下去，聲音嬌滴滴的，「妾見過大將軍。」

裴獗低頭飲茶，一言不發。

馮蘊冷笑，「林姬心腸好歹毒，只因我安排妳到田莊幹活，就給我下藥，想置我於死地？」

林娥面色一變，她是有聯絡方公公，那頭也有給她毒藥，可她不是還沒有做嗎？此事無人知道，馮蘊就被人擄走了，她正高興呢，沒想到不僅被將軍救回來，還直指她下毒!?

「沒有……妾沒有。」林娥矢口否認，「妾被十二娘安排到田莊鋤地，頭頂烈日、腳踩黃土，每日豬狗般勞作，從不敢有半分怨懟，又哪裡敢生出歹毒心思？」

馮蘊哼笑，都這個時候了，還想在將軍面前告狀，說她派她們做苦工，虐待她們嗎？

「是不是林姬下的毒，一搜便知。」馮蘊看了裴獗一眼，見他沒有插手的意思，又平靜地道：「阿樓，你請兩名將軍的侍衛去林姬房裡搜。」

為什麼要帶裴獗的侍衛，自然是怕有人說她陷害林娥了。

阿樓應下，匆匆領人去了，很快就興沖沖帶著東西回來稟報，「女郎，林姬的妝盒裡發現這個！」

馮蘊讓人拆開，裡頭是帶著腥味的土黃色粉末，「拿到林姬面前。」

林娥低著頭，不敢多看，身子有些跪立不穩，顯然是心虛害怕了。

「林娥，這是什麼？」

林娥瞟一眼，眼神有細微的變化，隨即低下頭去，「妾不知，妾不曾見過。」

「是嗎？那不如妳來品鑒品鑒這是何物？」

林娥嚇得臉都白了，這樣的虎狼之藥當場吃下去，她還有何顏面？往後還如何服侍將軍？

「妾，妾想起來了，這是妾前些日子買來敷面用的，放在妝奩裡便忘了。」

「看來林姬很是健忘啊！」馮蘊沉下臉，厲聲吩咐阿樓，「給我灌！等林姬嚐了味道，說不定記憶就回來了。」

「不，不要……」林娥神色大變，在阿樓的手上掙扎，眼看那粉末就要入嘴，她嚇得尖叫出聲，「妾說……妾什麼都說！」

馮蘊示意阿樓停手。

林娥鬆口氣，跪地上前，仰頭看著裴獗，懇切地道：「此事妾不敢對外人言，請將軍先屏退左右。」

當著眾人的面說出是方公公指使，即使她今日僥倖活命，來日也逃不出太后的手掌心，林娥不蠢，不敢這麼做。

馮蘊看裴獗不應，笑道：「依她吧！」

裴獗這才擺了擺手。

堂上的人都下去了，獨留裴獗和馮蘊以及快要虛脫的林娥跪在堂中，「將軍，妾有罪……」

沒有打罵，沒有上板子，林娥當場便哭哭啼啼地交代了，清清楚楚。

她嫉妒馮蘊得裴獗的寵愛，又氣恨馮蘊將她丟到田莊做粗活，便托了以前在玉堂春的相好，給方公公帶話，以表忠心。

沒想到方公公很快就差人捎來藥粉，並再三叮囑，讓她要找好機會才下藥，不可輕舉妄動讓將軍察覺。

「妾害怕這東西會要人命，拿回來後便藏在妝盒裡，並不敢用……」說到這裡，她又趴伏下去，梨花帶雨的訴說衷情，「自妾第一次見到將軍，便被將軍風姿折服，心生愛慕，不能自拔。妾想要服侍將軍，可十二娘多方阻撓，竟將妾等放到田莊裡，日曬雨淋，粗活加身，妾恐失了顏色，為將軍所棄，這才有了埋怨，但妾善心未泯，並沒有狠心下手啊！」

馮蘊不做將軍的主，笑看裴獗。

裴獗皺眉，又端茶盞。

林娥見狀，又嫉又恨又害怕，一雙淚眼轉向馮蘊，又爬過去朝她重重磕頭，「女郎饒了妾吧！妾嫉妒妳是真，但從沒想過要謀害妳的性命啊！女郎中毒的事，妾不知情，當真冤枉啊！」

馮蘊沉著眸子，也不看裴獗，「我上次在府獄提人，與方公公有言語衝撞，原以為已當場化解，不曾想……竟生出這等誤會！」她完全不提李桑若，「此事如何處置，由將軍做主吧！」

裴獗滿臉寒意，儘管林娥還在叩頭求饒說自己冤枉，可他已然沒有聽下去的耐心，「來人，拖下去杖斃。」

兩個侍衛走進來。

一聽杖斃，林娥渾身一僵，哭聲便沒有了，只有眼淚啪啪往下掉，臉上是扭曲的恐懼，「將軍饒命啊，妾沒有下毒，妾冤枉啊！」

她不甘吼叫，可沒有人聽她信她，兩個侍衛走進來一左一右攥著她的胳膊拖出去了。

馮蘊看著她遠去的背影，略皺一下眉，「我的事解決完了，該聽候將軍發落了。」

她指的是私放溫行溯的事情，裴獗說了她該受懲罰，就不會放過她。

不料，裴獗表情仍是淡淡的，「此事，就此作罷。」

馮蘊難以置信，鐵石心腸的裴大將軍會這樣放過她!?

私藏敵將和放走敵將，隨便哪一條都可以讓她和林娥落得一樣的下場。

裴獗面不改色，喚來敖七，「吩咐下去，出了田莊，若還有人提及今日的事，一律殺無赦。」

他沒有多說，但敖七明白他的意思。不可提及溫行溯的事情，也不可提及馮蘊被人下藥的事情，否則腦袋就不用要了。

舅舅對十二娘真是恩寵有加，這麼大的事情，就為保全十二娘的名聲，不僅不追究十二娘，連同他們也都饒過了。

敖七悶頭悶腦地站在那裡，傻傻不動。

裴獗眉頭微皺，「還有事？」

敖七回過神來，看著裴獗眼裡一掠而過的冷光，心裡一亂，連忙抱拳行禮，「屬下看守敵將不力，原該受罰，請大將軍治罪。」

「下去吧！」

「諾。」敖七內心很不平靜，如果舅舅像往常那般罵他兩句，甚至罰他軍棍，他反而踏實一點。可舅舅用這樣的眼神看他，讓他有一種無所遁形的羞愧，就好像衣袍下藏著的隱私被他察覺了一般。

敖七懊惱，煩悶，一顆心像墜入冰窖，又放到火上烤。

一下冷一下熱，他理不出頭緒，出門時垂著頭，一副如喪考妣的模樣。

而莊子裡的其他侍衛和梅令郎都長鬆一口氣，撿回一條小命，他們都十分感謝將軍對十二娘的疼愛。

馮蘊卻不這樣認為，人人都道她受寵，但在她看來，裴獗這麼做，無非是為保太后清譽罷了。林娥交代出方公公下藥陷害的事情，那方公公背後的人是誰？裴獗比誰都清楚。

這樣的處置，與其說是裴獗饒過她和眾人，不如說是一種等價的交換，令大家都守口如瓶。

堂上只剩他們兩人了，馮蘊面色不顯地看向裴獗，「多謝將軍不殺之恩。」

這一聲謝說得不那麼真誠，裴獗聽出來了，皺了皺眉，「姬還有不滿？」

「沒有，將軍大度，饒我之過，我哪敢辜負將軍的心意，做出讓將軍為難的事？」

裴獗垂眸，只是飲茶。

馮蘊沉默片刻，起身走到他的面前，深深揖了一禮，「但此事全因我的緣故，大兄無辜，還望將軍高抬貴手，饒了我大兄。」

她嗓音婉轉，很是動人。因了那藥傷身的緣故，臉色看上去仍有些慘白可憐。

裴獗看她片刻，才道：「我信。」

馮蘊剛要道一聲謝，又見他瞇了瞇眼，「他是無心，妳是有意。」

馮蘊一顆心又提了上來，「那將軍準備怎麼處置我，還有我大兄？」

她始終不信裴獗會就此揭過，這人心狠，必會有後招。

「姬是我的人，罪由我領。溫行溯不同，犯到我手上，須得從重處罰，以正軍規。」

裴獗的意思很淺顯，就是他可以饒恕馮蘊，卻不可以饒過溫行溯。

裴大將軍行事如何，馮蘊有所瞭解，不想在這個問題上與他爭執或是糾纏，那樣對溫行溯有百害而無一利。

於是她莞爾一笑，「行，那將軍給我阿兄留條命，容我慢慢勸他歸降。」

裴獗手指在膝蓋上輕叩兩下，神色淡淡的，「好。」

有了這聲好字，馮蘊緊繃的身子又稍稍放鬆了一點兒。

別的不說，裴獗是重諾的人，他既答應，大兄暫無性命之憂。

馮蘊想了想，溫聲道：「奔波一日，將軍想必也餓了？不如我們先用飯，晚點兒歇下再細談？」

裴獗黑眸微深，朝她看來。

她什麼也沒說，神色也平靜自然。

兩人目光在空中相交，似有火光碰撞，又似有一種奇怪的默契。

馮蘊沒有露骨的暗示，但話裡的意味十分明顯，她願意為了溫行溯而妥協，為溫行溯的命她什麼都可以做，包括小意溫柔地侍候他。

裴獗雙眼沉冷地看她，「不了。」然後便起了身，「我還有事。」

聽著裴獗沉穩的腳步聲漸漸離去，馮蘊錯愕了片刻才反應過來，並且確信，她被裴獗拒絕了。馮蘊愕然一瞬，隨即長鬆一口氣，楚楚可憐的小臉，以肉眼可見的速度恢復平靜，嘴角甚至掛出一抹若有似無的笑。

大將軍是何等驕傲的人，裴獗要她，但他不會這樣要她。

當然，如果裴獗當真因此留下來，馮蘊也不會為難。她確實已經想好了，早晚挨一刀，裴大將軍挺好，有那個本錢。

何況還可以噁心李桑若，是真不虧。

但他走了，馮蘊也樂得輕鬆，畢竟真要走到那一步，她還是需要點兒心理建設，那男人野獸似的，不好應付。

馮蘊灌了滿滿一杯涼茶，才叫來阿樓詢問，「林娥如何了？」

阿樓緊張地回頭把門合上，這才走到馮蘊的身邊，把他方才從林娥房裡繳來的那一包藥粉交到馮蘊的手上。

馮蘊接過來看一眼，「人死了嗎？」

「兩個侍衛下了重手，林姬已奄奄一息。左侍衛說，等一下找個地方挖個坑，埋了便是。」

「我去看看。」

快立秋了，天氣乾燥悶熱，梅令郎們拎了水桶在渠邊洗腳，不遠處，被打得皮開肉綻的林娥就像一攤爛泥似的，被人丟在涼棚下，血濺一地。

花容月貌的玉堂春頭牌娘子，那一副多少男子肖想過的肉體，如今已經沒有能看的地方了。

左仲是懂得怎麼讓人吃苦頭的，打而不死，在疼痛的折磨中慢慢死去，這個過程比死亡更煎熬。

馮蘊不知別人看到林娥的下場會怎麼想，但方才出來看到那些姬妾，已沒有人敢正視她的眼睛，想來可以消停一段日子了。

林娥已經不行了，看到馮蘊撐著傘款款過來，那裙裾飄飛的矜貴模樣，眼皮用力抬起，不知是想求救，還是懊悔，烏紫的嘴巴一張一合。

「痛嗎？」馮蘊走到林娥的身邊，佇立片刻，慢慢蹲下看著她，「妳原本可以好好活著，偏要尋死，太想不開了。」

林娥的眼裡突然迸發出一抹怒意，又更像是疑惑、委屈，或是更多的什麼情緒。

馮蘊知道，林娥心裡有疑惑，放在妝奩裡的藥包，她自己沒有打開，為什麼馮蘊就被人下了毒？不弄清楚這個，林娥死也不瞑目。

「真傻。」馮蘊幽幽一嘆，「我其實從無害妳之心，而妳雖然沒有給我下藥，卻不是因為妳心存良善，而是我沒有給妳下藥的機會。我知道妳很疑惑，我為什麼會知道這件事？」俯身，在她耳邊輕輕說了兩個字。

林娥瞪大雙眼，死死盯住馮蘊。

看她憤怒而無助，馮蘊並不覺得開心，她知道死亡的痛苦和絕望，又是一聲感慨，「妳是不是還想知道，到底是誰給我下的毒？」

林娥說不出話，只能對馮蘊眨眼，表示她強烈的想知道的願望。

馮蘊將林娥的樣子看入眼裡，腦子裡浮現出的是上輩子死在齊宮的那個馮蘊，於是苦笑，「有時候，人吃了太多苦，受了太多罪，性子就磨得狠了。對別人狠，對自己更狠。」

林娥恍悟一般張大嘴巴，那難以置信的眼神，在馮蘊的笑容裡慢慢變成驚恐。

最高明的獵人總是以獵物的姿態出現，那藥確實是馮蘊自己服下的。

在她得知林娥和方公公有所勾連時，隱忍不發，就等著這樣的機會，借力打力。

她救下溫行溯，藥倒敖七等人，再放走溫行溯，只要不離開安渡，那接下來就必然會面對裴獗、李桑若，乃至大晉朝廷的狂風暴雨。

此時的她還很弱小，即便重生也沒有抵抗強權的實力。

人在沒有力量抗衡的時候，只能借力，於是她想了「一箭三鵰」的計畫。

自己服下毒藥，再安排好信任的梅令郎，假裝被劫持，上演苦肉計，一來可以消滅一點兒裴獗的怒火，二來可以反手栽贓給方公公，順便離間裴獗和李桑若的感情。只要裴獗對她還有興趣，就不會輕易讓人置她於死地。

三來，服藥也是為了不再受傷害，身在亂世，她不可能永遠冰清玉潔，也沒有一輩子守身如玉的打算，但不想再經歷生育之苦，更不想留下遺禍，讓前世的痛苦再來一次，那不如服下虎狼之藥，一了百了。

只是她沒有想到，半路會殺出一個淳于焰，搶在兩個梅令郎的前面劫走了她。

馮蘊看著奄奄一息的林娥，淡淡開口，「枉妳在男人堆裡摸爬滾打，卻不懂男人。林姬呀，我從來沒有把妳當成對手。是妳想不開，死得不值。女子最不該的，就是肖想本不在意自己的男人。」這話說給林娥聽，也提醒著自己。

林娥的眼淚滾落下來，一動不動地盯住她，用盡最後一點力氣，從齒縫裡擠出三個字，「妳……好……狠！」

馮蘊笑了，對自己狠有什麼錯呢？她沒有主動害人。

如果林娥不存害她的心，就不會被她反將一軍，可即便這樣，她也只是逃脫了裴獗的責罰，讓林娥得到了報應，卻無損李桑若一絲半毫。

這大概就是男人的偏愛吧！她費盡心機才能苟全性命，讓裴獗看在她是受害者的份上，不再責罰她，並親自出面保她。而李桑若什麼都不用做，就可以得到他全力地維護。

林娥就那樣瞪大雙眼看著馮蘊，痛苦地離開了這個世界。

馮蘊將手心蓋住林娥的眼睛，待她眼皮合上，這才默默扶著膝蓋起身，像是不耐久蹲，她的動作緩慢得如同一個上了年紀的老嫗。

「女郎……」阿樓走過來扶她。

馮蘊搖頭，「我沒事，就是腿酸了。」

阿樓跟她這麼久，對她的性子有些瞭解，當然知道她不單單只是腿酸而已，「那個藥，真的沒事嗎？」

「沒事。」馮蘊笑容不變，「有濮陽醫官在，能有什麼事呢？」

阿樓半信半疑，想想又有些懊惱，「是小人辦事不力，這才生出這樣多枝節。眼下葛廣和葛義兄弟倆還下落不明，小人心下惶惶，會不會是落在了雲川世子的手上？」

昨天，葛廣和葛義在屋外準備好了，只等馮蘊推窗的信號就現身「劫人」，甚至後續要如何脫身，他們都已經做好了周密的計畫。

誰知馮蘊會被淳于焰劫走，而葛廣和葛義不知去向。

馮蘊也懷疑過是淳于焰帶走他們，但昨天在馬車裡，淳于焰半分沒顯，她拿不準，「落在淳于焰的手上，要是老實交代，應無性命之憂。怕就怕在，他們嘴緊不肯說出實情，會吃苦頭。」

阿樓很是發愁，「葛廣和葛義兩兄弟，是不會背叛女郎的。」

那麼淳于焰為了洗清自己，一定會重刑審問，他們不肯招，就要受大罪了，更令人害怕的是……

「如果不在雲川世子的手上，如何是好？」

馮蘊知道阿樓和梅令郎相處這些日子，同甘共苦，已親如兄弟，見他發愁，只得鎮定安撫，「我想辦法找淳于焰，探一探他的口風。你那邊繼續派人去找，無論付出什麼代價，也一定要把人找到。」

阿樓重重點頭，似是想到什麼，又壓著嗓子問，「女郎，苑嬙如何處置？」

馮蘊回頭，看一眼蜷縮著死去的林娥，「留不得了。」

一個背叛姐妹的人，可恥且不可信。如果不是苑嬙，馮蘊掌握不了林娥那些隱私的事情。

「將軍有一句話是對的，只有死人才能閉嘴。」

苑嬌人如其名，是個看上去嬌裡嬌氣的小娘子，很是勢利眼。初入大營時，她跟著林娥欺負馮蘊，小心思也不少，後來看馮蘊得勢，馬上就調轉風向投誠馮蘊，這樣的人嘴巴如何守得嚴？

阿樓咬了咬牙，「那小人即刻去辦。」

馮蘊看著他，笑了下。

人真的是可以鍛鍊的，以前的阿樓瘦弱膽小，殺隻雞都要閉著眼睛，現在他雖然也怕，但有膽色辦事了。

「苑嬌有個嗜賭好鬥的兄長，打小就欺她、打她，為償還欠下的賭債，甚至攛掇父母把她賣給鴇子，苑嬌對他恨之入骨。不要讓她一個人上路，免得孤單。」

阿樓察覺到主子眼裡懾人的冷光，心跳得突突的，眼前還是那個木訥溫吞被人稱蠢的十二娘嗎？

阿樓拱手行禮的姿態，比平常更為恭敬了幾分，「小人明白。」

馮蘊沒有再說什麼，撐著傘慢慢走回院子。在她的背後，兩個侍衛拖著林娥的屍體往田野裡走，裹身的草薦都沒有一張，一身豔骨軟綿綿的，下場淒涼。

而從田莊出來，裴獗直奔北雍軍大營。

左仲跟在他後頭，察覺到將軍情緒不佳，大氣都不敢出。

回到營房，裴獗在中軍帳裡尋找片刻，從一個紫檀木匣子裡找出一塊玉佩，遞給左仲。

左仲正要伸手去接，裴獗卻鬆開了手，玉佩摔在地上，瞬間碎成了三塊。

左仲嚇得臉色一變，這塊玉是太后殿下找白馬寺的高僧開過光的，是一塊平安玉。當日將軍連下三城，太后專程差人送來，並帶話說，此玉可保佑將軍平安，戰無不勝，無病無災。

玉如今摔碎了……左仲脊背一涼，立馬抱拳，單膝跪地，「將軍恕罪，屬下一時不查……」

「不，是我摔的。」裴獗沒有看地上的碎玉，冷聲吩咐左仲，「快馬送去中京，交還太后，並請太后治罪方福才，下毒傷人罪。」

左仲愕然抬頭，打量裴獗的臉色，一片冷寂，沒有商量的餘地，「諾，屬下即刻去辦。」

三塊碎玉摔得不太平整，通體瑩綠，是難得的珍品，左仲小心翼翼地撿起來，找一張黃紙包上，卻是想不明白。

好好的玉佩為什麼要摔碎？將軍將其帶給太后，是要表達什麼呢？

左仲不明白，李桑若看著掌心裡的三塊碎玉，卻是明明白白，俏目透紅，隱隱已有淚光。

「寧為玉碎，不為瓦全，他這是在提醒我，給我敲警鐘呢！他要那個賤妾，他護犢子了，不讓我再動他的人。你說說，他的心為什麼這樣硬？」

年輕太后的聲音，一句比一句尖利。

方公公額頭冒著細汗，盤算著整件事情的前因後果，想著自己給林娥的那包藥，整個人戰戰兢兢，「殿下，這，這中間定有誤會，將軍……可能受了那個賤妾的挑唆，錯怪了殿下。」

「誤會？」李桑若猛的掉頭，目光淒厲地盯住他，「我送的玉他都不要了，你說是什麼誤會？我誤會他什麼了？褻瀆皇權，不尊太后，他裴妄之就沒把我放在眼裡！」

方公公撲通一聲跪下，狠狠扇了自己一耳光，「殿下，是老奴辦事不力，害得殿下被將軍誤會了。請殿下將老奴交給將軍發落，以消將軍心頭之氣，只要殿下得償所願，老奴……老奴死而無憾啊！」

「哼！」李桑若冷冷地坐下來，「一個賤婢而已，他要多少，哀家就可以賞他多少。為何偏生要那個馮十二娘？她到底有哪裡好？誘得他這般入魔，為了她，殺害哀家所賜的姬妾，甚至摔壞哀家給他的玉！」

方公公答不上來，一個殘缺不全的男子，能想出來的理由，也無非是為美色而已。

「是我不夠美嗎？」李桑若當真傷心了，她從來沒有在宮人面前這般失態過。淚目盈盈，泫然欲泣，看得方公公都心軟了，「太后絕豔過人，世間何人可比？」

李桑若扭頭看他，笑得比哭還難看，「那他為何拒絕哀家，偏要那賤婢？」

方公公心下一陣突突跳個不停，他雖然是太后的心腹內侍，但聽多了這樣的隱密，也怕被她殺人滅口的啊！

其實太后是很好哄的，但這事他也為難，絞盡腦汁才為將軍找到一個藉口來安慰太后，「將軍本不重慾，又顧及殿下的身分，自然要守君臣大禮，但依老僕看，這麼多年，將軍身邊都沒個侍候的人，不是心裡惦記著殿下，是為什麼？血氣方剛的男兒，心裡沒個人，又如何守得住？」

「那她為何突然收了馮十二娘那個賤婢？」

「說不定是那賤妾修習了什麼媚術？」

「是嗎？」李桑若的臉色好看了許多。

仔細一想，確實是這般，以裴獗的為人，要不是心裡有她，又如何會拼盡全力托舉她的匡兒登上大位？要不是心裡有她，又如何會親口對她承諾，將為匡兒的江山，鞠躬盡瘁，死而後已？又如何會說出有他在一日，必會保他們「母子平安，江山永固」這樣的話？

可他到底還是為了一個女郎，要與她作對了。

其實，李桑若並不在意裴獗有侍妾，這世間哪個有本事的男子身邊沒幾個鶯鶯燕燕？

令李桑若痛恨的是，裴獗把別的女子放在心坎上，寵著，護著，憐惜著，看得眼珠子似的，還不許她碰！

李桑若的心，從來沒有這麼空，她想了許多理由來安慰自己，可空掉的地方就是填不滿。

夜裡的油燈慢燃輕爆，方公公朝侍立在帳外的俏郎君使了個眼神。

那俏郎君點頭會意，走到李桑若的面前，徐徐拜下，「殿下，可要小人陪您用些夜食，說說話？」

「滾！」這個侍衛叫宋壽安，眉眼與裴獗有幾分相似，但身子清瘦，個頭也沒有裴獗高大，但他已經是方公公找遍大晉，好不容易才找回來的人了。

宋壽安在嘉福宮裡侍候的日子還不長，平常他溫聲軟語地對太后說幾句話，總能討得太后歡心，得些賞賜，哪知今日上去就觸了霉頭！

宋壽安不敢逗留，低著頭，後退出去。

「等等。」李桑若突然扭頭看著他。

宋壽安受驚地抬眼，目光裡滿是怯意。

這是李桑若最討厭他的地方，眉眼再像裴獗有什麼用，還不是一個慫包、懦夫，不見半點兒男子氣概。裴獗何曾像他這般唯唯諾諾？裴獗何曾對她彎下過脊梁？

李桑若心口一酸，眼眶便紅了，她想裴獗，想得快要死了，「方公公，給他找一套將軍服來。」

方公公不感意外，這不是太后第一次這麼做了，有時候太后心情好，便會叫宋壽安穿上大將軍服，站在一片朦朧的光影裡，對她笑，或是說上幾句好聽的話。

這一套方公公駕輕就熟，很快辦好。

等宋壽安換好衣服，小心翼翼地走進來，方公公看一眼他的眉眼，心下不由嘆息。這人的臉有六、七分相近，氣質和裴獗卻天差地別，怎麼都教不會。

方公公將油燈的燈芯壓掉一根，讓光線變得暗淡一些，他以為仍像以前那樣哄哄太后就好。

不料，李桑若卻看著他下令，「出去領二十大板。」

「殿下……」方公公苦著臉，躬著身子不停地求饒。

「方才不是說死而無憾，這就怕了？」李桑若看著他，一臉嫌棄，「他說了，我不能不應。」

方公公知道自己這頓板子免不了，又說了幾句表忠心的話。

李桑若的神思有些游離，不耐煩了，「一會兒再罰，你先在外面守著。沒哀家命令，不許任何人靠近嘉福宮。」

方公公略鬆口氣，「老奴曉得。」朝宋壽安遞了個眼神，默默退下。

殿門合上，發出一聲悶響。

李桑若坐在軟榻上，看著一身大將軍服卻滿臉惶恐的年輕男子，慢慢朝他招手，「你過來。」

宋壽安凝滯片刻，朝太后默默挪步，他很害怕，太后一句話可以讓方公公挨二十大板，也可以一句話誅他九族。

然而太后並沒有發怒，她只是輕輕將手搭在他的肩膀上，又徐徐朝下，一點一點撫摸，像是在透過他看另一個人，那個真正的大將軍。

宋壽安的瞳仁微微收縮，紅了耳根。

以前太后從不碰他的，太后嫌棄他出身低賤，只是一個不入流的陶匠。但太后喜歡他的臉，常常會癡癡地看著，目光裡流露出纏綿和眷戀。

有時候，太后盯著他一看就是好半天，看得他心裡發毛，如上刑場。

這樣的親密還是第一次，宋壽安心跳如雷，極其難耐。

李桑若很喜歡他的心跳聲，貼耳上去感受片刻，問道：「入宮前，房裡有過人嗎？」

宋壽安羞愧地搖頭。

李桑若嗤笑一聲，「知道怎麼做嗎？」

宋壽安盯著太后那雙變得奇異幽亮的眼睛，幾乎瞬間就懂太后問的是什麼意思，結結巴巴地道：「聽，聽人說過。」

李桑若又是一聲嘲笑，「別人說有什麼用，得你自己有本事。來，哀家教你。」說罷她在那片堅硬的鎧甲上輕輕一推，起身繞過簾子走向內室，「來啊，侍候哀家沐浴。」

宋壽安嚥了嚥唾沫，緊跟著走過去。

簾帷春深，香衾寂靜，金爐裡青煙嫋嫋。

不多一會兒便有嬌娥輕喚傳出，一遍遍喚，一遍遍喚，「將軍，將軍，你疼疼阿若呀！」

看到喜歡的大將軍野馬一樣闖進來，她愉悅的顫抖發癲，「我看到了，我看到將軍了……將軍，你撞到阿若心上了，將軍……」

方公公在殿外守著，不停地擦拭額頭的汗。

太后守寡兩年了，年紀輕輕的女子，白天在殿上臨朝，和文武百官共商國事，到了夜裡，守著一座孤冷冷的嘉福宮，比那廟裡的尼姑還要清苦幾分。

方公公不知該為太后擔心，還是該為她開心？

不知過了多久，方公公再得令入殿，太后已經洗漱好，換了一身輕便衣裳，一臉潮紅，面色沉沉地走出來。

宋壽安滿臉狼狽地立在一側，不敢抬頭看人。

李桑若平復好心情，緩緩坐到軟榻上，聲音帶點兒沙啞，「喚丞相入宮，哀家有要事相商。」

丞相李宗訓是太后的親爹，本就是高門雋才，很得先帝賞識，是先帝最倚重的謀臣。在外孫小皇帝登基後，更是手執權柄，勢傾朝野。

所謂太后執政，要謀術心計，還得這個生父。

方公公心下了然，帶著宋壽安應諾退下。

李桑若一個人靜靜坐了片刻，又將那三片碎玉拿出來看，神情淒苦不已，「你待我如此狠心，當真是有恃無恐，不怕我翻臉無情嗎？」

第十三章 狐狸心思

北雍軍界丘山大營。

這鬼天氣熱得人汗流浹背，正是晌午，營裡沒有操練，安靜一片，可聽到遠處山上的夏蟬嘶鳴。

左副將赫連騫的帳裡，赤甲、橙鶴、青龍、紫電軍四位領兵將軍同坐在葦席上，中間桌案是一張疊放的輿圖，地上放著兩罈酒，嘴裡熱切討論著什麼。

北雍軍共分赤、橙、黃、綠、青、藍、紫七路軍，人都快集齊了，想來是在共商大計。可聽著卻似不對，五個將軍神色也很風月。

大將軍抱一個濕漉漉的女郎回來，那可比齊軍攻城還要令人震驚，不僅士兵們好奇，將領們也想知道究竟。

五個人正說得熱火朝天，突聽帳外侍衛大喊道：「大將軍！」

桌案前的幾個，面色一變，交換個眼神，趕緊藏酒。

赫連騫裝模作樣地指著輿圖，「咱們北雍軍最擅長的就是打攻堅戰，連下南齊五城，就如砍瓜切菜，我看那信州就是塊軟豆腐，五十萬大軍也就是個噱頭。」

幾個將軍連連點頭，「赫連將軍所言極是。」

「不知大將軍何時渡河，攻打信州？」

裴獗入帳，看他們一眼，指了赫連騫的鬍鬚，「擦乾淨。」

赫連騫尷尬一笑，捋了捋鬍鬚上的酒液，嘿嘿發笑，「上次馮十二娘派人送來的幾罈老酒，末將看它們孤零零地放在那裡，不喝可惜了。」

裴獗臉色冷淡，「人在何處？」

赫連騫觀察著裴獗的眉目，見他沒有追究的意思，這才鬆口氣，「稟將軍，拘在暗室裡。」

「用膳了嗎？」

赫連騫撓了撓頭，「姓溫的還要吃飯啊？」他似乎沒想到大將軍會來關心敵將的飲食。

「拿吃食過去。」

赫連騫哦一聲，玩笑道：「大將軍這般優待他是要勸降嗎？那不如再給他送個小嬌娘好了。」

這傢伙聲如洪鐘，是個糙漢，一席話惹來眾人哄笑。

裴獗面無表情，「好主意，你安排。」

赫連騫不好再多說什麼了，別看大家都稱一聲「將軍」，可大晉官分九品，制定上中下，大將軍位列第一品上，位高權重，武臣極致。

裴獗尤其說一不二，不容違逆，儘管大家都恨不得把溫行溯大卸八塊，但看他臉色，也只能笑笑。

赤甲軍朱呈問道：「大將軍莫非看上那姓溫的了？」

「是個將才。」

這話眾將都信，但天底下的將才何其之多，萬寧守將戰敗自刎，將軍也曾說他是將才，可不照樣將他的屍體掛在城樓上示眾，為何要給姓溫的如此優待？

不打不罵，一日兩餐，這哪裡是對待被俘的敵將，分明是供了個祖宗。

赫連騫借著三分酒意壯膽，朝裴獗拱了拱手，「末將有話要說。」

裴獗坐下來，四平八穩，「說。」

「將軍惜才，但也該給姓溫的一點兒教訓，不然齊軍還以為我北雍軍變軟蛋了呢！下頭兄弟也須安撫，不是人人都服氣的。」

幾個領將也都看過來，嘴上不說，心裡想的大概和赫連騫一樣。

裴獗自顧自倒了盞涼茶，「仗不會永遠打下去。」

一起征戰多年，幾個領將也都是裴獗一手提拔起來的，短短幾個字，足以明白裴獗話裡所包含的意思。

他要勸降溫行溯，不僅因為他是不可多得的將才，還想給齊軍釋放一個信號——歸順就會有好前程，同時也是給信州施壓，以圖不戰而屈人之兵。

這百年間，從北到南換了十幾個皇帝，連年戰亂下來，饑荒災禍、流民四散，百姓吃口飽飯都難。若兩國休戰，也可以讓百姓喘口氣。

聽完，赫連騫沒什麼不服氣了，「將軍心胸寬廣，實乃大氣！」

「大什麼氣？」濮陽九本就嘴損，大熱天的被人叫過來給敵將看傷，心裡老大不悅，「我看將軍是器大無腦，為美色所惑，亂了方寸。」

裴獗正嚥茶水，嗆得直咳嗽。

而盤坐案前的赫連騫五個，想笑又不敢笑，扭曲著臉上的表情裝鎮定，忍得很是辛苦。

眾將都很佩服濮陽九，整個北雍軍裡，除了他，何人敢這般調侃大將軍？

裴獗起身，就像沒有聽見方才的話，冷冷掃一眼濮陽九，「去暗房。」

濮陽九揖禮稱是，再抬眼，朝裴獗擠眉一笑。

裴獗走在前方，不搭理他，卻不知從此落了個「裴大器」的好名聲，全拜濮陽九所賜。

此事按下不表，只說暗房。這裡其實是北雍軍用來處罰不守軍規的士兵用的，四面無窗，光線昏暗，但內有草蓆，還算乾淨，普通俘虜並沒有這麼好的待遇。

溫行溯身上有傷，但端坐在案前，一襲白色寬衫沾染了血跡，臉色蒼白，但整個人清俊儒雅，很是矜貴。

裴獗看一眼木案上一口沒用的食物，不動聲色地走過去，親自撥亮油燈，和溫行溯一樣，席地而坐，「齊人不喜食麥飯？」

「大將軍厚待，溫某感激不盡。但將軍不必浪費口舌，我溫家自祖上起，世代耕於江左，又身負皇恩，斷不會降。」

裴獗不說話，抬手將壺中的酒倒到兩個杯盞裡，再將其中一杯推到溫行溯面前。

溫行溯看一眼，「我不飲酒。」

裴獗臉上仍然沒什麼表情，自己拿起一杯，輕抿了下，「馮氏阿蘊在我掌心。」

溫行溯面色一變，「你待如何？」

馮蘊私自放他離開的時候，溫行溯是拒絕的。他既然已被北雍軍盯上，就沒有再存苟活之心，又如何能因為自己牽連到馮蘊？

「大將軍想用阿蘊的安危來要脅溫某？」

「阿蘊擔心溫將軍。」

他說得不痛不癢，溫行溯無法從中聽出馮蘊的近況如何，一顆心七上八下，「溫某和阿蘊是兄妹，她出手救我，是人之常情，純善之舉，大將軍不該怪罪她。」

「我知。」仍然是模稜兩可的話。

溫行溯憂心忡忡，一時琢磨不清裴獗的舉動，不敢貿然相問。

裴獗冷眼看他，「溫將軍所掌兵馬如何？」

「守信州足矣。」

「那溫將軍此行，魯莽了。」

大戰在即，身為守將私自渡河，落入敵軍手上，何止是一個魯莽可以形容？

溫行溯也深知自己行事不太高明，但他不必向裴獗解釋因擔憂腰腰而選擇孤注一擲的決定。於是垂下眼簾，一言不發。

「悔嗎？」

「不悔。」

裴獗眼皮微動，「那溫將軍今夜好生休養，明日天一亮，我帶將軍觀看北雍軍操練。」

這話讓溫行溯大為意外，每支軍隊都有自己的機密，北雍軍從組建起便能征善戰，是北晉精銳之師，排兵佈陣之法很有其獨到的精妙。

可以說，不論是溫行溯，還是別的領兵將軍，都有觀摩北雍軍佈陣的渴望。

裴獗居然有如此胸懷!?溫行溯不知他葫蘆裡賣的什麼藥，沒有勸、沒有辱，展現的只有風度和胸懷，與傳聞中的閻王煞神大相徑庭。

他抬手將那杯酒一飲而盡，沒有多逗留，示意等待的濮陽九進來，為溫行溯查看傷勢，接著便告辭離去。

溫行溯看著那背影，想到腰腰落在此人手上，不由攥緊了手。

當天晚上，淳于焰就得到從花溪村打聽來的消息。

在亂世，打死個姬妾對主家來說算不得天大的事情。但想要徹底隱瞞，自然也不可能，更何況淳于焰是存心窺探。

淳于焰懶懶而坐，唇角是一絲若有似無的笑，宛若嘲弄，「先生怎麼看？」

坐在淳于焰對面的是幕僚屈定，以前在南齊入仕，但不得重用，後來跑到雲川，自稱是鬼谷子的門生一脈，成了淳于焰的座上賓。

聽主公詢問，屈定不敢怠慢，「乍看是姬妾爭寵，再看是北晉朝堂紛爭啊！」

「如何說？」

「裴獗手握重兵，功高蓋主，北晉小皇帝對其賞無可賞，封無可封。以一人之力傾蓋朝堂，豈不令李氏戚戚惶惶？借姬妾的手，試裴獗鋒芒，一舉兩得。」說罷篤定地點點頭，捋著鬍子很是自得。

然而山鷹面具下的雙眼光芒微熾，卻沒一句肯定，屈定又道：「世子是怕裴獗懷疑下毒的不是姬妾，從而疑心世子？」

淳于焰反問，「裴獗若不信我，我眼下豈能安穩地坐在花月澗，陪先生飲茶？」

屈定納悶了，「那世子有何高見？」

「沒有，先生分析得很有道理。」淳于焰姿態很是放鬆，目光裡生出幾分不易察覺的譏誚。從裴獗急著下水救人看來，那馮氏女對他甚為重要，北晉朝廷勢必也會這樣認為。

李太后心眼比豆子還小，差人下毒不奇怪。

起初他也是這樣認為的，但回來再細想此事，卻覺得許多古怪。

昨日的花溪村，原本有裴獗的重兵把守，是馮蘊給那些侍衛下了蒙汗藥，才讓他有機可乘。

那馮氏女睜開眼看到他，最初的反應不是恐懼，而是驚訝、意外。而且他去劫人是臨時起意，連他自己都猜不到，遠在北晉的李桑若當然更不可能猜到。

那麼如果他不去劫人，那服下媚藥並沐浴更衣的小女娘，會落入誰的手上？

他前腳走，裴獗後腳就到……答案呼之欲出。

那根本就是馮氏女為裴獗精心準備的一場香軟盛宴，為了勾引裴獗入甕，不惜自傷其身，不管圖的是什麼，這女郎真是……夠狠、夠倔、夠勁。

淳于焰愉悅地笑了起來，去花溪村前，他想的是怎樣折辱她，慢慢地弄死她，可當她真落入手上時，他卻改了主意——且不說那昳麗過人堪比尤物的容貌和身姿，便是那顆滿是壞水和歪主意的腦袋，也是世間難尋。

「殺了當真可惜啊！」

屈定在一旁看著，臉上表情逐漸僵硬，靠嘴皮子吃飯不易，世子該不會是發現他並無大才，更不是鬼谷子門生的門生，在考慮要不要殺掉他吧？

翌日又是一個大晴天，天剛明，暑氣未至，是一天裡最舒服的時辰。

馮蘊正在院外看那兩壟剛破土而出的蘿蔔苗，邢丙的新婦徐氏就火急火燎地跑進來了。她幫馮蘊管理內院女眷的雜事，做事勤快，手腳麻利，很快便上了手。

「十二娘，苑姬要回娘家，說是兄長捎信來，老母病重。」

「將軍沒說不讓姬妾回娘家，苑嬌要回，那就讓她回吧！」

「但我瞧著苑姬有些古怪呢！」

「怎麼古怪了？」

徐氏眉頭皺了皺，「這大熱天的，苑姬身上很是臃腫，像是套了好幾層衣裳。什麼吃的，用的，盡往包袱裡塞，說是要給家裡老娘捎回去。」

馮蘊不以為然，彎下腰看她的蘿蔔苗，「難得回家一趟。讓她帶吧！妳去灶房拿幾斤白麵，再裝幾顆雞蛋給她，就說是我的意思，讓她拎回去看望老母。」

徐氏哦一聲，悻悻下去了。她懷疑女郎糊塗了，那苑姬長得豐腴嬌豔，那天在莊子裡就想往將軍跟前湊，女郎卻不當回事。

於是去取白麵和雞蛋的時候，徐氏見人就道：「女郎賞苑姬的，女郎大善。」

苑嬌看到東西，有點兒不敢相信，對著主屋的方向，淚光楚楚地道：「勞煩徐嫂子替我向十二娘道謝。」

徐氏撇一下嘴，真有心道謝，就去女郎跟前磕個頭，那才是誠心。

苑嬌拎著東西走了，沒有帶當初方公公指給她的兩個婢女。

她家離花溪村遠，沒有牛車沒有馬，靠兩條腿走回去，到家得天黑了。然而離開花溪村，她沒往回家的路走，而是徑直入了安渡城，拐個彎，便去了靠城門的明月巷。這條巷子在安渡失守前，很多來往客商，因此腳店、茶寮、食肆密集，眼下大都關著門，只有一間茶寮將門板取下，門檻上坐了個十四、五歲的少年。

苑嬌過去，那少年便板著臉站起來，「茶寮沒開張，不待客。」

苑嬌緊張地看了看四周，將懷裡的一個荷包取出來塞到少年的手上，「小兄弟，勞煩告訴東家，我是林姬的好友，我叫苑嬌。林姬死了，有人要殺我。」

從看到林娥被打得遍體鱗傷地死去，苑嬌心裡就沒有一刻平靜過。最初害怕林娥的冤魂會來找她，誰知冤魂沒有來，阿樓卻來了。

他拐彎抹角地道：「我與苑姬相識一場，不想苑姬步了林姬的後塵，要是有別的出路，苑姬還是要早做打算才好。」

阿樓平常便是個待人和善的老實人，無論他前來示警存的是什麼心思，馮蘊對她都有了殺心。她待不下去了，可是能去哪裡？

家回不去，亂世女子難以求生，於是她想到了林娥送她的荷包，以及林娥告訴她的，找到方公公的法子。

這個茶寮是林姬以前那相好開的，只要幫她找到方公公，揭露馮十二娘，不說平步青雲，一線生機也是有的。

「林姬是何人？不認識。」那少年不要荷包，推回去很不耐煩，「妳快走，我們東家不問閒事。」

苑嬌咬了咬牙，將手上拎的白麵和雞蛋一股腦兒塞上去，「幫幫忙，小兄弟，你去稟報東家，就說……我知道馮十二娘的祕密，可為林姬申冤。」

一聽馮十二娘，少年的臉上總算有了反應，「妳在外面候著……」

少年聲音未落，巷子裡竄出一個人影，二話不說一把薅住苑嬌的手，出聲大罵，「好個小婊子！去了將軍府，過上了好日子，就不管爹娘死活了，今日落我手上，看妳往哪裡去享福？」

漢子鬍子拉碴，眼窩深陷，身上衣裳邋遢得看不出原本的顏色，正是苑嬌的兄長苑大郎。

他罵完，不管苑嬌如何，一把將籃子奪過來，看一眼，眼睛都直了。

這可是白麵和雞蛋啊！這年頭，誰家有精磨的白麵？誰家吃得起雞蛋？

「你幹什麼？」少年怒斥。

苑大郎揚了揚拳頭，「阿兄罵阿妹，天經地義，與你小子何干？老子的家務事，少摻和！」

明月巷裡住了不少人，聽到吵鬧聲，紛紛探頭來看。

苑嬌早變了臉色，這苑大郎不是個東西，對她從無半點兒兄妹情分。她有苦難言，死的心都有了，卻掙脫不開，只能回頭看那少年，「救命，小兄弟，救救我！」

「爹娘餓得吃觀音泥，解便都淌血，妳個小婊子倒好，拿著白麵雞蛋去養小白臉。走，跟我回去！」

苑嬌就這樣被苑大郎生生拽著出了城門，可出城不到二里地，就被幾個混子迎頭攔住了。

那是苑大郎的債主，一個個殺氣騰騰，手拿柴刀。

苑大郎嚇白了臉，下意識將苑嬌推了出去，「別殺我，別殺我！我用她抵債如何？她可是大將軍的姬妾，保管讓你們滿意……啊！」

一口鮮血從他嘴裡噴出來，苑大郎低頭看見柴刀當胸而過。

苑嬌嚇得瞪大眼睛，尖叫出聲，掉頭就想逃，可那混子的刀更快，她甚至沒有感覺到太多的痛楚，身子便軟倒下去，很快失去了知覺。

「可惜了，這俊俏的小嬌娘。」

「蠢貨！你沒聽見苑大郎說嗎？這可是大將軍的姬妾，她看到我們殺人了，留下就是禍害，要小命，還是要女人？」

「老大說的是。」

「趕緊把東西收拾收拾，走！」

苑嬌的屍體被發現的時候，已是黃昏，熱心人還報了官。

賀洽去看了下，大致瞭解一下情況，就派人將兩具屍體送回了苑家，交給他們爹娘了事。

這個世道，餓死的人不計其數，荒野有白骨，收屍無草蓆，要不是將軍府有了賀洽，眼下的安渡郡就是無序之地。

一個欠賭債的人被殺，那是活該，誰有那閒工夫去管。大將軍是派他來主持庶務，安撫民心的，可不是來破案的。

但苑嬌是將軍府的人，賀洽還是禮數周到地求見了馮蘊，給她遞了消息。不為別的，只因將軍說過，後宅的事情由她做主。

馮蘊謝過賀洽，讓阿樓將苑嬌的意外死亡告知其他人，順便給裴獗寫了一封信，雖然只有短短八個字，卻寫滿了尊重和哀悼。

汝妾苑嬌不幸慘死。

她以為裴獗會像以前那般，要麼不理不睬，要麼回個「來信知悉」，沒想到，左仲匆匆從大營回來，給她帶了一張帶血的狐狸皮，還有一封信。

「狐狸是將軍昨日獵到的，在營地粗粗處置過了，將軍說讓女郎做件斗篷，入冬保暖。」左仲興沖沖的，恨不得為將軍說上八斛好話。

馮蘊看他一眼，拆開信，這次的字數比往常要多一些，仍是裴獗慣常的書寫風格，有力、潦草。

後日立秋，妳卻有心情添堵。

這話說得不明不白，殺了他的姬妾是添堵，還是去信添堵？

左仲看馮蘊臉色沉靜，沒什麼欣喜的反應，為將軍發愁，於是幫著他解釋，「將軍說，後宅至今只有女郎一人，何來旁的姬妾？」

這樣的話，一聽就不是裴獗說的。

馮蘊不以為然地對左仲露出一個假笑，又喚小滿過來，「帶左侍衛去膳堂用點兒東西再走。」

填肚子是大事，左仲沒有推辭。營裡的伙食太差了，為此他很是羨慕敖七和葉闖在這邊當差。因為馮十二娘很會過日子，同樣的糧食，她總能搗鼓出花樣，尤其到了田莊以後，莊子裡好像從沒有缺過吃的。

不過短短時日，以前那些蔫頭蔫腦的梅令郎被她養得神采奕奕，婢女僕婦也紅光滿面，走出門去，跟那些逃荒而來的瘦骨伶仃的農人相比，宛如兩個世界的人。

小滿端出來的雖然只是幾顆白饅頭和一碗野菜湯，左仲還是吃得滿足不已。

饅頭比營裡的鬆軟，還帶了絲絲的甜味。同樣的野菜，營裡煮出來澀口帶苦，如同豬食，長門莊的灶房煮出來，油鹽雞蛋花，清香撲鼻。

左仲真希望將軍天天給十二娘寫信。

小滿看著他狼吞虎嚥，低低地笑著湊近，「左侍衛在將軍面前，多給女郎美言幾句，往後小滿常給你留好吃的。」

左仲看著小姑娘眉開眼笑的樣子，不禁紅了臉。幸好將軍不認這些是他的姬妾，不然就他方才多看那幾眼，只怕要挨三十軍棍，不，五十，或是要八十吧？

沒等左仲想明白要挨多少軍棍，小滿已經高高興興出去了，女郎要出府辦事，她是要跟隨的，也是最喜歡跟隨的。

馮蘊跟很多人都不一樣，連帶著她身邊的婢女都變得不同，一個個養得機靈刁鑽又很鮮活。

今天馮蘊想去花月澗找淳于焰，打探一下葛廣和葛義兩兄弟的下落，但沒有想好該怎麼去。

上次被淳于焰劫持，她身處旋渦中心，雖然中毒後腦子有些混沌，卻知道淳于焰和裴獗打了一架。裴獗沒有說他們打成什麼樣子，但裴大將軍那樣強勢的性子，再加一個死要面子的淳于焰，戰況定是不容樂觀。

可怪就怪在，淳于焰事後沒有再找碴，就像無事發生一樣。馮蘊猜測是裴獗使了什麼手段，但她也不方便問他。

「女郎。」小滿突然喊她，指著前面明月巷，「我聽人說，苑姬就是在那裡被她兄長抓走的。」

大滿也探頭看一眼，「聽說苑家兄妹死得很慘，流出來的血把路面都滲透了！」

安渡城眼下風聲鶴唳，什麼消息都會被傳得不成樣子。

馮蘊笑了笑，沒有回答，在經過明月巷那間茶寮時，望了一眼。

門板緊扣，沒有人，四鄰也只有零星幾家開業，但都沒有生意。

賀洽主政安渡後，民生稍有恢復，可是大的商鋪基本掌握在世家大戶手中，戰前這些人要麼舉家南去，要麼躲起來觀察局勢，單靠小商小販那點兒營生，很難帶動。

「放下簾子吧！」

小滿哦一聲，將簾子放下，「也不知苑姬為何要到明月巷來？她在玉堂春時，也沒有明月巷的熟人，為何來這間茶寮？」

「這樣好奇，不如派妳下去打探打探？」

小滿連忙吐舌頭，收住話，女郎這麼說，就是不太高興了。

驢車裡安靜下來，馮蘊思緒卻活躍，這間茶寮，倒是有點兒意思！

而花月澗裡，淳于焰懶洋洋地躺在樹蔭下，身邊兩個婢女搖著蒲扇，他面前的青磚上，跪著十來個僕從，一個個鼻青臉腫，頂著烈日在受罰。

主子唇角含笑，一言不發，那張山鷹面具透出森森冷氣，如同勾魂的黑白無常隨時會索命。

那天裴大將軍來借糧，他們已經被世子狠狠懲罰過一遍了，誰知世子又被裴大將軍給打了，打的還是世子最看重的臉。

這口怨氣世子哪裡嚥得下去？他不去找裴將軍打回來，卻把他們拉出來練手。他們的肉體已經夠扛不住了，精神還要發出疑問。

世子上次說他們看守不力，可到底哪裡不力了？

糧是世子主動借出去的，挨打也是他自找的。明明出借了糧食卻又不甘心，居然跑去劫持裴獗的姬妾！

如此亂來，要是哪一天做了雲川王，只怕雲川國百年基業就要毀在他手上了。

匍匐在太陽底下，一群僕從汗流浹背，正各自哀怨腹誹，便有門子來報。

「世子，馮十二娘求見。」

淳于焰眼睛一凜，她還敢找上門來!?

「叫她進來。」淳于焰笑聲都變了，眼裡迸發的熾烈光芒，任誰看了都要抖三抖。

馮蘊是一個人進來的，看到淳于焰的時候，他正用鞭子在抽人。

似是打累了，他滿頭是汗，氣喘吁吁丟下鞭子，叉著腰，冷冷看著她，「妳來做什麼？受死嗎？」

僕從們一聽世子又要亂來，瑟瑟發抖。

不料，那嬌嬌軟軟的女郎卻好像察覺不到世子的憤怒，看一眼陽光下跪伏的僕從，訝異片刻，便笑著揖禮，「小女子是來向世子賠罪的。」

淳于焰冷笑，周遭空氣都變得冷肅起來，「妳要如何賠罪？」

馮蘊為難地看了看四周的僕從，「可否請世子屏退左右？」

「下去吧！」淳于焰暗自發狠，這女郎可惡就可惡在，明明做了那麼多見不得人的事情，還一副名門望族的高貴模樣。這張溫柔的俏臉，無論誰見了都不敢相信她是一個會拿著匕首指著男子命根子要脅還無動於衷的人。

僕從們陸續退下，一個個心裡竟有些感激馮十二娘，來得正是時候，不然這大熱天的，不知道發瘋的世子還會對他們做些什麼？

馮蘊姣好的臉上，始終掛著笑，等院子裡沒有旁人了，這才彎下腰撿起那一條軟鞭，看上去十分喜歡，滿是讚嘆，「這是世子不要的嗎？這樣精緻的長鞭，我從未見過呢！好物棄之可惜，不如世子將它送我吧？」

淳于焰冷笑連聲，她怎麼想得這樣美呢？

這條鞭叫「烏梢」，其堅韌和力量堪稱習武人的神器，很是費了一番功夫才得到。所以當然不是他丟棄的，而是他方才打人時氣狠了丟出去的。

可淳于焰忘記了拒絕，他看著馮蘊蔥節般白淨的手指握住黝黑的圓頭鞭把，歡喜得來回摩挲片刻，又緊握住甩了兩下，一時口乾舌燥，有一種被她拽住的錯覺，尾椎發麻。

「世子是應了？」

淳于焰暗眸微微一爍，這條烏梢就該配這樣的小手，「拿去。」說完，差點兒自咬舌頭。

「多謝世子。」馮蘊看他下頷緊繃，山鷹面具下的那雙美眸陰冷冷滿是古怪，拱手謝過，「都說雲川物阜民豐，以前我還不信，今日總算是大開眼界！」

馮蘊本就是沒話找話，如今喜得一條好鞭，一時愛不釋手，將鞭子盤起來，控制不住把玩的樂趣，並當著淳于焰的面，給它重新取了新名字。

「你就叫秋瞳吧，和翦水剛好一對。」似乎怕淳于焰不理解，她體貼地解釋，「翦水就是那把彎彎的匕首，世子見過的。」

淳于焰喉頭一緊，那天被要脅的畫面又浮上腦海，好想當場掐死她。

馮蘊看他冷颼颼地盯著自己，又莞爾一笑，「骨重神寒天廟器，一雙瞳人剪秋水。秋水般的眼眸，這名字就當紀念它的原主人了。」

這是佔了便宜還賣乖！好在，她懂得拐著彎地誇他眼睛好看，堪比秋瞳。

「名字尚可。」淳于焰出聲譏誚，配上那下頜的瘀青，便有點兒陰陽怪氣，「說吧，妳要如何賠罪？」

「最有誠意的莫過於，以彼之道還施彼身，只要淳于世子願意……」

這是讓他像她對他那般對她？淳于焰冷笑森森，「妳想得美！」

她話還沒有說完呢！

「行，請問世子要我如何賠罪？」

淳于焰斜來一眼，指尖拂了拂衣袍，「剝妳的皮做鼓，每日起床聽個響，或是抽妳的筋熬油，夜裡點燈照個亮……」

他說得極盡驚悚恐怖，等著看馮蘊怕得變臉的樣子。

然而血腥味都蔓延到空氣裡了，馮蘊卻從容地立著，仍在把玩皮鞭，說得雲淡風輕，「可以，由世子決定。」

淳于焰懷疑她到底幹什麼來了，挑釁？閒談？看著都不像，難不成，被他美色所迷？

於容貌一項，淳于世子相當自信。據他的母親說，就沒有人在看過他的臉以後，不為之失色，為之震驚，為之傾倒的。何況那時他年紀尚小，如今長開了，比當年更勝一籌。

若說她馮氏阿蘊美得足以傾城，那他淳于焰傾個國，不成問題。

這女郎是除去淳于家人外，唯一一個在他成年後還見過他長相的人，為他著迷也說得過去。

可她一會兒下藥勾搭裴獗，一會兒又找上門來跟他糾纏不清，恐怕沒存什麼好心思。此女歹毒，狠起來她連自己都敢殺。

淳于焰將大袖一拂，掩了掩頰邊的青腫，端起桌案上的茶盞，漫不經心地飲一口，「卿卿那天來花月澗借糧，說要以農事要術交換。眼下二十萬石糧取走了，農事要術何在？」

雲川與三國交界，四周山嶺險峻，土地貧瘠，耕種不豐，這才是淳于焰周遊出羅的原因。

馮蘊上次說農事要術，不是淳于焰不動心，是他根本不相信一個小女郎會有什麼真本事。

這一問，恰好問到馮蘊的點子上。

「就等世子開口了。」馮蘊早有準備，將一本小冊子雙手奉上，「冊上所述，皆適用於雲川國。不過術是死的，人是活的。記載的農術大多晦澀，不好領悟。等戰事結束，我隨世子去雲川國，親傳面授，絕不食言。」

她是給自己臉上貼金，尋找生存的土壤。

淳于焰卻聽得耳朵裡癢癢，拐彎抹角說這麼多，是想跟他回雲川？

「好，本世子不怕妳偷奸耍滑。若收成不及妳所言，我便要了妳的腦袋。」

「一言為定。」馮蘊長揖一禮，偷偷觀察他的表情。

淳于焰恨她恨得如此坦率，如果葛家兄弟在他手上，怎會半點兒反應都沒有？

馮蘊在院子裡張望一眼，「上次來花月澗已是夜深人靜，沒有心思觀賞園中景致，很是遺憾，世子可否容我四處走走看看？」

花月澗的名字極美，園子也美。

看著她眼裡流露出來的欣賞和渴望，淳于焰瞇起眼看她片刻，慢條斯理地起身，「那便帶妳長長見識。」

兩個人各懷鬼胎，在花月澗裡轉悠了大半個時辰。

在淳于焰眼裡，馮氏女今日很是溫柔小意，對他的態度也與前兩次截然不同。她說了許多話，談到南齊北晉的局勢，安渡的民生、商路，當然也有她吹噓過的農事，頗有幾分紅顏知己的感覺。

她的見解讓淳于焰很吃驚，可惜那天的事情就像在他心裡種了一顆惡魔的種子，肆意滋長，他再難以平常心看待這個玩弄過她的歹毒女子。一對上她的眼，他腰椎就麻酥酥的，癢得厲害。嘴上漫不經心，眼睛卻止不住看她握著鞭的手。

馮蘊見他盯著自己手上的鞭子，笑問：「世子不會捨不得這條鞭吧？」

她將軟鞭寶貝似的攥在手上，好像怕淳于焰搶回去。她的手很白很滑，指甲整潔，鞭柄被她緊緊握住，只露出圓頭一截，簡直像貓在抓撓人心。

淳于焰喉嚨乾癢，「給了妳，便是妳的。」

「那就好。」馮蘊眼看從他這裡探不到什麼消息，逐漸失去耐心，「對了，不知世子的蓮姬，找到了嗎？」

淳于焰的眼睛，詭譎地眯起，「與妳何干？」

當然不相干，馮蘊只是想讓他想點兒傷心事，過得不快活而已。

她微微欠身，儀態周正地行個禮，「那今日言盡於此，多謝世子招待，等戰事結束我們再議？」不待淳于焰回答，她施施然退下，「世子，告辭。」

淳于焰方才看鞭去了，心不在焉，如今見她扭頭就走，沒有半分留戀，好像臉被打了似的。

「慢走不送。」他的情緒沒有外露，可握拳的手背上微微凸現的青筋，卻暴露出主人滔天的怒意，「馮氏阿蘊，我早晚撕了妳。」

撕碎，嚼爛，不吐骨頭。

第十四章 誰走了心

從花月澗回去，馮蘊很是沉默，沒有面對淳于焰時的侃侃而談，也沒有因為平白得了一條好鞭而歡喜。

大滿和小滿不知她存的什麼心思，有心安慰，看到一張冷臉，又開不了口。

十二娘越發難以捉摸，從溫將軍離開後更是如此，長門莊裡誰都不想去做那個挨收拾的刺頭。

當然，這是她們自己的認為，其實馮蘊只是有些累了。

在花月澗，她故意鬧出很大的動靜，和淳于焰交談時，更是朗朗高聲，很費嗓子。

要是葛廣和葛義在花月澗裡，定會聽到她的聲音，可惜到她離開，沒有半點兒動靜。淳于焰所表現出來的樣子，更不像在她的莊子裡綁過人。

人不在淳于焰手上，比在他手上，更讓人不安。

為什麼葛家兄弟會憑空失蹤？會不會被裴獗帶走了？

還有，她該如何從裴獗手裡救出大兄，免他遭受前世的厄運？

回到長門莊，馮蘊屏退僕從，一言不發地將房門從裡面閂上，抱起鼇崽窩在軟榻，擼了牠半個時辰，這才將內心隱隱的焦慮平息。

打開門吩咐小滿，「去灶上備點吃的，煮條魚，炙二斤肉，還有大兄愛吃的麵片湯也一定要有，記得讓廚娘將麵粉仔細篩過，做得嫩滑一些，湯裡加上肉汁。」

小滿看女郎恢復了笑容，也跟著笑，「女郎要去營裡探望大郎君嗎？」

馮蘊輕嗯一聲。

「那女郎不得給將軍也帶些吃食？」

馮蘊微微點頭，「行，備上。」

「那給將軍準備什麼？我們也不知將軍愛吃什麼？」

「隨意。」她不是不知道裴獗愛吃什麼，是用不著費心。

上輩子煮了那麼多菜，熬湯的鍋都壞了不止一個，也沒見他有半分動容，每次問想吃什麼，都是「隨意」，這輩子就讓他吃「隨意」去吧！

出門前，馮蘊邀請敖七同行。

北雍軍營地眾多，裴獗不一定在界丘山，而溫行溯在哪裡就更是不得而知。

她一開口，敖七就知道她的想法，並不是很高興，但也沒有拒絕，甚至主動將馮蘊要帶去營房的東西搬上驢車。

「女郎備這許多，就沒我一份？」

少年郎說話很是率真，喜怒都簡單直接。

馮蘊笑著將車簾子打開，從車廂裡將鼇崽遞出去，「鼇崽給你摸摸腦袋。」

敖七睜大眼睛，這隻貓除了馮蘊，旁人可都是碰不得的，居然給他摸嗎？

他是抱到鼇崽的唯一一個！敖七當即興奮起來。

鼇崽好像意識到什麼似的，往馮蘊懷裡鑽，但聽到馮蘊道：「去，你哥帶你騎馬，給你吃魚。」小傢伙就乖順了。

「果然有奶就是娘。」

馮蘊笑起來，婢女們全都咯咯有聲。

敖七撫著鼇崽的頭，也跟著笑。

美好的氛圍突然降臨，敖七將鼇崽摟在懷裡，小心用衣裳兜住，似乎怕牠摔下去。
鼇崽也有點兒小興奮，從敖七懷裡探出腦袋來看馮蘊。
馮蘊將一個裝著肉乾的油紙袋遞過去，「想跑就餵牠。」
敖七往鼇崽嘴裡塞一塊，鼇崽就瞇起眼吃起來。
「原來你這麼好哄。」敖七得意極了。
鼇崽已經不像最早那樣抗拒他，但敖七摸牠時，鼇崽的小身子還是有點兒僵硬。
想到馮蘊說牠受過傷害的話，敖七更是小心翼翼。
少年郎溫柔的眼神落在鼇崽身上，鼇崽也抬頭看他。
兩隻互視，畫面竟有些美好。
驢車走到太陽落山才停下，馮蘊躍下車，便招呼阿樓和兩個婢女將車上的吃食拎下來。
從營門開始，見人就遞上兩塊肉乾。
這時節，大營裡難得開葷，馮蘊這一手很得人心，敖七感覺自己也很有面子，見人便道一句「吃吧兄弟」，就好像東西是他的一樣。
一些小兵看到他這般很是羨慕，再嚐上一塊肉乾，想到敖侍衛可能天天有這樣的好東西吃，更是舌頭上都生出嫉妒來了。
美嬌娘再次入營，沿路全是各色目光。
馮蘊低著頭，在敖七的帶領下，順利見到裴獗。
「將軍。」馮蘊讓大滿和小滿拎著食盒上前，將吃食放在案頭，自己則是站在大帳中間，不遠不近地看著他微笑。
帳子裡有好一會兒是安靜的，只有瓷具碰撞的脆聲。
馮蘊能感覺到裴獗眼神裡的銳利，敖七也能察覺到舅舅對他們的到來沒有那麼高興。

但他都抱到鼇崽了，惹舅舅不高興算什麼呢？女郎高興，鼇崽高興，他就高興。

「將軍，女郎說節氣來了，營裡伙食粗糙，給你開開胃口，精心備了膳食。」

這些日子在莊子裡被馮蘊的伙食餵養，敖七白淨了些，一雙星眸更是明亮，站在馮蘊身側的少年郎，比她足足高了大半個頭，很有鮮衣怒馬好兒郎的氣概。

「妳要見溫行溯？」

裴獗便是裴獗，別人說得再是動聽，再是煽情，也撼動不了他分毫，他會迅速的、冷靜的看清本質。

馮蘊領下敖七的好意，不拐彎抹角，朝他盈盈一福，「大兄有傷在身，我很是憂心，特來探望。此外將軍惜才，早說過讓我勸降大兄，所以我今日便來了。」

不知是裴獗太想得到溫行溯這個將才，還是馮蘊的軟話和那些美食起到作用，裴獗沒有多說什麼，示意左仲，「去拿權杖。」

負責看守溫行溯的是左副將赫連騫。

左仲拿到權杖，這才帶著敖七和馮蘊去暗房。

還沒進門，馮蘊就心疼了。大兄從小錦衣玉食，在齊軍營裡也是將領，何曾受過這般待遇！

那暗房裡光線微弱，空氣裡有彌漫的霉味，油燈豆火，好似隨時會熄滅，人在這樣的地方待久了，只怕什麼意志都磨沒了。

顯然，這也是裴獗的用意。

但相比別的俘虜，溫行溯的待遇已是極好，至少有良醫問診，兩餐有飯。

「大兄。」馮蘊低低一喚。

溫行溯原是躺在草蓆上的，背朝著房門，聽到腳步也沒有什麼反應，馮蘊一到，他便猛的坐起轉身，「腰腰！」

「慢點兒！」馮蘊生怕他拉扯到傷口，待門打開趕緊衝過去扶住她，「不要著急，我就在這裡，不走。」又低頭將食盒打開，不再讓大滿和小滿代勞，而是親手端出來，盛到白淨的瓷碗裡，摸了摸碗沿，「仍是溫的。」

溫行溯眼窩深陷，盯住她只會笑。

馮蘊吸了吸鼻子，也跟著笑，「大兄最愛的麵片湯，有肉汁哦，麵粉仔細篩過，很細嫩，你嚐嚐。」

溫行溯接過瓷碗放在地上，握住馮蘊的手，緊緊的，好似有千言萬語，可話到嘴邊，又只得一句，「妳怎麼來了？他們有沒有為難妳？」

馮蘊搖頭，想笑，可眼睛蒙上了一層霧氣，「我有吃有喝有人侍候，倒是你，要好好照顧自己。」

話說得很沒有底氣，一個身陷囹圄的人，自保的能力都沒有，如何照顧自己？但溫行溯溫和地笑著，好像沒受一點兒委屈，「我很好，腰腰不要操心兄長。」

他毫不掩飾的關切，在那雙洞悉人心的眼睛裡，悄無聲息傳遞給馮蘊的全是溫柔。

二人靜靜對視，許久不說話，可目光交接，又好似說了千言萬語。

馮蘊突然低頭發笑，笑著笑著，喉頭便哽咽了，「沒料到，我和大兄會在此處相見。」

溫行溯抬起手想拭她的眼角，又想到自己的手不潔淨，於是將手收回來縮在袖下，低低地道：「不要難過。至少我們都活著。」

天災人禍，戰亂連年，無數人在默默死去。

馮蘊聽懂了溫行溯的安慰，因而更是心疼。這是溫行溯啊！大齊赫赫有名的少年將軍，正直端方的信州守將，多少人崇拜、敬重的英雄，居然被裴獗關在一個暗無天日的牢籠裡，日復一日。

「大兄。」馮蘊突然張開雙臂，像小時候那般看著溫行溯，眼裡帶著水霧，雙頰粉豔豔的，「我想抱抱你。」

溫行溯愣住，腰腰早就長大了，不是年少模樣，且不說他是沒有血緣的繼兄，就算是嫡親的兄長，還是要顧及男女大防的。

溫行溯很是猶豫，可腰腰那雙濕漉漉的眼裡流露出的不安，再想她在敵營裡所受的苦楚，這些日子以來的孤苦、無助，他心疼得恨不能馬上帶她離開，「腰腰，是大兄無能。」

「不是你的錯……」馮蘊抬手捂住他的嘴巴，順勢半跪下身子靠上去，張開雙臂將溫行溯牢牢摟住，頭埋在他的頸窩。

溫行溯的臉瞬間柔和下來，懷裡嬌軀全然信任不設防地靠著他，擁抱他，溫行溯外露的笑容下，一顆心疼得彷彿要撕裂。

「腰腰……」溫行溯慢慢抬手回抱馮蘊，掌心在她後背輕撫，「別怕，大兄在的。」

「大兄，苟全性命為要，若將軍以性命相挾，降亦無妨……」這聲音不輕不重，可以落入守衛的耳朵，接著馮蘊捏了捏他的後腰，溫行溯便聽到一個氣息更低的聲音，「我會想法子救你，大兄務必保重自己。」

不等溫行溯開口，她又略微大點兒聲，「沒有什麼比活著更緊要了，大兄，你是我在這世間唯一的親人了，你很重要，很重要。」

「腰腰。」溫行溯喉頭一緊，只覺那溫熱的氣浪撞擊著他的耳窩，幾乎要把他的理智撕開。他恨不得把心掏出來，換懷裡的嬌娘一世順遂，喜樂平安。

身為男兒，還有什麼是眼看著想保護的人受人欺凌，寄人籬下而無能為力更痛苦的？

溫行溯很痛，痛得兩肋都繃緊了。這麼好的腰腰，竟落入敵將的虎口！

「傷口痛嗎？」

隱忍。

「不痛，我已大好。」

「你別想騙人。」馮蘊的嗔聲帶了點兒小女兒嬌態，也終於有了十七歲少女該有的模樣，「我又不是沒有見過大兄的傷？即便有濮陽醫官，一時半會兒也難以痊癒。」

「事以至此，兄長無所畏懼，只要腰腰……好好的就行。」溫行溯胸膛劇烈起伏，肉眼可見的隱忍。

馮蘊聽得瞇起了眼睛，大兄是存了必死之心嗎？

以他的驕傲，不會降。他不降，裴獗便不會放。

「不要難過。」溫行溯溫和的笑著，拍了拍馮蘊的後背。

不料馮蘊突然雙臂纏過他的脖子，將他抱緊，她沒有說話，無聲流淚。

溫行溯一窒，胸腔裡充斥著一種說不出來的挫敗感，他失態地將馮蘊擁入懷裡，比方才更肆意，深深相擁，越摟越緊，好像忘記了身上的傷，又好似要把她揉入身體，「腰腰，無論我生我死，妳都要好好活下去。」

馮蘊心碎了，這句話，溫行溯上輩子也說過，在他領兵出征前。

馮蘊嫌不吉利，氣得捂住他的嘴，讓他把話收回去，誰知那一去，他竟然真的沒有回來。

馮蘊咬緊下唇，吸著鼻子阻止即將奔湧而出的情緒，整個人靠在溫行溯懷裡，由他抱著，沉浸在前世和今生的情緒裡，渾然忘了周遭的人。

暗室無聲，門口的人也屏緊了呼吸。

兄妹相擁不是很出格的事情，但這對兄妹不一樣。

他們太俊美太好看，高大的囚犯將軍和嬌弱的豔麗女郎，一個滿是破碎感的大男人和一個嬌小可人的小娘子，畫面怎麼看怎麼令人心潮澎湃，怎麼看怎麼覺得美好又遺憾，恨不得他們永遠這樣抱在一起才好。

當然，這樣想的人不包括敖七。

敖七看得眼睛都綠了，心口發酸，恨不得將鼇崽丟過去阻止他們。

但他沒有理由，拳頭攥了又攥，鼇崽還趴在他的頸窩上，讓他動彈不得。

他沒有注意到，暗房外的陰影裡，裴獗看著抱在一起的患難兄妹，臉色明明滅滅。

看守先發現裴獗，抱拳行禮，「大將軍。」

其餘人從那對兄妹相擁的畫面裡回神，齊齊低頭，「大將軍。」

馮蘊沒有即刻從溫行溯懷裡起身，而是靠著他扭過頭去，吸了吸鼻子，一副見到親人後脆弱無助的樣子，「將軍來了？」

裴獗淡淡開口，「溫將軍可想明白了？」

溫行溯抬頭，他坐著，看裴獗的身軀更顯高大。

亂世出英雄，強大狂妄的一方霸主，溫行溯見得很多，但裴獗很不同，他狂而內斂有勇有謀。

不知為什麼，看到他，溫行溯突然想到蕭三，甚至可以想見，即將到來的腥風血雨。

他低頭看一眼馮蘊，溫聲一笑，「溫某說過，落入將軍手裡，任憑宰割，但溫某身為信州守將，擅離職守已是大罪，再歸降將軍，如何還有顏面立足於世？」

「良禽擇木而棲，何以為降？」

溫行溯苦笑，搖搖頭，掌心在馮蘊後背輕拍兩下，「腰腰，妳先回去。這裡潮濕，妳身子不好，不要久留。」

「大兄……」馮蘊抬頭。

四目相對，溫行溯臉上不見身陷囹圄的困苦，永遠那麼溫和平靜，好似再惡劣的環境也無法撼動他分毫。

「好。」馮蘊雙手緊緊摟他一下。

待她起身朝裴獗行禮，情緒已恢復如初，一臉帶笑的漠然，「多謝將軍成全，我在外面等將軍。」她有話要說。

裴獗面無表情，吩咐敖七，「帶回中軍帳。」

馮蘊在中軍帳裡等待了約莫兩刻鐘，裴獗才回來。

她笑著迎上去，「如何？將軍可說服大兄了？」

她眼睛澄淨，好像當真希望溫行溯投誠晉國一樣。

裴獗靠在帳門上，沒有動，「你們下去。」

這麼吩咐，當然指的是其他人。

馮蘊側目看著敖七，「勞煩敖侍衛帶好鼇崽。」

敖七的喉頭好似被什麼異物卡住，他察覺出二人間的緊張氣氛，很想說點兒什麼，可那是他從小就敬畏的舅舅，有著天生的，難以突破的壓制力。

他抱住鼇崽，同其他人一樣退下，眼神卻久久落在馮蘊身上，滿是擔憂。

帳簾落下，將裴獗那身甲冑襯得越發冰冷堅硬。

「將軍？」馮蘊的身子有片刻的緊繃，那是來自身體的記憶，但很快又放鬆來，淡定地淺笑，「為何不說話？」

「妳說。」

這是等著她開口？馮蘊在那雙冰冷的目光注視下，沉默片刻，將那些迂迴的假話嚥下去。

裴獗只是不愛說話，但他不是不懂人性，更不傻。

她走近，站到裴獗的面前，抬起頭來，直視著他的眼睛，「將軍想要我嗎？」

見裴獗默不作聲，她眉目舒展溫聲一笑，「我知道，將軍想。」

在裴獗身上，馮蘊其實有很多的經驗，但最有效的永遠是最直接的。

她將手輕輕搭上裴獗的肩膀，見他沒動，當即就得寸進尺的滑到身前，隔著甲冑輕輕遊走，「將軍身上真是硬……」

裴獗喉結微微滑動，臉色比方才更冷，一把捉住馮蘊的手，往前一拉，「想救溫行溯，不惜以身相許？」

馮蘊撞在他身上，仰頭微笑，「我的心思從不隱瞞將軍，也瞞不住。但將軍的話……第一句對，第二句卻不對。我確實想救大兄，但以身相許……這話我不愛聽。」美眸一彎，唇角微揚，一身溫軟已貼上去，妖精似的綻放開來，「將軍真男兒，哪個女郎不想佔為己有？是我想要將軍，讓將軍以身許我。」

裴獗身子僵滯，他此刻的表情，不論是上輩子還是這輩子，都是馮蘊未曾見過的，大概從沒想過會有女子說出如此離經叛道的話，他眉頭緊鎖，好似窒住。

「將軍可願意？」馮蘊剜一眼他下腹，「看來將軍是應了？」

「荒謬！」裴獗握住她的手將人拽開，冷面冷聲地道：「為救溫行溯，妳真是無所不用其極。」

馮蘊搖搖頭，半真半假地嘆息，「我不會用這種事來侮辱將軍，侮辱大兄。」

「哦？」裴獗彷彿聽多了她的假話，黑眸裡有難得的一抹嘲弄，「姬是真心？」

馮蘊肅然點頭，正色道：「齊帝蕭玨昏庸無能，竟陵王蕭呈更是小肚雞腸。大兄回齊不僅屈才，還是狼入虎口。而將軍不同，將軍素來心胸寬廣，凜然大氣，將軍這樣的人才配得上我大兄這種驚才絕豔的名將。不然，他再有才幹如何？不戰死沙場，只怕也會因一句功高蓋主，死在自己人手上，我是誠心盼著大兄能跟著將軍成就一番大事。」

亂世天下，扯旗稱王登高一呼的人不在少數，以裴獗的實力，只要他想要，不說即刻得天下，控制幾座城池，也可圖謀江山。

女郎的心思呼之欲出，裴獗冷眼看著，好像才認識她似的，嘴唇抿得很緊，黑眸裡是難以掩飾的驚異。

但馮蘊不說透，彎著唇輕飄飄地笑，「寶劍易得，名將難求。將軍也知道，越有本事的人，越是心高氣傲，不能讓大兄心服口服，那投誠毫無意義。」

裴獗拽住她的手腕，慢慢拉高，高到馮蘊靠自己的力量有些站立不穩，不得不倚著他，整個人靠上去，他才道：「妳當真想勸他降？」

「當真。」

「說妳的條件。」

「大兄為人正直，一時半會兒肯定想不通，我只盼將軍，不論如何，保他一命。」

裴獗低頭盯住她，良久無言，似在思考她這麼做的真正用意，「我也有條件。」

馮蘊絲毫不意外，人無私有假，提條件是真，「將軍請說。」

「我要妳。」

沒有意外的言語，只有相觸的肌膚瘋狂燃燒而起的熱度，比烈火更為灼人。

此刻馮蘊眼裡的裴獗，好似幻化成獸，那麼用力的扼住她，好像要將她細腰折斷。

四目相對，馮蘊有些害怕，但回應卻沒有猶豫，「給你便是。」

她是當裴獗的條件應下的，不覺得丟臉。

上輩子她就是太要臉，太在乎別人的目光和說法，才會一次次被人拿捏。她現在沒臉沒皮，還沒有心，那裴獗在她眼裡就是一個工具人，甚至和淳于焰沒有不同，好用的時候就拿來用。

見裴獗不動，她手圈上他勁瘦的腰，「何時，何地，將軍來定。或是，現在、此刻，大營裡，眾人前？」

裴獗屹然不動，盯住她的眼睛如同利刃，彷彿要在她身上穿幾個大窟窿，身軀甚至比方才更為僵硬。

「將軍？」馮蘊水汪汪的眼睛滿是不解，那仰望的姿態，招人憐惜。

「慣犯。」

「說我嗎？」馮蘊笑了，掌心撫過裴獗那身堅硬的甲冑，眼神邪邪的。

也許是甲冑的嚴密包裹，讓她破壞慾大增，很想剝開它，撕碎它，讓裴大將軍露出那身偽裝下的原始獸性。

「將軍何苦拘著自己？怪讓人心疼的。不止有我，府裡還有十幾個美嬌娘巴巴地等著將軍寵幸呢！」他的克制，只會讓馮蘊更想逼他失控，「將軍是不是心裡有人了？不然我不信有人可以坐懷不亂。」

馮蘊見過他情態失控的樣子，當他骨子裡的堅守被撕裂，便不再是冷靜自持的裴大將軍了，他會化身為狼，吃人不吐骨頭的狼。

可此刻的他，卻冷靜得可怕，那眼神冰冷刺骨，在這樣旖旎的時候……馮蘊覺得裴獗多少也有點兒毛病的，不由就想到一些舊事。

兩人在一起最初的那年，幾乎沒有說過什麼話。裴獗每次找她宿夜，都是天黑來，天不亮就走，在床笫上也很克制，拘泥傳統，循規蹈矩。

那時她也十分膽小，心裡怕極了裴獗，雙眼一閉只當自己是屠宰場上的豬，任他取索。

後來有一天，李太后突然召見她。馮蘊被一輛華麗的馬車接上，被送到一個別院裡，見到了微服而來的大晉臨朝太后。

去以前，她傻傻地以為太后定是有些歲數的人，嚴肅板正，特地穿得素淨些，想留一個好印象。不料見面看到的卻是一個妝容精緻的年輕婦人，看上去比她大不了幾歲，鮮衣華服，氣勢碾壓。

第一次見面李桑若說了什麼，馮蘊其實記不大清楚了，唯獨李桑若高高在上的俯視，那種上位者看螻蟻般的鄙夷和冷漠，歷歷在目。

還有那天的雪上梅妝，格外香濃，她在李桑若身上聞到了和裴獗一模一樣的香。

李桑若輕拉外衫，告訴她，「將軍剛走。」

那時候的她，還有些懵懂，直到看到太后一身寬衣下空無一物，但是從鎖骨往下，一路蔓延出無數的紅痕。

她知道那是什麼，她膚白，裴獗手勁稍稍大些，就會在她身上留下痕跡，但李桑若這個不同，有指印，有唇印，甚至有齒印，像是野獸啃咬過似的，足以見得那人在她身上用了多大的狠勁，又有多深的愛意。

不是歡喜到了骨子裡，怎會有那樣放肆的歡好。

馮蘊的自尊被擊了個粉碎，那天的她，卑微又弱小。

李桑若不帶半個髒字，便讓她受盡侮辱，狠狠的將她整個人踩入了塵埃。

渾渾噩噩地回到將軍府，她枯坐榻前，等到半夜才等回裴獗。

她記得那是她第一次問裴獗的行蹤。

「將軍去見太后了嗎？」

裴獗沉默，眼神有些游離，沒有看她，「去了。」

那瞬間，馮蘊便知道了，在別院裡看到的、聽到的、聞到的，都是真的。

裴獗從來沒有不敢看她的時候，但那一眼，馮蘊看出來他心虛了。

馮蘊主動上前替他寬衣，看到他脖子上的抓痕，那是女子留下的。

得是多麼瘋狂才敢這般？至少，她從來不敢。

便是有時候受不住了也只能咬自己的手背，不敢在他身上留下一絲半點兒的痕跡。

她想到李桑若俯視鄙夷的笑，心如刀絞。

可一個敵國送上的姬妾，即便知曉一切，又能如何呢？

馮蘊能想到的報復，就是在他的身上也留下那樣的痕跡，像獸一樣肆無忌憚的，咬他，啃他，趁著糾纏的光景，趁著他不會生出更大的怒火掐死她的機會，將可憐的自我恣意摧毀。

她如同找不到出口的牢籠困獸，流著淚撕咬他。

裴獗果然沒有掐死她，但萬年冰山融化了，從此一發不可收拾，她再沒見過以前那個克制保守的裴大將軍。

兩個人身上都傷痕累累，她得到了不少於李桑若身上的印跡，裴獗甚至使用了更狠更深的方式，撕裂她的所有，她嚐到了自釀的苦果。

也是在侍候他一年後才懂得，原來以前他算得上憐香惜玉，也懂得了男女那事原來有很多不一樣。

是她親手剝去了裴獗禁慾的偽裝，也是她作繭自縛，明知他的心不在她的身上，卻難以自控的沉淪深淵。

從前她以為自己只喜歡蕭三郎，原來長日相伴，也會動情。

那天離開，裴獗只是差人送來了藥，但他沒有回來。

馮蘊以淚洗面，心思找不到出路，府裡沒有她的親信，她就像關在籠子裡的鳥，對外面的世界一無所知。

半個月後才知道裴獗上了戰場，負了傷。

那傷她後來見過，就在肋骨上。

她突然瞄一眼裴獗的肋間，目光眨也不眨地盯了片刻，若是提及李桑若他才會動情，那不妨一試？

「將軍心裡的人是誰？她有我好嗎？有我這麼喜歡將軍……的身體嗎？」她朝裴獗的喉頭吹口氣，然後滿意地看著他，喉結重重地滾動，又想發瘋又要克制的樣子，興味更重，「好，將軍不說便不說了。」

她閉上眼睛，將裴獗的手搭在自己腰上，「將軍可以把我當成是心裡的人，我不介意。」

他是一個工具人，自己是一個活死人。馮蘊真不介意。如果因此讓冷靜的大將軍失控，那也是成就。

「滾！」裴獗突然開口。

不是凶狠的，而是她熟悉的那種冷靜、平淡，高高在上的嫌棄。

果然刺激到他了？馮蘊滿眼的盼望沒有得到火熱的回應，反而笑得更開心了。

她像個沒有心的怪物，貼上去，恨不得將大將軍滿身的熱血澆得冰涼，「將軍不如再認真思量片刻？」

空氣凝滯一瞬，微微低下頭，看了眼身前的女郎，裴獗黑眸裡好似醞釀著狂風暴雨，「出去！」

馮蘊故作驚嚇般抬頭，看著他冷漠的，好似萬年不化的冰眸，慢慢地退開，欠身一禮，「馮氏女告辭。」

她毫無留戀地轉身離去，帳簾撩開、落下，發出重重的悶響。

待四周歸為寂靜，裴獗才轉過頭來，將目光落在食案上。

他的吃食裡有一盅鴨肉湯，裡頭煮著幾根青菜，聞上去鮮美，可半片鴨肉都沒有，全被人撈出去了，就放在溫行溯的面前。

馮蘊出去後找到敖七，笑盈盈就離營而去。她沒有被拒絕的羞惱，只知道自己又逃過了一劫。

有哪個男子不想女郎是因為癡戀他、愛慕他，才願意許身給他呢？哪怕他不愛這個女郎，心理也是一樣。

她句句願意，卻句句都讓裴大將軍難堪。

裴大將軍的驕傲，不允許他如此。只要她時不時地賣個乖求個情，再真心實意地勸說溫行溯投降，想必可以暫時保住大兄的性命。

裴獗重才，若大兄願意留下，馮蘊倒是樂見其成，畢竟跟著蕭呈，也未必會有好下場。

轉眼就到立秋。

她等立秋等了許久了，就想等著對岸的蕭三郎倒楣，等著看他氣急敗壞的樣子。

這樁事她記得很牢，蕭三郎立秋起事，稱帝的消息是立秋後的第三日傳到她耳朵裡的。那個時候，齊軍已然調轉槍頭反攻安渡了，北雍軍還在到處籌糧，也是那時，裴獗開了王典和郡內許多大戶的糧倉。

這次裴獗有了應對，事情不會如前世那般發展，只要蕭三有異動，必會趁勢攻打信州。

她迫不及待地等著信州戰場帶來的好消息，準備借著立秋節氣慶賀一番。

豈料，一直到立秋後第三天，淮水灣都沒有半點兒消息，顯然事態發展有了不小的變化。

蕭呈這輩子不想當皇帝了？馮蘊很是不安，借著送吃食的機會，找到賀洽。

寒喧半晌，才拐彎抹角問，「淮水那頭有消息嗎？」

北雍軍的確切動向她沒有辦法去打聽，但賀洽是裴獗身邊的人，消息比她靈通。

賀洽聽得很是欣慰，「女郎擔心將軍安危，這才是正該。」

正該個鬼？馮蘊笑了笑。

「齊兵前幾日還猖狂得很，揚言要大軍攻城，這兩日突然沒了動靜，老實了，不知是不是這次大將軍出征帶了個厲害的副將，嚇住了對方？」

馮蘊一愣，「什麼副將？」

「新封的破虜將軍溫行溯，有傷在身呢，將軍硬是把人抬到淮水灣大營去了。」

馮蘊驚住了，溫行溯必然不是自願當這個破虜將軍的，這名字本身就足夠諷刺。裴獗非得把溫行溯抬到陣前去，目的很簡單。南岸那邊的將領，不少是溫行溯的下屬和兄弟。消息傳出去，對齊軍是很大的打擊，同時也斷了溫行溯的後路。

即使溫行溯重獲自由，如何再回南齊？如何面對以前的部下？尤其蕭呈這個人本就多疑，即使溫行溯跟他是知交好友，只怕也難逃厄運。

不得不說，裴獗這一招真是狠毒，可謂一石二鳥，打得人沒有還手之力。

馮蘊很擔心溫行溯的安危，朝小滿使了個眼色，示意她將帶來的好菜好酒擺上來，「賀功曹，小女子有個不情之請。」

賀洽看著桌上的東西，眼窩裡都是笑，但回答謹慎，「女郎但說無妨，能幫的，賀某一定幫。不能幫的，無能為力。」

「不會讓賀功曹為難的，小女子憂心大兄，但眼下我不便找將軍過多打聽，要是賀功曹有什麼消息，但請來告。」

這是要情報？賀洽斜著眼看她，想到將軍的吩咐——此女狡詐，她若有要求，可口頭應下。

「小事一樁，女郎安心便是。」

馮蘊誠心謝過賀洽，這才帶人離開。

卻不知，她送給賀洽的那些美食，賀洽很快就一口未動地交到了裴獗的面前，「未免女郎生疑，末將不得不收，大將軍勿要怪罪。」

「你做得很好。」裴獗瞥一眼食盒，冷漠地道：「送給溫行溯，將馮氏的話，原封不動地轉告他。」

「啊？」賀洽是真的不解了。

讓溫行溯知道馮十二娘如何的關心他，如何的費盡心機打探他的消息，真的好嗎？大將軍這是唱的哪一齣呀？

馮蘊等了好幾天，歇氣了，預料中的仗沒有打起來。

北雍軍沒有強行渡河，對岸的蕭呈也沒有稱帝，雙軍陣前劍拔弩張，卻都不動，好像都在等著對方先發第一箭。

既定的事情沒有發生，命運的齒輪轉換了方向。

馮蘊想了許久，要說這輩子有什麼不同，一是她，二就是溫行溯。

她不再像上輩子，枯守等待，想方設法給南岸捎信。

溫行溯上輩子沒有見到她就回了南齊，仍帶傷堅守信州城，而這輩子，他被裴獗帶回大營，還封了個什麼破虜將軍。

事態全然改變，馮蘊哭笑不得，但軌跡變了，人不會變，她相信蕭呈一定會走上稱帝的路。只不知，裴獗還會不會相信她的話？

還有始終找不到的葛廣和葛義，也讓她內心不安，就好像有一個什麼把柄被神祕人捏在了掌心裡，一直隱忍不發，就是個隱患。

懸在頭上的劍，比插在胸膛的更令人恐懼。

馮蘊讓暑氣蒸得受不了，心下更是煩亂，坐著驢車就去了田莊。

賀洽施政簡潔，花溪村陸續有農戶入籍分田。大熱的天，田間地頭也能看到有農人在拔草鋤地，忙碌地勞作。

有田地就有糧食，有糧就不會挨餓，這是普通人的一生，最樸素的幸福和希望。

馮蘊莊子前後的雜草都除盡了，露出乾淨整潔的田地和路面，比尋常農家更為舒適。

她在荷塘邊的茅草亭坐下，看著一片靜止的風景，撫摸著鼇崽順滑的背毛。

「崽崽，乾坤未定，我們其實不必著急。我們都還活著，活著就有辦法。蕭三不會是忙著當新郎樂昏了頭，忘記當皇帝了吧？」

入夜氣溫下降，躺在田莊的木榻上，聽到寂靜裡的蛙聲，很快就有了睡意。

簷下，夜燈幽幽。

守夜的大滿看到突然穿堂而過的高大身影，頃刻間沒有了睡意，躬身行禮，頭低下去，「將軍。」

裴獗沒有說話，從她身側走過去，推開了門。

小滿跟上去，重重咳嗽一聲提醒馮蘊，「將軍，女郎歇下了……」

聲音未落，胳膊被大滿拽住。

大滿朝她搖了搖頭，小滿哦一聲，回頭就見那扇門被將軍從裡面合上了。

房門的聲響，在夜裡格外清晰。

在小滿咳嗽的時候，馮蘊就已經醒了，但她沒有動。原以為那人會走到榻邊來，沒想到腳步停在外面，久久沒有動彈，這叫她內心不安起來。

「誰？」馮蘊低低問。

「妳睡。」裴獗的聲音隔著簾子傳來，有種低沉黏膩。

馮蘊看著他的影子映在簾子上，有點兒出神。

撲！男人抬手揮袖，火光滅了，屋子裡漆黑一片。馮蘊看不見他，只能靠聲響來猜測，他推開了桌案，抽出蒲席搭在地上，躺了下去。

這個夜格外寂靜，馮蘊屏緊呼吸，很是費解。

裴獗那天冷著臉拒絕她，現在莫名其妙來她的房裡，以為是他想通了，卻隔著簾子睡在地板上，這是鬧的什麼脾氣？

她想問，可裴獗為人沉悶，如果他不想說，即使她問了，大抵也得不到答案。

馮蘊躺下，闔上眼睛。

夜蟲唧唧，房裡卻安靜得可怕，就連鼇崽都縮在角落裡，潛伏著，不發半點兒聲音。

鼇崽似乎怕裴獗？每次見到他都會主動避讓……馮蘊東想西想，心亂如麻，又不敢翻身，生怕發出的聲音會破壞寧靜的氛圍，將自己帶入更尷尬的處境。

裴獗睡覺很規矩，就挺屍似的躺在那裡。

說來他並不是很粗魯的人，怎麼會在床笫之事上就克制不住呢？

馮蘊腦子裡不由自主鑽出兩人的畫面，平靜的、纏綿的、恨的、怨的、鬧的，重播一般。

三年光陰說長不長，說短也不短，太多回憶攪得她難以平靜，直到天亮，她才漸漸睡過去。

醒來一看，屋裡早就沒有人了。

裴獗睡過的蒲席放在原位，乾淨整潔。

小滿說，將軍天不亮就走了，莊子裡的人甚至都不知道將軍昨夜來過，還宿在女郎的房裡。

第十五章 默契打臉

天氣炎熱，馮蘊沒回將軍府，住在長門莊裡。

韓阿婆看她胃口不好，想方設法給她弄些鮮貨來吃，附近的村子都讓她走遍了，東家換一把青蔬，西家換兩根玉米，一日三餐，變著花樣。

可馮蘊還是肉眼可見地瘦了，每天起床，哈欠連天，脾氣也壞了些。

就連鼇崽那小東西，也蔫頭耷腦的，好像夜裡沒有睡覺似的，白天就找個涼爽的地方窩起來。

「以前鼇崽夜裡常出去的，近來也不出去了。」韓阿婆覺得這一人一貓很是不對，又伸手去摸馮蘊的額頭，「不是病了吧？」

馮蘊搖頭，「暑氣重。」又瞥一眼睡得香的鼇崽，「崽也是，累的，讓牠睡吧！」

「那老僕給崽換點兒好吃的去。」

韓阿婆出去，看到佩兒和環兒兩個丫頭又在往淨房抬水，眉頭都蹙緊了。

十二娘飯不愛吃，覺睡不好，沐浴倒是比平常次數多了些？

「立秋都過了，怎會熱得吃不下飯？」

簷下，兩個婢女在灑掃，說話。

院子裡，又有花溪村的村民拿東西來換驅蚊的香片。

那是馮蘊前陣子拿了方子讓阿樓去石觀縣配的，說是加了松香、艾蒿、硫磺還有砒霜等物，

藥材本身就很貴了，但女郎交代，只要是村裡的人來換，一把青菜也好，一個雞蛋也罷，拿什麼

就換什麼。

阿樓有點兒心疼，但不敢違令。看著兩個婦人千恩萬謝地出門，他嘆口氣，回頭就撞上韓阿婆盯視的眼睛。

「樓總管。」

阿樓嚇壞了，韓阿婆以前總是親昵地喚他阿樓，像對待子姪一般。

這一聲樓總管，他如何擔待得起？

「阿婆有事就吩咐，可別嚇壞了小的。」

韓阿婆拉住他往院外走了幾步，「女郎可是有什麼不適？叮囑你們不許我知情？」

阿樓擦了擦腦門上的汗，笑盈盈地回，「女郎說了，阿婆是鎮莊之寶，有這樣的事，哪裡敢瞞妳。」

哼！韓阿婆看他小子老實，臉色好看一些，「下火爐的天，你也別太累，趕緊去歇了。」

阿樓感恩戴德，總算有人看出他也瘦了嗎？

入夜，花溪村寂靜一片。

阿樓不敢睡實了，有點兒風吹草動就爬起來看一眼。

折騰到三更才踏實下來，一覺睡下去便昏天黑地，聽到外面爭執和喧鬧的聲音，還以為自己在做夢。

直到門被拍響，他披衣出去，正好碰到敖七從裡屋出來。

少年頂著兩個黑眼圈，殺氣騰騰地拔出腰刀，「我去看看是哪個不要命的殺才，大清早上門拿人。」

阿樓看他怒火沖天，喊一聲敖侍衛，剛想說什麼，可少年腿長走得快，不等他出口，就不見人影了。

阿樓急忙追上，不料看到的竟是敖七訥訥收刀的樣子。

來人不是別人，正是御史中丞敖政，敖七的親爹。

御史中丞監督百官，專任彈劾，出有專道，職權地位很是烜赫，百官忌憚。

所以敖政也沒有想到，居然有人會提著腰刀來砍自己，嚇出一身冷汗才看清那狗東西居然是親生兒子，登時氣不打一處來，「跪下！」

庭院裡黑壓壓的一群人，從大門到院子，被百來號禁軍塞滿。

梅令部曲二十幾個人，被官兵擠在中間，就跟夾肉餅一樣，毫無戰鬥力。

領兵的是禁軍左衛將軍，韋錚。

這人以前是東宮侍從武官，小皇帝登基後，得以宿衛殿中，又因長得高大俊美，很受太后看重，身分自然水漲船高。

當著韋錚的面，敖政恨不得把兒子掐死。

敖七也沒多抗拒，撲通一聲就跪在青磚石上了。

「兒子叩拜阿父。」

自從敖七離家隨舅出征，這還是父子倆第一次相見。兒子長高了，曬黑了，人也瘦了，兩隻眼睛狼崽子似的，瞪得溜圓，看上去沒睡好。

敖政又是生氣，又是心疼兒子，心裡抱怨不知他阿舅如何帶孩子的，嘴上卻是哼哼，「起來說話。」

敖七慪慪起來，看著親爹，眼睛都紅了，「阿父不在中京享你的清福，跑到這兵荒馬亂的安渡郡來做什麼？」

「一邊去，沒你的事。」敖政覺得兒子神色很不好，好像受了天大的委屈似的。但在這麼多人的面前，他說不了體己話。

阿樓認不出這群官兵是什麼來路，看他們著裝不是北雍軍，領頭的還是敖七的親爹，愣了片刻，便上前長揖一禮，「我是花溪村長門莊的管事，敢問諸位官爺……」

「滾！」韋錚很是氣盛，不等阿樓說完，便搶步上前推開他，「你是什麼東西？也敢來詢問臺主？喚你們家主出來回話。」

阿樓沒有動怒，又客氣地拱手道：「我家女郎卯時起身，不好打擾，要不諸位官爺西堂稍坐。」

「哈哈！」韋錚冷笑兩聲，盯住他，「花溪村長門莊馮氏女私藏齊軍守將溫行溯，通敵賣國，這等大罪，你讓本將等她睡到卯時起身？」

敖七一聽急了，「你胡說什麼？」

「閉嘴！」敖政拽住他的胳膊，「你的事一會兒再發落，這裡沒你說話的份。」

「阿父！」

「來人，將郎君帶下去。」

敖七瞪大眼睛，可子不逆父，他滿臉氣惱，卻不敢甩開敖政的手。

阿樓往女郎住處望了一眼，心稍稍定了定，再次揖禮相問，「官爺拿人，可有緝拿文書？」

「什麼狗仗人勢的東西？」韋錚罵咧一句，又是一個猛力，將阿樓推倒在地。

阿樓的身子重重撞在青磚石上，痛得兩眼昏花。

不等他起身，一隻穿著皁靴的腳就踩在了臉上，「聽著！」韋錚咬牙切齒，陰陰地笑著，雙眼看向邢丙等躍躍欲試的梅令郎，「本將奉旨前來抓捕通敵要犯，回中京問審，爾等放下武器，跪地求饒，或可落個活命的機會，否則一律視同馮氏女同黨，從重處罰！」

阿樓痛得齜牙咧嘴，一群梅令郎早已變了臉色。

「拿不出安渡郡府的緝拿文書，你們與流匪何異？」邢丙大著嗓門質問。

緊跟著，就有人抬出裴獗來壓人，「你們來安渡拿人，得到大將軍允許了嗎？」

「正是，也不打聽打聽，花溪長門莊跟裴大將軍是什麼關係。你們竟敢越過大將軍，私自派兵圍捕，等著吃大將軍的軍法吧！」

「大將軍？」韋錚冷眼看來，笑容得意，「天子犯法與庶民同罪，有大將軍撐腰便可以為所欲為嗎？臺主，下令吧！」

敖政看一眼怒目而視的兒子，臉上略顯猶豫，「韋將軍萬不可衝動行事，等見到人，細問再說。」

「臺主怕了？」韋錚再次冷笑。

他當然知道敖政顧慮的是什麼，但他不信，裴獗遠在淮水灣大營，離這裡近百里，會來這個破落村宅給一個小姬妾撐腰？

狐假虎威的小把戲而已，他韋錚根本不看在眼裡。太后讓他親自領兵過來拿人，分明就是找個理由給他立威的，可不能辜負了太后。

即使得罪裴獗又如何？只要將人帶離了安渡郡，他還能提刀到嘉福宮裡來要他腦袋不成？

這麼一想，韋錚又囂張起來，「人，我拿定了。臺主，你看著辦吧？」

見敖政不言語，韋錚更是笑得陰陽怪氣，「臺主督司百官，不會想徇私吧？」

敖政沉下臉來，他從不認為韋錚得勢靠的是真本事，一個靠臉的郎君在他能征善戰的小舅子面前提鞋都不配。

「韋將軍這話本官不愛聽。」敖政捋著鬍鬚斜著眼，「韋將軍若有本官虧法從私的實證，不如劾奏金鑾殿，治我一個不守臣節之罪？何必在此大放厥詞？」

御史中丞在朝堂上都可以口沫橫飛地怒懟百官，可謂巧舌如簧，韋錚一個武將哪是對手，只好搬出太后，「臺主莫要忘了，你我此行的目的。」

敖政冷哼，抱拳拱手朝上，「本官領命出京，無須韋將軍警告，自不負皇命。」接著又撩眼一瞥，一副你奈我何的樣子，「還請韋將軍慎言，再說什麼不體面的話，本官說不得回朝又要奏上一本。」

韋錚恨不得拔刀宰了這老匹夫，可出發前太后特地叮囑他，見機行事，不可魯莽。於是壓下來的那口氣，當即就踹在阿樓的身上，然後才悻悻回身抱拳，「在下並無他意，臺主見諒。」

聲音未落，轉頭又去踢打阿樓，「既是你家女郎金貴，要卯時起身，那本將便打到她醒來為止，看她能睡到什麼時候？」

這一打用足了力道，當即引來梅令部曲的憤怒。

阿樓拼著一口氣，回頭朝邢丙搖了搖頭，「不可衝撞……官兵……」

最後那兩個字，他幾乎沒有力氣出口，喉頭一陣腥甜，嘴巴張開，當眾噴出一口鮮血。

「阿樓！」

「樓總管！」

這一幕，看紅了梅令郎的眼，也讓敖七的熱血直沖天靈蓋，「姓韋的賊貨，我宰了你！」

他用力掙開鉗制的兩個敖家侍從，提刀就要衝上來，嚇得敖政一個激靈，張開雙手攔上去。

恰在這時，一直緊閉的主屋大門開了。

兩個纖瘦美豔的婢女率先出來，一左一右站在兩側。隨後兩個侍衛走出來，是左仲和紀佑，二人持刀而立，高大健壯很是駭人。

周遭突然安靜，韋錚、敖政和那一群禁軍，好似都意識到了什麼，當即屏緊了呼吸。

果不其然，當門內再次傳出動靜的時候，眾人看到一對男女相攜邁出門檻。

裴獗走在前面，緊握的手心裡，牽了個嬌豔昳麗的小娘子，二人衣袂飄動，臉上如出一轍的冷漠，在晨曦薄霧下，卻宛如一對璧人。

院子裡的人，齊齊怔住了。

不是說大戰一觸即發嗎？身為統帥，裴大將軍不在淮水灣大營裡督戰，為何會出現在花溪田莊？

韋錚其實從來沒有近距離看裴獗的機會，裴獗身上還是一襲便服，但韋錚卻在看他的第一眼，就確定此人正是李太后心心念念的裴大將軍。

情敵見面分外眼紅，韋錚滿腔氣恨，偏生又提不起那口狂氣。

裴獗身上自有一股俯視眾生的氣勢，逼得他不敢造次。

韋錚暗自磨了磨牙，低頭拱手，「末將韋錚奉旨前來拿人，請大將軍行個方便。」

裴獗沒有看他，掃一眼庭院裡的眾人，「拿下。」

兩個字，簡簡單單，卻如悶雷炸響。

眼看幾個侍衛走出來抓住韋錚，梅令部曲熱血沖腦，激動地大喊將軍英明。而那一群拱衛皇城的禁軍，平常在窩裡橫著走，面對上陣殺敵的北雍軍士兵，居然不敢動彈。

韋錚用力掙扎，「大將軍這是何意？」

裴獗平靜地看過來，「韋將軍在我府上大動干戈，殘害僕從，當以法論。」

在他府上？韋錚瞪大眼睛看著他身側的小娘子，「大將軍誤會，末將同臺主是奉旨前來，捉拿南齊守將和包庇敵將的通敵要犯。」

裴獗面無表情地抬手，穩穩攬住馮蘊的細腰，「韋將軍要拿的人，是本將？」

韋錚怔住。

「信州守將溫行溯仰慕本將，私自離營逃往安渡，投誠北雍軍，這是何等凜然大義？豈能由爾等小人侮辱？」

庭內譁然，便是敖政都愣住了。

什麼仰慕、投誠，凜然大義？怎麼從中京到安渡，事情就變成了這樣？

「左仲。」裴獗平靜地側目。

左仲點點頭，從懷裡掏出早就準備好的文書，走到敖政面前，雙手呈上，「臺主請過目。」

敖政看一眼裴獗，小心翼翼展開，只見上面確有溫行溯的署名，以及裴獗在陣前封溫行溯為「破虜將軍」的正式行文。

大將軍有這個權力，此事也發生在朝廷拿人以前，裴獗早就備有後手。

敖政眼皮猛的跳了兩下，示意隨從將文書呈到韋錚面前。

韋錚早已面如死灰，文書上的字，一個比兩個大，他眼睛都嚇花了，沒有辦法專注去看那些字眼。

他沒有料到裴獗會為了一個姬妾與太后和朝廷作對，一時不察，落入了裴獗和那小娘兒們的圈套。

在他拿那個管事出氣的時候，兩個狗男女就躲在屋子裡聽著，不出一聲，讓他誤以為馮氏女害怕不肯露面，裴獗身在淮水灣大營，這才得意忘形，打得狠了。

他們要拿他的錯處，要重重地辦他，可惜，清醒也晚了。

「大將軍……」韋錚雙腿發軟，眼裡露出求饒的目光，「是末將不懂事，擾了將軍清靜，也不知是哪個小人不明情由在太后跟前嚼舌，這才引來了誤會。」

他沒有看到裴獗有反應，那雙冷漠的眼睛甚至沒有過多地停留在他的身上。

阿樓已經被人抬入了裡屋，邢丙去叫大夫了。

韋錚到底年歲不大，太沉不住氣，太想在李桑若面前立功，這才忽略了裴獗的狠戾，這時發現自己落了下乘，沒了半點兒氣勢。

「末將奉旨行事，即使有誤傷，也不是有心之過。」

敖政反問，「韋將軍此意，是太后讓你出京行凶殺人的？本官為何沒受這等旨意？」

韋錚恨不得一巴掌拍死姓敖的，落井下石。

裴獗就像沒有聽見，淡淡側目看馮蘊，「阿樓是妳的僕從，妳是苦主，妳看如何處理？」

什麼？不僅韋錚氣得要暈過去，就連敖政都覺得此事不妥，上前拱手，「大將軍，韋將軍是朝廷命官，即便有錯，又怎可……」

「天子犯法與庶民同罪，以臺主高見，韋將軍未審私刑，致人重傷，該當何罪？」

這是方才韋錚親口說的話，用來堵敖政的嘴再合適不過。

敖政訕訕看一眼韋錚，露出一個愛莫能助的眼神。

韋錚還想掙扎一下，「即便末將有罪，也當返回中京，由朝廷治罪。」

「在北雍軍的治下，便以我的規矩來。」說罷，低頭對馮蘊道：「妳來。」

馮蘊的腦子這時已無比清醒，先前想不通的事情，現下都明白過來。

怪不得裴獗這幾天夜裡默不作聲到長門莊來，天天在她房裡挺屍，不到天亮又離開，原來他早知大晉朝廷會突然發難。

這次如果裴獗不護她，只要她被人帶離安渡，落到李桑若的手上，隨便一條罪就會讓她生不如死，可以想見將會是個什麼光景。

他沒有順水推舟將她和溫行溯交出去，馮蘊記他一個人情。

可眼前裴獗交給她的，是一個難題。不處罰，不足以立威，處罰重了，只會為自己和裴獗帶來無窮無盡的煩惱，尤其在阿樓只是受傷的情況下。

所謂刑不上大夫，阿樓傷得再重，也治不了一個朝官的重罪。

裴獗眼下手握重兵，權柄赫赫，是大晉的重臣，又是在晉齊兩軍開戰時，當然沒有人敢為難他，但往後呢？

多少為王朝興盛立下過汗馬功勞的大功臣，落得飛鳥盡，良弓藏的下場。

權力的博弈裴獗不會不懂，他肯定也不想讓人戳脊梁骨，說他功高蓋主，不可一世，從而惹來朝野上下的反感。

也許這是裴獗對她想做謀士的考驗吧？

「敢問將軍，以軍法如何論？」

「殺頭。」

韋錚嚇得一激靈，他再得太后信重，但裴獗當真殺了他，也沒有任何人會來給他申冤。

「將軍饒命！將軍饒命！」韋錚已顧不得顏面，不停地求饒。

那一群禁軍也一個個慘白臉，不知會落得什麼下場。

不料，馮蘊突然按在裴獗的手背上，輕輕一笑，「一場誤會罷了，倒也不用殺頭。」

聽她說這句話，韋錚便鬆了一口氣。

「不過……」馮蘊嘆息一聲，聲音裡還帶了一絲身不由己的無奈，「阿樓是我的人，我不為他做主，將來如何令人信服？」

眾人的心再次提了起來。

馮蘊沉思一下，為難地看著韋錚，「太后掛心前線將士，掛心安渡民生，才會如此緊張派將軍前來，對不對？」

韋錚一聽，對呀！他重重點頭，用力點頭。

「那要是韋將軍和諸位禁軍將士為安渡郡的民生做點兒什麼，太后定會心生喜悅，對不對？」

韋錚再次點頭，「是是是，太后殿下愛民之深，天地可鑒啊！這場誤會，全因太后殿下愛惜民眾，愛惜陣前將士。」

馮蘊也點頭，很是感佩的模樣，「太后殿下仁德布化，惠澤黎民，實在是花溪村民之福。」

這和花溪村何干？韋錚腦子裡空白片刻，就見馮蘊轉身，朝裴獗長揖一禮，「大將軍，花溪村尚有數百頃荒田旱地沒有打理，單是我馮家，就有十頃之多。一是人手不足，二是農具不豐，耕地不力。既然韋將軍有心，何不讓韋將軍帶著諸位禁軍將花溪村的荒地打理出來，以功抵過？等民眾分地入戶，便可耕種了。到那時，肯定會感恩太后，感恩將軍呢！」

裴獗盯住她的眼睛，不知在想什麼，深邃如淵，半晌才淺淺吐出一個字，「准！」

韋錚看著天際火紅的太陽，幾乎當場暈厥，這樣熱的天，馮氏女竟要他去墾荒？

一群禁軍被邢丙帶著下地去了，韋錚滿是不情願，可身邊跟著兩個北雍軍侍從，背後有裴獗的目光，他不敢不認命，下地總比被裴獗殺了好。

那一群禁軍也如此想，有人有農具，一個頂倆。沒有農具的人，徒手拔草，幹起活來也很是賣力。

敖政看著這場面，一時都不知道說什麼才好。

但敖七看著這位無話可說的御史中丞，有很多話要說。

在今日前，營裡兄弟都不知道敖七是御史臺老大的兒子，真名敖期。

這下身世曝光了，再往後即使他立下軍功，只怕也有人說靠的是裙帶關係。

敖七恨不得敖政快走，上前拱手便攆人，「臺主何時回京覆命？」

敖政看他那不爭氣的樣子，就想再教訓幾句，並不想走，「等下找你算帳。」隨後朝裴獗一揖，「妄之，打擾了。」

裴獗好像認不出他是姐夫，表情沒有半點兒變化，「臺主不用行此大禮，堂屋說話。」說罷，朝馮蘊看一眼。

他沒有說一個字，馮蘊卻心領神會，「臺主、將軍，請水榭小坐。」

郎舅二人相聚，定然會有私話要說，馮蘊將人請到荷塘邊的小木亭坐下，親自帶著大滿和小滿前來奉茶。

小木亭前幾日才翻新過，頂上的茅草還帶著新鮮的草香，荷塘裡蓮花正豔，簡陋了些，但也別致。

馮蘊奉茶很講究，溫杯、注水、燙壺，一舉一動全是世家大族裡才教得出來的規矩，而看似簡單的茶葉，入口竟帶荷香，啜飲生津。

「好茶。」敖政不由多看了她一眼。

「臺主慢用。」馮蘊不便打擾，端著托盤退下。

裴獗沒有多說什麼，看她一眼，垂目飲茶。

馮蘊走下臺基，正要去看阿樓的傷，不料被敖七攔住。

少年郎目光複雜，英俊的面容在灰瓦木屋的襯托下，很是惆悵。

「敖侍衛怎麼了？」

「女郎就沒有什麼話想問我嗎？」

不知怎的，敖七這蔫頭耷腦的模樣，看得馮蘊很想逗他。就像對待鼇崽一樣，甚至想擼一下他的腦袋。

「沒有。」她佯作冷漠，「敖侍衛不要堵路，我要去看阿樓。」

敖七抬起那雙泛紅的眼睛，滿是無辜，「大夫看過了，死不了。」

馮蘊不滿地看他，「這叫什麼話？」

敖七看她對自己渾不在意，臉色更是不怎麼好，「女郎誰人都關心，誰人都想到，就是想不到我。」

馮蘊眉梢一挑，「敖侍衛需要我想什麼？」

敖七一時被她噎住，說不來話了。

這個時候，他就有點兒著惱，怎麼他就嘴笨，沒有遺傳到他老子的巧言令色？到底是不是親生的？

「我……我不叫敖七。」

馮蘊訝然，抬手在他眼前晃一下，「你鬼上身不成？」

敖七一把抓下她的手，一片滑膩肌膚落入掌心，又像被火灼燒似的，飛快地收回來，不知往哪裡放，趕緊搓了搓發燙的耳朵，「我叫敖期。」

「你不叫敖七，你又叫敖七？敖侍衛到底要說什麼？」

「不是七，是期，期待的期，」

馮蘊哦一聲，「那我去看阿樓了。」

敖七看她要走，有點兒急了，「妳不生氣嗎？」

「生什麼氣？」

「我騙了妳，沒有說實話。」

「敖侍衛說笑呢？那是你的私事，我如何會生氣？」

敖七鬆口氣，又恢復了一貫的笑容，「我同妳去看阿樓。」

馮蘊沒有拒絕，兩人並肩而行，往院子裡去。

敖七不知想到什麼，突然問，「女郎去過中京嗎？」

馮蘊眉心微微一蹙，上輩子是去過的。

過去那麼久，中京繁華仍然歷歷在目，她甚至還記得中京洛城的大將軍府邸裡，有一株百年牡丹王，裴獗很是鍾愛。後來就因李桑若常藉口觀花來將軍府，就被她養死了。

那時候的她也屬實任性，虧得裴獗不知實情，不然可能早就要了她的小命。

紛亂的回憶在腦海裡與現實碰撞，馮蘊沒注意敖七，以至於錯過了敖七眼裡寫滿的期待。

「沒有去過。」她聽到自己違心地回答。
「女郎想去嗎？」
馮蘊這才意識到敖七的古怪，側目靜靜地看著眼前的少年郎，突然福至心靈，想到一件舊事。
敖七好像是因為抗拒家族聯姻才偷偷跟裴獗上戰場的，如今被親爹逮到，該不會是慌了吧？
「敖侍衛問我這個做什麼？以我的身分，何來選擇的機會？」
「若是女郎有機會選擇呢？」
馮蘊想了想，點頭，「也想去看一眼。」
敖七雙眼亮開，笑得露出整齊的大白牙來，「那就好。」
馮蘊覺得親爹來了以後，敖七變得十分可愛，「那我如何去中京？坐囚車去嗎？」
「等戰事結束，我將女郎要過來。」
馮蘊滿臉疑惑，她這是聽到了什麼虎狼之言？
上輩子敖七極是嫌棄她，為了把她從裴獗身邊趕走，沒少做讓她難堪的事情。
這次又想耍什麼花招？馮蘊滿是戒備。
敖七卻沒心沒肺，臉上陽光明媚，「女郎等著便好。」
而另一頭，木亭裡光線很好。
敖政和裴獗將那兩個邊走邊談的身影，悉數收入眼中，但誰也沒有說話。
好一會兒，敖政才出聲打破了寂靜，「小七在營中，如何？」
裴獗收回視線，臉上看不出情緒，「臺主看到了。」
以官職相稱，而不稱姐夫，這是跟他劃清界限呢！
敖政有點頭痛，其實他剛才就發現了，敖七對那個馮氏女實在太上心了，態度也親密了些。
好在，裴獗沒什麼反應，應是不甚在意。一個姬妾而已，說得再好聽，也是主人家可以隨意打發的東西。

時下朋友之間、兄弟之間、上下屬之間，轉贈姬妾是常事，不足為奇。但如果落在敖七身上，敖政就接受不了。

中京十幾歲的少年，像敖七這麼大的，早已懂得風月，敖七卻一心習武，要跟舅舅一樣征戰沙場做大英雄。這孩子有大志向，前途不可限量，怎可鬧出搶舅舅姬妾的笑話？

敖政觀察著裴獗的臉色，斟酌片刻，捋著一把美鬚，嘆口氣道：「小七的婚事早就定下了，只等戰事結束，家裡就給他們操辦。可這渾小子打死不肯鬆口，你當舅舅的，有機會幫我們勸勸。」

裴獗不看他，垂眸飲茶，「臺主，喝茶。」

敖政一顆心七上八下，深深吸口氣，也低頭飲一口，「以荷入茶，馮氏女心靈手巧，是個能掌家的。」

裴獗狀似未覺，唇角微抿，「是嗎？」

你不就想讓我誇一下嗎？我都厚著臉皮誇了，你又來裝不知。可惜他這個御史中丞可以罵遍滿朝文武，唯獨不敢罵小舅子。

敖政長嘆一聲，「若馮氏是個尋常女子，也不會讓宮裡心生忌憚，不惜搬出朝官、御史臺，如此大動干戈。」

「不過是李宗訓藉機找事。」

敖政見他肚裡明白，老懷欣慰，「妄之明白就好，但這把刀子是你親自遞到李宗訓手上的，能怪人家往死裡捅嗎？李宗訓那個老東西，野心不小呢！方才你也聽到了，韋錚才上任多久，就敢在本官跟前叫板，誰給他的能耐？」

裴獗面無表情，眼風掃過馮蘊和敖七遠去的背影，眉心皺了一下。

敖政放下茶盞，身體往前傾，看定他的眼睛，壓低聲音，「朝中近日有風聲傳出，太后要擴大候人數量，成立『大內緹騎司』，欲與曹魏的校事府比肩。有人給我透底，說太后在李宗訓跟前舉薦了韋錚。」

候人便是斥候，候官是斥候首領，做的是刺探情報的事，如今已有數百人之多。但比起曹魏的校事府少了一些特務的職能，不可以羈拿下獄，掀不起多大的風浪。

如果再行擴大，分明是要仿效校事府，以特務機構來監視百官，從而掌控百官，勢必會造出一片腥風血雨。

「李老狗這是要捏住百官命脈，為其所用啊！」

敖政一句一句地把朝中大事揉碎了，再拆開來分析。可裴獗不言不語，好似一個冷眼旁觀者。

他見狀，又忍不住提點，「李家眼下最忌憚的，無非妄之也。昔日之恩，今日之仇。恩有多重，仇就有多大，妄之不可不防。」

當初是裴獗一力托舉小皇帝登基，也是因為有他手上重兵，才能鎮得住那些皇族宗親的勢力，使得北晉這些年來沒有如同南齊一般，兄弟鬩牆，自相殘殺，保持了相對的穩定和發展。

可平靜能保持多久呢？

李宗訓當日倚仗的，變成了今日懼怕的。

從龍之功，終會成為功高蓋主！

「依我說，妄之實在不必為一個姬妾自揭其短，將把柄遞到李老狗的手上。一旦落個通敵的罪名，即使今日無事，來日必翻舊帳。」

「欲加之罪。」

看他油鹽不進，敖政重重一嘆，「欲加之罪，那也要有個由頭，不會憑空生出說法來啊！妄之此舉很不明智，若你信我，不如讓老夫將馮氏女帶回中京。老夫以項上人頭擔保，必可保她一命。」

「若有一日，朝廷要問罪長姐，逼你交出人來，臺主如何選擇？」

敖政一怔，這些年，裴獗很少和他提及他的長姐。

因為當年娶了正妻後，他又納了兩房姬妾，裴獗就此疏遠了他。

「馮十二娘只是一個姬妾，說難聽點兒，與家奴無異，怎可同你長姐相提並論？」

「男兒大丈夫，有所為有所不為。」裴獗似乎不想跟他討論這個問題，留下這句話，一眼都不看敖政僵硬的表情，「你若真把長姐放在心上，便不會納妾。」說罷起身拂袖而去。

只留敖政一個人在木亭下吹熱風，「妾之總有一天會明白我的。」

男人嘛，年輕的時候才會鍾情，到一定歲數就知道了，哪有什麼從一而終？

水靈靈的花骨朵在眼前含苞吐萼，聖人也忍不住呀！

第十六章 暗夜問香

邢丙找的大夫是從本村叫過來的，姓姚，單名一個儒字，前兩天才入籍花溪村，就在馮蘊家莊子的西頭，一家七口人住著三間簡陋的茅草屋。

亂世當下，人跟人交往很簡單——不問過去。

入住的那天早上，姚大夫的新婦汪氏壯著膽子來長門莊，借兩斤白麵，說孩子饞大白饅頭，哄不住。

阿樓讓灶房給了她，汪氏千恩萬謝地回去，夜裡便還來十斤粟米。

她來時，恰好碰上邢丙家的二郎流鼻涕，當即領到姚家看診，拿出為數不多的藥材，幫他熬藥喝下，才送回來。

藥材在時下可是稀罕金貴的，姚家不藏私，長門莊也不能太小氣。而且有個大夫住在近鄰，那是天大的好事。

馮蘊讓徐氏帶了一刀肉，二十來斤大米去姚家，千恩萬謝送上診金，一來二去，兩家關係便親厚了些。

阿樓挨了一頓打，方才從昏迷中醒過來，痛得直叫喚。

馮蘊進去的時候，姚大夫正坐在床前，為他處理傷口，「小郎，忍一忍。」

阿樓剛要出聲慘叫，看到馮蘊的身影，猛的閉上嘴，一張臉硬生生皺成包子。

馮蘊問他的傷情，聽姚大夫說沒有內傷，這才放下心來，調侃阿樓，「痛就叫出聲來，男子漢大丈夫，不叫白不叫。」

阿樓撇著嘴，眼圈都紅了，「女郎，小人不痛的。」

「傷成這樣，怎麼能不痛？你放心，我給你報仇。姓韋的，餓他一天再說。」

幹活還不給吃飯嗎？阿樓想了想，覺得很解氣。可內心裡隱隱又很難過、憋屈，他知曉將軍在女郎房裡的，但他沒有想到，將軍和女郎聽見他被那姓韋的痛打，居然沒有出來為他撐腰。

直到暈過去那一刻，阿樓內心其實都很悲涼，僕從命賤，沒有爹，沒有娘，便是被人打死又如何？

然而，等他醒來聽說姓韋的和那些耀武揚威的禁軍都被拉去開墾荒地了，氣又消了。

就像那次讓他帶傷去訛詐王典一樣，總歸是為了長門莊所有人，只要大家都有好日子過，他受點兒傷算得了什麼？

等姚大夫上好藥，告辭離去，馮蘊才開口，「在想什麼？」

阿樓臉上忽悲忽喜，搖了搖頭，「小人什麼也沒想。」

馮蘊哼笑一聲，「樓總管勞苦功高，想要什麼賞賜？」

阿樓微微一愕，為什麼女郎總是能看穿他的心思呢？

阿樓感到羞愧，為那點兒自私的想法，「小人不要賞賜，小人只是挨了一頓打，什麼也沒有做好，小人不配領功勞。」

「胡說！」馮蘊正色看著他，「今日的首功就是你，若沒有你那一頓打，將軍和我如何治得了那姓韋的？如何反戈一擊？」

阿樓本來有點兒自輕，聽馮蘊這麼說，又覺得自己確實了不起。

以前的他，遇上韋錚這樣的權貴，肯定早就跪下求饒了。可他今天應對貴人很是得體，並沒有丟女郎的臉，除了被人踩在腳下痛打的時候叫得太狼狽，別的很有總管的模樣了呢！

阿樓望著馮蘊得意一笑，「下次還有這樣的差事，女郎也讓小人來做，小人得心應手……」

「沒有下次了。」馮蘊溫和地看著他，「今日對不住了，請你原諒我。」

阿樓驚愕，嘴巴張大合不攏，「女，女郎……這是什麼話？」

「你們跟著我，我卻沒有能力保護好你們，這才不得不出此下策，是我弱而無能。阿樓，若有下次，我希望我們可以用更簡單粗暴的方式打回去，而不是挨打，委曲求全。」

阿樓怔怔地看著她，突然哇的一聲哭出來，其實是有委屈的，但這一刻釋懷了。

女郎只有十七歲，比他還小一些，可女郎一個人挑那麼重的擔子，還想著如何保護他們，還向他道歉……所有的自尊都被熨平了。

門內，主僕二人掏心窩子地說著話，門外，敖七也紅著眼睛，看著站在面前的裴獗，「阿舅所想，同女郎一樣嗎？」

別人不知道裴獗在馮蘊的房裡，敖七卻是親眼看見的。這幾個晚上，舅舅都三更半夜偷偷摸摸地來，每次舅舅一進屋，女郎房裡的燈就滅了。

敖七一個人輾轉反側的時候，腦子裡總會一遍又一遍地想，他們二人會說什麼？會做什麼？摧心剖肝的，如同在煉獄裡煎熬。

今天阿樓挨打的時候，他最初沒有出手，就是想到有裴獗。舅舅出面，沒有人再敢放肆的，可惜他沒有等到裴獗出來，最後才提了環首刀要砍人。

「之前我不懂阿舅為何深夜入莊，現在才明白有這般深意。」說到這裡，敖七朝裴獗一拱手，「外甥對阿舅有所誤會，在此賠禮了。」

不待他揖下去，頭頂便傳來裴獗冰冷的聲音，「你沒有誤會。」

敖七慢慢抬頭，對上那雙波瀾不興的黑眸。

裴獗一如既往的冷漠，「我和馮氏，一樣沒有心。為達目的，不惜犧牲他人。」說罷，負手扭頭自去了。

敖七有刹那的恍惚，他懷疑自己聽錯了，怎麼會有人承認自己是個狠心的人呢？

不對，舅舅一貫狠心，可女郎不是呀！她那麼溫柔，那樣真誠的跟阿樓道歉了。

✣ ✣ ✣

敖七去荷塘木亭的時候，敖政剛好喝完那一壺茶，準備去找茅房方便。

不料，敖七走上來就將人堵住，「阿父，我有事要談。」

敖政捋著鬍鬚看他，「正好，阿父也有事問你。」

敖七怔了下，「阿父先問。」

敖政輕咳一聲，問得耐人尋味，「你阿舅他……莫不是對馮氏女動了真情？」

敖七身子僵了僵，冷著臉看他父親，「阿父問這個做什麼？」

「你以為我想問啊！」敖政不滿地瞪兒子，「若非你阿母再三叮囑，我才懶得管你們甥舅的事！」

敖七抿了抿唇，「阿母還好嗎？」

「哼！算你狗肚子裡裝了點兒良心，還知道問你阿母。」敖政臉色好看了一些，「你要不強了，早些把婚事定下，你阿母也就不用為你操心了。」

敖七不愛聽這個，俊臉又拉了下來，「阿父何時啟程離開安渡？兒子送您。」

「狗東西，你就如此不待見你阿父？飯沒吃一口就趕人？」

敖七揚了揚眉，目光涼涼地問，「阿父不走，難道還存了將馮氏女郎帶回中京覆命的想法？」

知子莫若父，知父也莫若子啊！

敖政一聲嘆息，「不知那馮氏女給你阿舅灌的什麼迷魂湯，為父動之以情，曉之以理，他反倒說我不是。」

「阿父，兒子有一個兩全其美的好辦法。」敖政看著眉目嚴肅的兒子，突然覺得這個兒子長大了，「說來聽聽。」

「兒子將馮氏女要過來，事情便可迎刃而解。」

敖政老臉一變，「狗東西，你有種再說一遍？」

「兒子有種，您的種。」敖七梗著脖子，與盛怒的父親大眼瞪小眼，對視良久，突然將頭一低，直挺挺跪了下去，「阿父，兒想將馮氏女佔為己有，求阿父成全。」

敖政快要嚇死了，他恨不得一腳踹死這個孽障，可又打不過，呼吸，用力呼吸，克制憤怒，「孽子，她是你阿舅的姬妾啊！舅父舅父，舅舅如父啊！」

敖七臉頰浮出一抹燥熱，「怪只怪兒子下手太晚。」

敖政咬牙切齒，罵聲都快湧出喉嚨了，又怕讓人聽見，彎下腰一把揪住敖七的衣領，低聲訓斥，「你個孽障，馬上收回你這荒唐的想法。這次回中京，為父立馬為你下聘⋯⋯」

「阿父！」敖七抬頭，勇敢地直視著父親，「據兒所知，馮氏女對阿舅並無情分，而阿舅待她⋯⋯更是無意。」

他不清楚馮蘊在舅舅心裡的地位，即便有幾分興趣，也無非見色起意，與他真心相許是完全不同的。

敖七說著連自己也不敢相信的話，「阿舅府裡有十幾個姬妾，不缺馮氏一個。只要阿父開口，阿舅必定同意。」

要死了要死了！敖政一口老血在胸膛湧動，恨不得馬上昏過去算了，「小孽障啊，你叫為父說你什麼好？」

又吸一口氣，確保沒有人注意到父子倆，又繼續黑著臉訓人，「收回你的賊心思，聽到沒有？萬萬不可在你阿舅面前提及。你阿舅並非重慾之人，今日會為馮氏女與丞相、太后，乃至滿朝文臣作對，豈會輕易轉送給你？你這腦子怎麼長的？」

「阿父！」敖七眼圈都紅了，「不試一下怎麼知道？」

「你……異想天開！」

「阿父，我想要她，很想，很想。」敖七磕頭，一個接一個地磕下去，「兒子求您，只這一次！兒子從沒有求過您什麼，只要阿父肯為兒將馮氏女要過來，兒子從今往後必聽阿父的話，阿父說東，兒不說西……」

「我呸！」敖政使勁捏他的臉，恨不得把他捏醒，「你要當真得到馮氏女，你還會聽你阿父的話？就你那狗德性，都恨不得湊到人家跟前搖尾去了，眼裡哪還有父母？你再敢多說一個字，我敖家便沒有你這樣的逆子！」

敖七盯住他，一動不動地盯住，雙眼閃著狼一樣的冷光，「好。」扭頭一躍便下了臺基，頭也不回地走了。

「小期！」看著他的背影，敖政無奈一嘆。

黃昏時，田莊裡生了火，炊煙嫋嫋。

馮蘊帶上兩個梅令郎，下荷塘裡去挖雪藕。

她沒有下水，看別人挖藕也很開心，那是一種不可替代的收穫感。

小滿撐一把紙傘在她的頭頂，大滿在旁邊用蒲扇不停地為她扇風，幾個人臉頰都紅撲撲的。

敖政負著手走近，觀察片刻，才輕咳一聲，「女郎採它何用？」

夕陽余暉下，馮蘊笑得瞇起眼，「一會兒臺主嚐嚐便知美味。」

「吃的？」敖政很是詫異。

馮蘊微笑點頭，看著籃子裡白嫩嫩的雪藕，示意梅令郎起來，「差不多夠了。」

敖政從來沒有想過，淤泥裡挖出來的東西也可以吃入嘴裡，「女郎真是家學淵源。」

馮蘊微微一笑，不想別人把功勞歸到馮家，耐心地解釋，「是從家母留下的一本《農事要術》上知曉的，算不得什麼本事。」

敖政輕撫長鬚，「那也是了不得的，好學便是一樁要緊的本事。」

「臺主謬讚了，正因年少時太過笨拙，無人肯陪我玩耍，這才翻書來看，用了很長時間，方才有所領悟。」她已經懂得了藏拙和閉嘴，說得沒有破綻。

敖政沒作他想，「原來如此。」

帶著兒子給的「心病」，敖政整天都在馮蘊的莊子周圍溜達，試圖做點兒什麼。可惜最後只是厚著臉皮用了兩餐美味的飯食，到天都黑盡，什麼也沒有做成。

這次韋錚帶來的侍從和禁軍，總共有百來號人，存心要將長門莊裡的人全部押回中京治罪的，如今成了田地裡的農夫，也是萬萬沒有想到。

人留下來了，吃住便是問題。裴獗也絕，直接讓人按北雍軍建制處理。

荒田旱地是吧？原地紮營，原地生火做飯，不和花溪村裡的人攪和。

有裴獗做主，有禁軍耕地，馮蘊樂得輕鬆。

可一到天黑，她就怵了。

原以為處理掉韋錚，裴獗夜裡就不會再來，不曾想他不僅來了，還來得比往常更早，幾乎是天剛擦黑，莊子裡的人都沒有入睡，他就過來了。

小滿看到裴獗朝主屋走，顛顛就跑到房裡歡天喜地叫馮蘊，「女郎，將軍又來了。」

馮蘊幾個晚上沒睡好，人都瘦了。加上中毒對身子的虧損，近來很顯憔悴，夜食時才被韓阿婆強灌了一碗湯，胃都快撐得頂起來了，聽到這話，便開始打嗝。

小滿趕緊幫她順氣，「女郎不喜歡將軍來嗎？」

馮蘊垂眸，「妳們都下去吧！」

小滿應一聲，和兩個婢女正要出去，裴獗就神色如常地走了進來，「可有留飯？」

平常他來就是在地板上睡一覺，不提任何要求，這突然要吃飯，馮蘊是沒有料到的。

她愣了一下，才給小滿使了個眼色，「有我吃剩的雪藕燉豬骨。」

裴獗沒有說話，坐下來，靜靜地等待。

其實不是吃剩的，而是馮蘊特地留的。本想著姚大夫幫了忙，要送到他家去的，可方才大滿去送，姚家一家子都進城去了，還沒有回來，於是便溫在灶上。

小滿將飯菜端來，「將軍慢用。」

裴獗揭開湯蓋，室內便飄散出濃郁的香氣。

馮蘊看他面不改色，喝湯也喝得那麼優雅，有點兒不適應。

南齊的世家大族，很是崇尚男子文弱斯文，安渡城裡，好多郎君也以白淨雅致為美，但裴獗不是這樣的人。

一個常年在軍中打滾的將軍，能斯文到哪裡去？要平常都這樣吃飯，敵軍打上門了，可能還沒有吃完。

但眼前的裴獗就是斯文有禮的，就像做給她看的一樣。

那小小的白瓷碗落在寬大的虎掌裡，本該一口就飲盡，硬是一勺一勺慢慢地用，他不難受嗎？

馮蘊看得眼睛痛，「天不早了，將軍可以用得快些。」

她是看不得他慢吞吞的用飯，就感覺在看獅子老虎拿筷子用餐一樣，抓心撓肝，可話一出口就悔了。

他不會誤以為，是想他快點兒來睡覺吧？

不對！兩人各睡各的，睡覺又如何？

等待，十分漫長，好不容易等他吃完，馮蘊打個哈欠，隨口客氣一下，「將軍飽了嗎？可還要用一些。」

馮蘊愕然，表情一言難盡，人家跟你客氣一下，你怎麼可以當真？

裴獗看著她點頭，「好。」

「罷了。」裴獗放下碗筷，「收了吧！」

馮蘊如釋重負一般，叫小滿和大滿進來。

她倆收拾桌案的時候，裴獗出去了。

好一會兒，才濕著頭髮回來，看樣子是洗漱過了，一張本就俊朗的臉，更顯精神。

大滿有些移不開眼，退下去關門時，沒忍住貪婪地多看了一眼。

下一瞬，就被小滿拽出去。

馮蘊都看在眼裡，「大滿留下，為將軍更衣。」

她是很熱心的，願意為將軍張羅。

裴獗卻不接受，「出去。」

聲音沒有喜怒，但熟悉他的人都知道，不聽話就要挨收拾了。

馮蘊朝兩個婢女擺了擺手，「下去吧！」

門輕輕合上，屋子裡沒有風，馮蘊熱得心裡發慌，明明不久前才沐浴過，身子無端又黏膩起來。

裴獗幫她這麼多，要討報酬了嗎？馮蘊揣測著他的心思，心跳得有點兒快，「這次的事情，全仗將軍周全。將軍救了我和大兄的性命，馮蘊感激不盡。只不知將軍希望我如何報答？」

她坐在榻前，一襲薄軟的寢衣掩不住嬌軀的玲瓏。瑩潤白嫩的肌膚。如散發著梅香的脂玉，烏黑長髮鬆鬆盤了個髻，有幾縷不聽話地垂落下來，更襯得她柔媚慵懶，好似橫在男子眼前的一朵冰雪幽蓮，不堪採擷。

裴獗沉默了很久，再出口，聲音帶點兒淡淡沉啞，好似沾上了夜風，「不必，各取所需。」

馮蘊無法忽視他眼裡的灼熱，也記得那日裴獗說「我要妳」時的表情，輕撫一下髮鬢，笑問，「那將軍所需是什麼？」

裴獗盯住她看了片刻，拉上簾子，「睡吧！」

馮蘊呼吸驟停，聽著他拿蒲席鋪地的聲音，臉頰火辣辣的，恨不得扇自己一耳光。她以為別人是禽獸，不料禽獸是自己。

馮蘊沒有吭聲，安靜的躺下，望著帳頂，突然發現有些不對。

今晚他沒有關燈，這是要做什麼？

馮蘊翻身看過去，裴獗翻書的影子投在簾子上，原來在看書嗎？

僵硬著身子等睡著，十分難熬。也不知是不是太過熟悉的原因，裴獗一動不動，沒有鬧出聲響，她卻好似聽得到男人的呼吸，以及那「雪上梅妝」的香氣。

馮蘊聽著自己的心跳聲，終是按捺不住，「將軍。」

裴獗「嗯」了一聲。

馮蘊的情緒被雪上梅妝的香氣，挑得很難受，「這幾夜將軍睡得好嗎？」

「尚可。」

「有將軍在側，我睡得不大好。而且戰事緊張，將軍來回奔波，也著實辛苦。」

這是在下逐客令了，馮蘊不想把話說得太難聽，可是那股幽香實在討厭，已經鬧得她幾夜不得安眠了。再回想以前李桑若說「雪上梅妝，世間唯有我和將軍得用」的得意樣子，就更是不舒服。

裴獗再一次沉默，好半晌，他放下書，「姐夫在莊子上留宿，我才來的。」

作戲也要作全套，如果他今夜不來，怕敖政會生出他想，是這個意思嗎？

馮蘊聽他說得一本正經，可心眼裡一個字都不信，敖政哪裡管得住他呀？

馮蘊側過來，用手枕著腮幫，「那將軍睏了嗎？」

「不睏。」

「那我們閒談幾句，可好？」頓一下，馮蘊問出久藏心裡的話，「將軍很喜歡用香？」

「不喜歡。」

不喜歡身上用的是什麼，當她傻啊！

馮蘊哦一聲，覺得談不下去了，決定克制自己的嘴巴，「那將軍早點兒歇了吧！」

也不知過了多久，簾子那頭再次傳來裴獗的聲音，「行伍之人從不講究，但妳是極愛潔淨的人。」

馮蘊呼吸一窒，裴獗是想說，他怕自己身上有營裡漢子們的臭味，她會不喜歡，這才用熏香遮掩一下？

要不是知道這香的由來，馮蘊只怕就相信了，說不得還會感動呢！

畢竟裴獗難得解釋一次，可真的能信嗎？

她將住處和莊子都取名「長門」，便是要提醒自己時刻謹記，永不要忘了上輩子一次又一次被男人拋棄的棄婦之辱。

死過一次還信男人的話，那她就真該死了，「多謝將軍憐惜。」

裴獗沒有再回答，繼續看書。

馮蘊卻怎麼都睡不著。

大概是她輾轉的聲音驚動到他，簾子那邊的身影定住，燈火也熄滅了。

屋子沉入黑暗，馮蘊明明很睏了，明明緊張了一天，身體疲勞很好入睡才對的，偏偏腦子越來越清楚。

胸口氣悶難當，壓在身上的薄被是蠶絲做的，她最喜歡的一條，這時卻彷彿有千斤之重。

她想掀開，自由的、舒服的在榻上翻來滾去，但有外人在，哪怕中間隔著一道簾帷，她也沒有辦法讓自己不蓋被子睡得安心。

夜色深濃，她陷在一個人的煎熬裡。

裴獗沒有動靜，彷彿睡過去了。

天亮時，馮蘊迷迷糊糊被人叫醒，看到小滿喜孜孜的臉，「女郎，敖公要離開安渡了。」

這小娘子只要吃飽便不見愁煩，一張小臉笑得花兒似的，極是快活。

馮蘊打著哈欠起來洗漱，出去時，見裴獗和敖政在堂屋裡對坐飲茶。

她愣了一下，裴獗沒去營裡嗎？

馮蘊不知他昨夜幾時睡的，但精神看上去比她好多了。

「臺主今日便要返京，不多留兩日嗎？」

敖政起身還禮，說些「回京覆命，多謝款待」的客氣話，然後讓人將離京時妻子捎帶給兒子的東西從車上搬下來，其中一些送給了馮蘊。

兒子在軍營裡，別的用不上，主要是吃的用的，全是京中貴人用的精貴好物，馮蘊謝過，在敖政走的時候，往他車上塞了一些洗乾淨的雪藕。

敖七看到這樣的畫面，腦子裡生出許多旖旎畫面來，要是一家人，這該多好啊！

他不停朝敖政擠眼，敖政只當沒有看見，瞪兒子一眼，又笑著向裴獗揖禮，並低聲懇求，「小七年幼無知，要是他鬧出什麼敗壞門風的荒唐事，妄之盡可責罰，但務請給我和他阿母留一口活氣。」

這是怕他走後，敖七犯傻得罪裴獗。

別人聽來是玩笑，敖七卻氣得偏開頭去，不看他。

裴獗不置可否，抱拳還禮，「臺主慢行，不遠送了。」

「不送不送，此去中京，萬事有我周旋，妄之不必為此擔心。」說完，敖政再看兒子那一副死豬不怕開水燙的樣子，腦仁隱隱作痛，一聲重嘆，鑽入了馬車。

送走敖政，裴獗帶著侍從離開了長門莊。

馮蘊長鬆一口氣，回房先歇到晌午，踏踏實實睡了個回籠覺，才起來吃飯。

立秋後，天氣仍未轉涼，燥熱得很。

馮蘊無事，想去「關心」一下韋錚和那些禁軍。

敖政回京覆命去了，只要朝廷沒有新的命令下來，這幫人就得在花溪村幹活。

馮蘊現在要做的，就是如何把這些勞動力用到極致，為花溪村創造出更多的價值。

馮蘊走出莊子，便有人朝她打招呼。

那是姚大夫的新婦汪氏，看上去三十五、六，為人很是熱情大方。

馮蘊見她在家門外的地裡給新種的菜地澆水，饒有興趣地走過去，「種下了？」

「種下了。」汪氏心情很好，一手拿水瓢，一手指著那幾壟地，「這是撒的蕪菁，這邊是葵菜，她們說這兩種菜出苗最快了。」

汪氏的皮膚比大多數農人都要白皙細膩，他們一家子都不像是農戶，尤其姚大夫那一手醫術，不是走街串巷的郎中可比。

汪氏的公婆二人平常少有出門，一家子穿的是粗衣布衫，但看著像書香門第出來的人。

但這其實並不稀奇，世道如此，一場戰役一場災禍，就可以讓普通人轉瞬赤貧，流落他鄉，只要不是頂級的世家權貴，都是螻蟻。

「汪嫂子有什麼缺的短的，就來長門說一聲。」

「好勒。」汪氏很高興，碰上這樣好說話的鄰居。

兩人說話時，不時有田地裡勞作的農人投來觀望。

農人大多勒著褲腰帶過日子，長得瘦弱，膽子也小，他們會好奇地打量馮蘊，待馮蘊看過去，又露出緊張或驚懼的眼神，快速避開。

花溪村裡都知道掛著「長門」匾額的地方，是世家的田莊，裡面住的貴女是大將軍的姬妾。他們平常不會太靠近長門，有什麼請求，也只會找阿樓或徐氏，不會和馮蘊打交道。

汪氏見狀，就道：「村裡人大多都缺農具，這家沒鋤頭，那家沒鐮刀的。這兩日，好多人上門來借，我家也只有一樣一件，實在不湊手。眼看就要種冬麥了，大夥兒真怕耽誤了。」

看著農人在貧土上用雙手耕種，馮蘊若有所思，「我來想辦法。」

「女郎——」

這時一個梅令郎從莊子那邊快步走來，人未到，聲先至。

馮蘊朝汪氏點頭示意一下，往回走去，「出什麼事了？」

梅令部曲每天都會派人在村子裡巡邏，呂大山最近常跟在邢丙的身邊，很得邢丙重用，今日是他帶隊巡邏。

他走近便道：「那個姓韋的，在地頭放火。」

韋錚那群人開墾的荒地離界丘山很近，土質比較硬，她以為韋錚是氣極了在燒山。

不料呂大山抹了抹腦門上的汗，接著道：「荒土長滿野草，他們嫌拔草太麻煩，姓韋的就下令說是要一把火燒了。可大多荒草沒有乾枯，不好引燃，他們便去抱趙家和孫家的柴。」

豈有此理，農人砍把柴多不容易！

「他們真會想法子。」

呂大山也氣極了，「趙家只有兩個老人在家，吃了虧也不敢吭聲，孫家娃子這兩天常來莊子裡跟邢老大家的二郎玩耍，膽子大些，便上去呵斥，結果被這群匪兵推到溝裡，摔得鼻青臉腫，胳膊肘兒都折了！」

馮蘊覺得這事她多少得負點兒責任，因為韋錚是她留下來的。

馮蘊扭頭問汪氏，「汪嫂子，姚大夫在家嗎？」

汪氏方才看她變了臉色，就猜到出事了，「在的在的，我去叫他。」甚至都沒有問馮蘊是什麼事。

馮蘊感激一笑，讓呂大山帶姚大夫去孫小郎家裡，替他治傷，自己回莊子叫上邢丙和一群部曲，準備去會一會韋錚。

可走到半道，她突然停下，「不行，姓韋的人多勢眾，本就在氣頭上，這時去招惹他恐會吃虧。」

太后跟前的紅人，心思早就膨脹得不知姓什麼了，眼下被她勒令在莊子裡種田，韋錚怕要憋壞了，她現在找上去不是送上門給人出氣嗎？

邢丙丈二金剛摸不著頭腦，「女郎的意思，俺不是很懂。」

「君子不立危牆之下，他們人多勢眾，姓韋的又喜歡逞凶鬥狠，真發起瘋來，我們打不過，還是先不要以卵擊石了。」

「那眼下該怎麼辦？」

「敵強我弱，不如以利誘之，使敵深入，再曝其短，分而化之。」

邢丙眼睛瞪得比銅鈴還大，女郎說的話，每一個字他都聽清了，可湊在一起就是一團迷霧。

馮蘊沉著臉，掉頭就往莊子裡走，心下已有了計較。

這個韋錚其實是個大狠人，別看他當下年輕氣盛，不知天高地厚，其實後來的他，做事十分縝密周全，很有一套整人的手段。再成長一些，便是個大禍害。

在不久之後，北晉會成立了一個叫「大內緹騎司」的機構，獨立於御史臺、尚書省等職權部門，專事偵察、緝拿、暗查百官，羅織罪狀，只向皇帝負責。

韋錚便是大內緹騎司的司主，為人陰損毒辣，是太后和丞相李宗訓的頭等爪牙。

李氏父女也靠著大內緹騎司監督和控制百官，短短兩年便勢傾朝野，令百官聞風喪膽。

馮蘊記得，上輩子她隨裴獗回到中京後，並沒有親眼見過韋錚，但那個時候，韋錚已名聲在外，大內緹騎也成了臭名昭著，人人懼怕的鷹犬，朝中大臣都怕被他們抓住把柄，便是裴獗在府裡也會萬分謹慎，不與正面交鋒。

這種人打一頓有什麼用？與其等他成長坐大，不如早點兒把根拔了。

即使將來仍會有李錚、謝錚、王錚，那也不會是這個韋錚了。

全十冊，未完待續

國家圖書館出版品預行編目資料

長門好細腰／姒錦 著 . -- 初版 .
-- 臺北市：東佑文化事業有限公司，2024.12
冊；　公分 . --（小說 house 系列；670）
ISBN　978-986-467-474-9（第 1 冊：平裝）

857.7　113016754

小說 house 670 > 長門好細腰 · 卷一

作者：姒錦
美術總監：T.Y.Huang
美術編輯：賴美靜
企劃編輯：江秋阮
發行人：黃發輝
出版者：東佑文化事業有限公司
地址：103022 台北市南京西路 61 號 5 樓
電話：02-2550-1632
傳真：02-2550-1636
E-mail：tongyo@ms12.hinet.net
網址：http://tongyo.pixnet.net/blog
劃撥帳號：18906450
戶名：東佑文化事業有限公司
登記證：行政院新聞局局版台業字第 5360 號
法律顧問：黃玟錡律師
出版日期：2024 年 12 月初版一刷
定價：290 元

書店總經銷：旭昇圖書有限公司
地址：235026 新北市中和區中山路二段 352 號 2 樓
電話：02-2245-1480　傳真：02-2245-1479
出租總經銷：華中書局
地址：108056 台北市萬華區長泰街 34 號
電話：02-2301-5389　傳真：02-2303-8494

阅文集团
本書由閱文集團授權出版
原著作名／長門好細腰